三嶋与夢
illustration
高峰ナダレ
8
俺は星間国家の
I am the Villainous Lord of the Interstellar Nation
悪徳領主!

『リアム様、おはようだぴょん！』
マリー
Marry

クリスティアナ
Christiana
『ご主人様、おはようございます、にゃん!』

「可能性の話ですよ。
もしデートをしてくれるなら
最後まで教えても――」
マリオン
Marion

「結構よ。失礼するわ」
ロゼッタ
Rosetta

AG003-M114RX
グラーフ・ネヴァン
GrafNemain

「シュバルツ・グラーフだ。
そうだな——黒い稲妻とでも
呼んでくれ」
仮面の騎士
Schwarz Graf

CONTENTS

I am the Villainous Lord of the Interstellar Nation

俺は星間国家の
I am the Villainous Lord of the Interstellar Nation
悪徳領主！
8

三嶋与夢
illustration
高峰ナダレ

イラスト／高峰ナダレ

プロローグ

覇王国と呼ばれる星間国家があった。

正式にはグドワール覇王国。

一言で言い表すのなら、覇王国とは軍事国家である。

国家規模からすると大きな軍事力を保持していた。

周辺国からは恐れられ、超大国であるアルグランド帝国にすら「覇王国とは戦いたくない」と言わせるほどだ。

軍事力偏重の星間国家——それが覇王国だ。

そして、覇王国には単純明快な国是がある。

弱肉強食。

強者は弱者を従えるべし、と。

そんな覇王国の首都星に、案内人が舞い降りた。

「以前にも増して酷《ひど》い状況ですね」

アルグランド帝国の規模と比べれば小さいが、それでも覇王国は立派な星間国家である。

そんな覇王国の首都星は、帝国とは雰囲気が違っていた。

管理された帝国の首都星とは違い、建物は統一感がなく雑多に建ち並んでいた。

首都星だけあって栄えてはいるのだが、重苦しい曇り空に包まれ薄暗い。

自然環境に全く配慮せず開発された惑星は、人類の住む環境としては劣悪だ。

それを人類の英知で強引に解決している状態だった。

案内人が首都星を歩けば、通りでは普通に喧嘩《けんか》が行われていた。

喧嘩をしているのは二人の男なのだが、野次馬たちの中には警官と思われる人間までもが加わっていた。

喧嘩をしている男たちを前に、興奮しながら野次を飛ばしていた。

視線を動かし、ビルに取り付けられた巨大なモニターを見る。

そこでは、常に格闘技の話題が取り上げられていた。

どの格闘技で、誰が勝ってチャンピオンになったのか。

最近はどの流派が人気なのか。

ニュースで報道される話題までもが偏りすぎていた。

その様子を見ていた案内人は、呆《あき》れ果てて頭を振った。

「相変わらずですね。ここを支配している奴《やつ》の影響がよく出ている」

覇王国は強さこそが全てである。

どんなに身分が低かろうと、強さがあれば成り上がれる。

大事なのは強さ。評価されるべきは強さ。

覇王国の人々は、そんな極端な思想を持っている。

「ある意味で公平な国ですが、私の好みではありませんね」

喧騒《けんそう》に満ちた街に不満を抱きながら、案内人は歩き出す。

向かう先は闘技場だ。

しばらく歩くと円形闘技場が見えてきた。

帝政ローマのコロッセオを想像させる巨大な建物だ。

雑多な覇王国の首都星にあって、そこだけは歴史と伝統を感じさせる。

周囲の景色から浮いたような建物だった。

案内人が訪れた闘技場は、覇王国にとっては神聖な場所である。

強者《つわもの》たちが己の命や誇りを賭けて戦う闘技場は、覇王国の象徴でもある。

そんな闘技場には、神聖という言葉が似合わない不気味な存在がいた。

首から下はスーツを着用した人間の姿をしているが、頭部はたこである。

八本の脚をウネウネと動かしながら、闘技場の中央に座り込んでいた。

鋭《と》く尖《が》った細い口を地面に突き刺し、何かを吸っているようだった。

それには大地に染みこんだ強者たちの血と、汗と、涙、肉、骨――様々な感情が蓄積されていた。

人では知覚できないそれらをうまそうに吸っていた。

そして、細い口を地面から引き抜くと、嬉《うれ》しさのあまり立ち上がった。

「強者たちの血はいつ吸ってもうまいな！　この俺様を酔わせてくれる最高の美酒だ！

勝者の喜びも、敗者の苦痛も、屈辱も、全てが俺を満たしてくれる！」

地面に染みこんだ血に酔い、上機嫌となった化け物を見て案内人は小さなため息を吐《つ》く。

「人の不幸よりも闘争を好む性分は相変わらずですね」

化け物の正体は、案内人と同種の存在だった。

違いがあるとすれば、それは好みだろう。

どちらも人にとっては負の存在であるが、案内人と違って化け物は闘争を好む。

人が戦い、死んでいくのが大好きな存在だ。

「お久しぶりですね、グドワール」

「あん？」

案内人が声をかけると、グドワールが食事を邪魔されたのを不快に思ったのか不機嫌そうに振り返ってきた。

だが、案内人であると気付くと、その不機嫌さが幾分か和らぐ。

「珍しいな。だが、世界を渡り歩いて不幸を楽しむお前が、わざわざ俺様に何の用だ？」

化け物の名前はグドワール。

覇王国の国名と同じなのは、化け物が建国から関わっていた事の証《あかし》だ。

グドワールこそが、覇王国を裏で操り、闘争を好む国家を作り上げた張本人だった。

二人とも久しぶりの再会であったが、旧交をあたためるような会話をするつもりはなかった。

案内人は用件を述べる。

「帝国に攻め込むそうですね」

グドワールは、案内人の問い掛けに僅かに警戒を見せる。

「国内ばかりで戦っていても飽きるからな。外にも目を向けさせた。それで？　もしや、自分の縄張りだから手を出すなと言いたいのか？」

グドワールが八本の脚をうねらせ、いつでも戦えるように準備をする。

それを見て、案内人は勘違いをさせたことを謝罪する。

「確かに最近は帝国を中心に活動していますが、私の縄張りだとは思っていません。グドワールの好きにして構いませんよ」

呆気《あっけ》なく引いた案内人に、グドワールは怪しみながらも理由を尋ねる。

「それなら、何用で俺様に会いに来た？　わざわざお前が出向いた理由は何だ？」

問われた案内人は、両の口角を上げて笑みを浮かべる。

「強者が大好きなグドワールのために、嬉しい知らせを持ってきましたよ。帝国の強者たちに興味はありませんか？」

強者と聞いて、グドワールが嬉しそうに八本の脚を動かし始める。

「――強いのか？　俺様が育てた駒たちよりも？」

興味を示したグドワールを見て、案内人は作戦が成功したのを確信した。

元々、失敗するとは考えていなかった。

だが、不安材料もあっただけに、少し心配していた。

(グドワールは感情的ですからね。気分が乗らないという理由で、こちらの話に飛び付かないことも十分に考えられました。ですが、こうなってしまえば後は簡単ですよ)

グドワールを自身の計画に巻き込むため、案内人は帝国の危険人物について話をする。

それだけで、グドワールがこの話に乗ってくると確信していた。

「帝国にもグドワール好みの強者は大勢いますよ。そいつらをあなたの駒たちが倒す姿を見たくありませんか？」

「教えろ、帝国で強い奴らを！　最強は誰だ！」

案内人はもったいぶりながら、一人の名を告げる。

「――リアム・セラ・バンフィールド。帝国に数多《あまた》いる強者たちの中でも、この男が最強であると私が保証しましょう」

案内人がリアムの名を呟《つぶや》けば、グドワールが嬉しそうに八本の脚を震わせた。

「一閃《いっせん》流のリアムの名は俺様も聞いている。帝国の剣聖を倒したそうだな？　そうか、本当に強いのか。そうか――楽しみだ!!」

興奮したグドワールの八本の脚が、人の目には追えない速度で動いて消える。

同時に闘技場のあちこちに衝撃波がぶつかり、砂煙を上げた。

案内人は口元を手で押さえる。

(興奮して周囲を攻撃するのはやめて欲しいですね。ですが、これでグドワールがリアム

を強く意識してくれましたよ）

砂煙が落ち着くと、案内人がグドワールに丁寧にお辞儀をする。

「私もリアムとは浅からぬ因縁がありましてね。グドワール――あなたがリアムを葬り去る姿を是非とも特等席で見学させてもらいますよ」

グドワールは案内人の申し出を受け入れる。

「構わない。俺様の駒たち――特に今は一番のお気に入りがいるんだ。そいつと噂《うわさ》のリアムをぶつけるのも悪くない」

案内人がグドワールと手を組んだ。

◇　◆　◇　◆　◇

灰色の惑星――それがアルグランド帝国の首都星だ。

惑星全体を金属が覆い、内部も建物がこれでもかと押し込められたような景色が広がっている。

外も中も灰色に染まった惑星では、人工物が惑星を丸ごと覆いつくしていた。

金属の殻に守られた惑星だ。

全ては人の手で管理されており、それは天候も同じだ。

人類の英知とやらには感心はするが、俺【リアム・セラ・バンフィールド】としては緑が少なすぎて落ち着かない。

ホテルの窓から、頭上に投影された青空を見ていた。

首都星では災害など起きず、雨も決められたように降り注ぐ。

全て管理された惑星というのは、人間にとってとても居心地がいい。

そんな居心地のいい惑星に住みたい人間は多い。

色んな人間が首都星を目指して移り住み、結果的に人口密度がとんでもない数字になっていた。

田舎よりも都会に住みたいと思うのは、前世の世界と同じというわけだ。

だが、いくら帝国の首都星とはいえ、全ての人間に快適な環境は与えられていない。

一般庶民が部屋を借りようとすれば、本当に眠るだけのスペースしかない部屋が多いそうだ。

ホテルにしても、カプセルホテルが基本というから驚きだ。

だが、この俺――リアム・セラ・バンフィールドは違う。

貴族という特権階級であり、莫大《ばくだい》な財も築いた。

地位、名誉、金、それら全てを手に入れた悪党である俺の首都星での住まいは、老舗の高級ホテルだ。

一部屋を借りているわけではない。

伝統と格式のある高級ホテルを丸ごと借り切っていた。

大勢が狭い部屋で苦労している中、俺は高級ホテルを借り切るという贅沢《ぜいたく》を満喫しているわけだ。

そんな俺だが、今日は朝早くから身支度を整えていた。

馬鹿みたいに高額なオーダーメイドスーツに着替えるのは、今日から宮仕えとして宮殿内で働くためだ。

鏡の前に立つ俺を見て、側《そば》にいた【天城《あまぎ》】が一礼してくる。

ポニーテールにしている艶のある黒髪が揺れ、ついでにメイド服を着ていても主張が強めの大きな胸も少し揺れた。

程よい硬さがある胸は、形が崩れることはない。

今日も透き通るようなきめ細かい綺麗《きれい》な肌をしている。

俺を見る天城の赤い瞳は、キラキラと輝いていた。

俺の理想をこれでもかと詰め込んだメイドロボ――それが天城である。

そんな美しい天城に着替えを手伝ってもらうのが俺の日常だ。

「服装規定クリア。旦那様、お似合いでございます」

これから働く職場の服装規定と照らし合わせ、天城が問題ないと告げてくる。

ただ、俺としては職場の服装規定を重視したスーツに不満があった。

「地味すぎる。俺の好みじゃないな」

俺が不満を述べれば、天城が小さく頷《うなず》いた。

「それでは、明日までに新しいスーツを用意させましょう。服装規定に違反しない程度に装飾を増やします。もしくは、色を変更いたしますか？」

「きらびやかに着飾ったところで、しょせんは仕事着だ。これでも十分だが——そうだな。仕事着とは別に俺に似合う派手なスーツを作らせろ。気に入ったら袖を通す」

「かしこまりました」

特に問題はないが、気分的に高級スーツを作らせることにした。

スーツには困っていないし、今でも袖すら通さない物だっていくらでもある。

完全に無駄な出費である。

だが、俺は許される。

帝国の領主貴族であるバンフィールド伯爵家の当主という立場。

そして、俺は悪党——悪徳領主だ。

この程度の贅沢は基本である。

地味なスーツを着用した自身の姿を鏡で見ていると、窓に投影したニュース番組が戦争の話題を報じ始めた。

青白い肌に白髪というニュースキャスターが、帝国軍からの公式発表を読み上げている。

『グドワール覇王国の宣戦布告を受けて、アルグランド帝国軍はカルヴァン皇太子殿下を総大将とした艦隊を派遣すると発表しました』

帝国に喧嘩《けんか》を売ってきた覇王国の相手をするのは、継承権争いでクレオに出し抜かれて落ち目となったカルヴァンだった。

少しでも挽回《ばんかい》しようと、自ら覇王国との戦いに出向いたのだろう。

「カルヴァンもご苦労なことだ。――それよりも、このキャスターって前は赤い肌じゃなかったか？」

カルヴァンも気になるが、それ以上に俺の気を引いたのはニュースキャスターだ。

以前は赤い肌をしていて驚いたのだが、今日は青くなっていた。

誰だって疑問に思うはずだが、天城が素早く答えをくれる。

「肌のカラーを変更したのでしょう。首都星での流行だと聞き及んでいます」

「その日の気分で肌の色を変えられるのか」

ヘアカラーを変更するノリで、肌まで変更可能とは恐れ入る。

「――まぁ、いいか。そろそろ出るぞ」

出仕の時間が迫っているのを確認した俺は、ホテルを出ることにした。

今日から俺は、宮殿にて官僚として働く文官である。

帝国大学を卒業後、二年の研修期間を終えた俺は二年ほど領地に戻って過ごしていた。

その際に、文明レベルの低い惑星に召喚されるというアクシデントもあった。

もっとも、俺を召喚した連中には少しばかり腹も立ったけどな。

ただ、悪い事ばかりでもない。

部屋の中にいて外の様子を見ているメイドに視線を向けた。

犬の耳と尻尾を持つ女の子が、その黄色い瞳で窓から離れて外の景色を見ている。

白銀の毛並みを持つ彼女の名前は【チノ】だ。

召喚された先で見つけ、許可を得て連れて来た犬族の少女だ。

「うわ～、高いな。ここは雲の上かな？」

怖いのか窓には近付かずに、離れて外の様子を見ていた。

最初の頃は「この建物は崩れないのか!?」などと言って、慌てる姿をよく見せていた。

犬派の俺にとっては本当に可愛《かわい》く、癒やしだった。

だから、ちょっとからかいたくなった。

「チノ、はしゃいで落ちるなよ」

そう言うと、チノは耳や尻尾の毛を逆立てて後退《あとずさ》りした。

普段は強気な言動をしているのだが、本当は臆病というところも可愛げがある。

「こ、ここ、ここから落ちるのか!?」

何かしたら落ちてしまうと思ったのか、脚を震わせている。

少しからかいすぎたと思っていると、天城が俺に責めるような視線を向けていた。

怖がらせてどうするんですか？　という天城の視線に耐えかねた俺は、チノを落ち着かせる。

「天城の側にいれば安全だ。天城、チノの面倒をみてくれよ」

これから出かける俺は面倒を見られないので、天城に丸投げする。

「かしこまりました」

頭を下げてくる天城に、チノが飛び付いた。

天城の脚にしがみつき、涙目になっている。

「わ、私は、もっと下の部屋がいい！　できれば、地面に近いところだ。た、高いところが怖いとか、そんなことはないからなっ！」

「わかった。お前の部屋も下の階に移してやるよ」

素直に怖いと言えばいいのに、何故《なぜ》か強がってしまう。

本当にチノは可愛いな。

そして、俺はもう一人のお気に入りのメイドに視線を向けた。

彼女の名前は【シエル・セラ・エクスナー】だ。

エクスナー男爵家のご令嬢であり、俺の友人である【クルト】の妹だ。

今はバンフィールド家で預かり、教育を行っている最中だ。

ボリュームのある長い銀髪に、陶器のような白い肌。

言ってしまえば美少女であるのだが、俺が気に入っているのは外見ではない。

美女など揃《そろ》えようと思えば、いくらでも用意できる。

だが、そこら辺にいる女性にはない魅力をシエルは持っていた。

クルトと同じ紫色の瞳を持つ目が、俺を睨《にら》んでいた。

つい笑みがこぼれそうになるのを我慢しながら、そんなシエルに命令をする。

「シエル、チノを下の階に連れて行ってやれ」

シエルという女の子は、この俺を嫌っていた。

本人は悟られないように振る舞っているつもりなのだろうが、俺から見れば嫌悪感を隠しきれていなかった。

シエルが俺に頭を下げてくる。

「承知しました」

だが、本人は俺に従うのも嫌という気持ちが滲《にじ》み出ている。

これだよ。これ！　この、嫌がっている感じが最高だ。

それに、シエルはこの俺を追い落とそうと画策している子だ。

本来であればすぐにでも排除するべきなのだろうが、シエル本人の能力が高くないため危険度も低い。

俺を嫌って色々と動いているのだが、その情報が全て筒抜けになっているからお察しだ。

有能だったら対処していたが、シエルの能力を考えると放置で問題ない。

適度に有能で、適度に俺に反抗する——なんとも得がたい人材だ。

一人喜んでいると、俺と同じように出仕する準備を終えたロゼッタ・セレ・クラウディアが部屋にやって来る。

膝下スカートのスーツ姿で登場すると、俺に笑顔を向けてくる。

紺色のスーツに白いシャツ。

胸元の赤いスカーフと青いブローチが、アクセントになっていた。

「ダーリンも準備ができたのね。なら、一緒に出仕しましょう」

チノとシエルを見て上機嫌だった俺の気分が、ロゼッタを見て一気に落ち込んだ。

「――そうだな」

素っ気ない返事をしたのに、ロゼッタの方は嬉《うれ》しそうにしていた。

「今日からダーリンと同じ職場で働くなんて、何だかドキドキするわ」

「同じ職場？　職場は近いが、別だろう？」

修行の一環で官僚として働くわけだが、俺とロゼッタの職場はそれなりに距離がある。

歩けば十五分くらいだろうか？

それはロゼッタも知っているはずなのに、どうして同じ職場と言うのだろうか？

疑問に思っていると、とんでもない答えが返ってくる。

「建物が近ければ同じようなものよ」

「――そう」

何とも大雑把な回答ではないか。

本来、ロゼッタという女性はシエル以上に俺を毛嫌いしていた。

反抗的で強い女だったのに、それが今では飼い慣らされた猫だ。

いや、犬？　とにかく、牙を抜かれた獣だ。

反骨精神など欠片《かけら》も残っていない。

「そろそろ出るか。天城、車を用意しろ」

「既に待機しております」

職場への移動手段は送迎が基本である。

だって俺たちは貴族で——金持ちなのだから。

官僚として働くのも貴族としての修行であり、真面目に働くつもりなど一切ない。

修行だから仕方なく働くだけだ。

「さて、今日から程々に働くとするか」

高い評価など必要ない。

何しろ、俺は大貴族だ。偉いので、黙って座っているだけでも出世する。

あくせく働く必要はない。

ロゼッタを連れて部屋を出ると、そこにはバンフィールド家の問題児たちがいた。

かつては姫騎士とまで呼ばれた【クリスティアナ・レタ・ローズブレイア】と、二千年前の帝国で狂犬と恐れられた【マリー・セラ・マリアン】だ。

そんな二人が、メイド服に身を包み互いに睨み合っていた。

顔を寄せ、まるで前世で読んだ不良漫画の男子たちがメンチを切り合うような場面に見えた。

——二人とも黙っていれば美人なのだが、行動が本当に酷《ひど》い。

魅力を打ち消すどころか、マイナスに振り切れている。

「リアム様のいるフロアの掃除は私がする。お前は出ていけ」

「このあたくしが！　リアム様のいるフロアを隅々まで掃除するのよ。出ていくのはお、ま、え。理解しないと駄目よね？」

朝から元気のいい馬鹿共を前にして、俺はゲンナリした。

どうして俺の部下たちは駄目な奴《やつ》が多いのか？

やはり、容姿を優先して採用したから駄目なのだろうか？

騎士は能力や忠誠心で選ぶべきだったと後悔する。

ティアとマリーは、そのどちらも兼ね備えていた。

非常に優秀で、忠誠心も問題ない——と思う。

だが、この二人には欠けているものがある。

それは常識だ。

「朝から騒ぐな。そんなに掃除がしたいなら、俺が戻ってくるまでに全てのフロアを掃除しておけ」

俺に声をかけられた二人が、慌てて膝をついて騎士らしく振る舞った。

メイド服姿で膝をつかれるのもシュールだな。

「リアム様、おはようございます！」

ティアの挨拶など無視して、その振る舞いを責める。

「誰が膝をつけと教えた？　お前らに相応《ふさわ》しい挨拶を教えただろう？　やり直せ」

俺がやり直しを要求すると、二人は従うしかない。

ためらいがちに立ち上がると、俺が教えた挨拶を恥ずかしそうに行う。

ティアが軽く握った手で、猫耳を再現して腰をくねらせた。

「ご主人様、おはようございます、にゃん！」

そして、マリーの方は手を伸ばして兎《うさぎ》さんの耳を再現していた。

「リアム様、おはようだぴょん！」

騎士として一流にまで上り詰めた大人が、メイド服で朝から全力でこの挨拶だ。

二人が顔を赤くしてプルプルと恥ずかしそうに震えている姿を見ると、辱めてやった満足感が得られた。

ロゼッタはそんな二人から視線を逸《そ》らしていた。

二人の哀れな姿を見ていられなかったようだ。

だが、俺はこれで終わらない。

こいつらはもっと辱めるべき——というか、この程度で許してやった俺は寛大だとすら思っている。

何しろ、こいつら二人は俺が召喚され行方不明になっている時に、領内で勝手に決起して暴れ回っていた。

オマケに俺の遺伝子を回収し、子を身ごもろうとしていた。

この程度で許してやるのは、これまでの忠勤があったからだ。

こいつら二人でなければ、一閃《いっせん》で首を斬り落としていた。

「今日はこれで許してやるが、明日までにもっと完成度を高めろよ。今のクオリティで俺が満足すると思うな」

命令すると、ティアとマリーが肩を落としていた。

「リアム様のご命令ならば」

「リアム様がお望みならば」

悔しそうな馬鹿二人を通り過ぎ、エレベーターに向かう。

エレベーターは広く、俺のためにソファーが用意されていた。

腰掛けると、天城《あまぎ》たちもやって来るが——隣に座ってはくれなかった。

俺の隣に座れるのは、婚約者であるロゼッタだけだ。

本当は天城を座らせたいが、本人に「駄目に決まっているでしょう」と拒否された上に説教までされた。

——天城に説教されては、いくら俺でも引き下がるしかない。

隣に座るロゼッタが、降りていくエレベーターの中で俺に話しかけてくる。

「ダーリン、一つ聞いても良いかしら？」

「何だ？」

「覇王国が攻め込んでくると聞いているのだけど、ダーリンは参加しなくていいの？ウォーレスは、ダーリンが参加すると思っていたみたいよ」

覇王国か。

何でも、強い奴が正義というのを地で行く星間国家で、常に争い続けている修羅の国らしい。よくも飽きずに戦い続けられるものだ。

帝国だって戦争は多いが、それ以上というから恐れ入る。

たとえるならば戦国時代の島津《しまづ》だろうか？

もしくは、鎌倉武士？

とにかく、そんな連中と戦うなんて御免被る。

俺は強い奴と戦いたいんじゃない。弱い奴らを蹂躙《じゆうりん》したいだけだ。

年がら年中戦っているバトルマニアたちと戦うなど、面倒だから嫌だ。

「わざわざ覇王国と戦うかよ。それに、しばらくは俺の軍隊も休ませたい。どこかの馬鹿共のせいで滅茶苦茶《めちやくちや》にされたからな」

どこかの馬鹿共とは、ティアとマリーの二人だ。

「ダーリンは優しいのね」

ロゼッタが何を勘違いしたのか、俺を優しいと言い出した。

軍隊を休ませたいと言ったので、優しいと思ったのか？

悪いが嘘《うそ》だ。

酷使するべき時はためらわない。

俺が動きたくないので休ませているだけだ。

あと、俺は優しくない。

どこまでも自分の都合を優先するし、どこまでも自分勝手だ。

それに、そんなヤベェ覇王国と戦うのは、俺の政敵であるカルヴァンだ。

皇太子殿下自らが、軍を率いて討伐に向かっている。

クレオ派閥に押されて立場を悪くしているから、必死なのだろう。

俺からすれば、共倒れして欲しいくらいだ。

「覇王国と戦うのはカルヴァンだ。お手並み拝見といこうじゃないか」

「カルヴァン殿下は勝てるのかしら？　ダーリンの政敵だと理解していても、帝国が負けるのは受け入れられないわ。だって、覇王国の艦隊は占領地を荒らし回ると聞かされたもの」

ロゼッタは善良な人間だ。帝国全体の利益を考えれば、カルヴァンが勝利する方がいいだろう。だが、俺は違う。

俺が傷つかないのであれば、誰が負けてもいい。

帝国が負けて、俺が得をするなら――帝国の敗北を喜んで受け入れる。

その際に帝国の領土――惑星が荒らされようとも俺には関係ない。

俺の惑星ではないから当然だ。

贅沢《ぜいたく》を言えば、双方がすり潰し合って終わって欲しいな。

覇王国が勢いづくのは避けたいし、カルヴァンが完全勝利を得るのも気分が悪い。

互いに疲弊してくれるのが一番、というのが本音だ。

その際、どれだけ戦場で被害が出ようが構わない。

だって俺は無関係なのだから。

同じ帝国という括《くく》りの中にいるわけだが、俺個人としては俺や領土——財産に影響がない限り問題ない。

「——カルヴァンは無能じゃない。軍人たちの意見を取り入れるだろうし、数の上では帝国が優勢だと聞いているから問題はないさ」

断言する俺の言葉を信じたのか、ロゼッタは安堵《あんど》の表情をした。

「ダーリンが言うなら間違いないわね」

ロゼッタから顔を背ける俺は、内心で腹立たしく思っていた。

腹を立てているのは、ロゼッタではなくカルヴァンだ。

カルヴァンは優秀な男だ。

俺は敵としてカルヴァンを認めている。

この俺を査問会に呼び出したばかりか、辱めたのだから。

査問会のメンバーは宰相をはじめとした帝国内でも高位貴族たちである。

そいつらの前で、俺はカルヴァンにより笑い者にされた。

領内で子作りデモなんて起こされた可哀想《かわいそう》な奴、と晒《さら》された。

高位貴族たちの俺を見る目は、生暖かかったよ。

皇位継承権争いに参加してから、俺をここまで追い込んだのはカルヴァンだけだ。

だから、俺はあいつを絶対に侮らない。

エレベーターが一階に到着し、俺は立ち上がる。

「この機会に貴族の修行を平穏に終わらせる。そうすれば、残りの人生は遊び放題だ」

五十年以上も続いた修行が、ようやく終わりを迎えようとしていた。

長い。長すぎる。

前世なら、もう人生の折り返し地点を越えているところだぞ。

「長いようで短かかった修行も、あと四年で終わるのよね。そ、そうしたら、私たちはそのままけ、結婚するわけよね？」

顔を真っ赤にして手を頬に当てるロゼッタは、きっと俺との結婚式や、その後を想像して照れているのだろう。

お前は俺と二十年以上も一緒に過ごして来たのに、どうして結婚後に夢を見られるのか？

かつてのロゼッタからは考えられない。

出会った頃は、悪党である俺に屈しない素晴らしい女性だった。

鋼の精神を持つ女――そんなロゼッタを屈服させるのが楽しみだったのに、婚約した途端に手の平を返して乙女になってしまった。

少しはシエルを見習えよ！

第一話 ▶ 出仕

アルグランド帝国――皇帝陛下が暮らしているのが宮殿だが、その範囲は広大だ。
大陸一つを丸々開発し、宮殿と名乗っている。
俺が暮らしている老舗高級ホテルがある場所も、余所《よそ》から見れば宮殿の範囲内だ。
俺が想像する宮殿への出仕は、城などに登城する様子だった。
だが、現実は違う。
出仕する先は高層ビルだった。
宮殿内にあり、官僚たちが働く場所とあって凝った造りだがお城ではない。
そんなビルだが、内装は豪華だ。
材質からして高級な物が使われ、金銀の装飾が施されている。
飾られている芸術品は、どれも高価な物なのだろう。
貴族たちも官僚として働く場所であるためか、サポートする人員も揃《そろ》っていた。
働きに来たはずなのだが、気付けば接待されているような気分になってくる。
俺がロビーに来ると、同じように今年度からここで働く新人たちの姿が目立っていた。
真新しいスーツを着用している本物の官僚たちだ。
俺のような貴族出身者たちは、ろくな試験も受けずにエリートコースを歩める。

過酷な競争を勝ち抜いてきた彼らは優秀なのだろう。

そんな彼らを顎でこき使えるのが身分制度——お貴族様だ。

生まれながらの勝ち組万歳だな。

俺がロビーに来ると、官僚たちがざわめき始める。

大貴族である俺の登場に驚いているのかと思えば、そうではなかった。

振り返ると、黒服たちに囲まれた派手な赤いスーツ姿の男が周囲の視線を集めていた。

白いマフラーだろうか？　それを肩にかけている。

随分と派手な恰好《かっこう》をしているが、男の振る舞いや周囲の態度から貴族であると一目で理解した。

黒いスーツを着用した護衛を引き連れた男は、俺を一瞥《いちべつ》すると挨拶もせずに歩き去っていく。

「気に入らないな」

俺に挨拶をしなかったのも腹立たしいが、一瞥された際の不快感が許せない。

あの男——俺を知っているように感じられた。

俺を知りながら、それでも下に見ている態度が実に腹立たしかった。

「有名なバンフィールド伯爵にお会いできて光栄ですね」

男に視線を向けていた俺に話しかけてくるのは、薄紫の長くも短くもない髪にパーマをかけた奴《やつ》だった。

こちらも白いスーツを着用していて目立っていた。

だが、赤い男とは違い、着こなしは前世でいうホスト風だろうか？

女性ウケを重視した装いであり、実際に周囲の女性たちから好意的な視線を向けられている。

童顔で中性的な均整の取れた顔立ちは、女性たちには王子様にでも見えるのだろうか？

対して、俺の方は逆だ。

女性たちが極力視線を合わせないようにしている。

態度から感じるのは恐れだった。

――少々派手に暴れてきたおかげで、怖がられてしまっているらしい。

周囲の女性たちから好意的に見られる男に、俺は少しだけ嫉妬心を抱きながら素っ気なく応えてやる。

「俺に何の用だ？」

そいつは流れるような動きで俺に深々とお辞儀をしてくる。

いちいち、仕草がキザっぽい。

「僕は【マリオン・セラ・オルグレン】です。オルグレン子爵家はご存じですか？」

頭の中にある貴族の家名を検索すれば、随分前に教育カプセルで叩《たた》き込んだ知識の中にオルグレン子爵家のものがあった。

少しばかり厄介だな、と最初に思った。

オルグレン子爵家とは、国境を守るオルグレン辺境伯の分家だ。

正式に帝国の直臣として独立しているのだが、本家であるオルグレン辺境伯を地元で支えている子分みたいな家だ。

問題なのは、オルグレン家が守っている国境だ。

「覇王国との国境を守る家だな」

「正解です」

青い瞳を持つマリオンは、無邪気な笑みを浮かべていた。

垂れ目で妙な色気を持つマリオンの笑みに、周囲の女性たちが見惚《みと》れている。

本人も意識しているような気がしてならない。

「そんなオルグレン子爵家の人間が、この時期に首都星にいるとは変な話だな」

実家が大変な時に何をしているのか？　そんな問い掛けに、マリオンは僅かばかり申し訳なさそうにするだけだった。

「僕は幼年学校を卒業してすぐに、文官の道に進みましてね。士官学校も出ていない若造は、数に入れてもらえませんでしたよ」

士官学校に進んでいないのなら、武官としての修行が終わっていない。

そんな人間が地元に残っていても足手まといとして、実家に呼び戻されなかったようだ。

幼年学校を卒業してすぐに帝国大学に進んだのならば、年齢は八十歳に満たないはずだ。

つまり、俺よりも年下――後輩というわけか。

懐かしい新田《にった》君の姿が思い浮かぶ。

だが、マリオンは新田君とは似ても似つかない。

俺の中で可愛《かわい》くない後輩に分類され、自然と態度も悪くなる。

「役立たずというわけか」

俺の率直な意見に、マリオンは苦笑していた。

「耳が痛いですね。実家と本家の危機ですから、僕としても参加したかったのが本音ですよ」

「それで俺に近付いたのか？」

どうしてこいつが俺に話しかけてきたのか？

考えるまでもない。

力のある貴族から支援を受けるため、もしくは増援を出させるためだ。

こいつは修行期間中に、有力貴族に近付き協力を得るため動くのだろう。

オルグレン子爵家の判断か、それともマリオンの独断かまでは判断できない。

だが、厄介事を持ち込む奴なのは間違いない。

覇王国との戦争に巻き込まれるなど、冗談ではない。

「悪いが俺は暇じゃない。他を当たれ」

「つれない人ですね。でも、これからは同じ職場の同期なんですから、仲良くしてくださいよ、リアム先輩」

人懐っこそうな笑顔を見せる辺り、まだ幼さを感じる。

年齢に似合わない妙な色気を持っているため、そこにギャップを感じる。

そんなマリオンに、周囲の女性たちが強い興味を示していた。

「あの方、子爵家の出ですって」

「オルグレン家の分家なら名門よ」

「今年も凄《すご》い新人たちが入ってきたわね」

俺がやって来た部署というか——まぁ、俺の勤め先であるビルは、官僚の中でもエリートたちが集まる場所だ。

そして、ここで働ける貴族たちも同じく優秀だ。

個人の能力ではなく、帝国が有力と判断した貴族の子弟たちが集められている。

要するに実家が認められているだけで、個人の能力など考慮されていない。

——付け届けを欠かさなかった効果が出たな。

宰相とは今後も仲良くしておこう。

これがアルグランド帝国貴族！

そして、これこそが悪徳領主として正しい振る舞いだ！

話を切り上げたい俺が歩き出すと、斜め後ろをマリオンがついてくる。

長めの前髪を指で弄《いじ》りつつ、聞いてもいないのに色々と喋《しゃべ》りかけてくる。

「人気の職場は有力貴族の見本市ですね。あそこにいるのは伯爵家の出身者ですよ」

「俺は現役の伯爵だ」

「おっと、あちらにいるのは侯爵家と縁のある家柄の方です。是非とも仲良くしておきたいですね」

「俺は将来の公爵だ」

ただ、この職場にもデメリットがある。

それは、どいつもこいつも偉い奴ばかりということだ。

張り合おうと俺の地位を強調するが、何故《なぜ》だか虚《むな》しくなってきた。

飽きてきた俺を見て、マリオンがクスクスと笑っている。

「リアム先輩は負けず嫌いですね」

「負けているとは思っていない。それに、ここにいるのは跡取りじゃない控えばかりだろ？　所詮はその程度の有象無象だ」

俺の言葉を聞いていたのか、貴族の関係者たちがムッとした顔を向けてきた。

マリオンがわざとらしく肩をすくめてみせ、俺の名前を強調して呼ぶ。

「それをここで言えるのは、リアム先輩くらいですよ。さすがは飛ぶ鳥を落とす勢いのバンフィールド伯爵ですね」

こいつなりに周りに気を遣ったのだろう。

俺の名前を聞いて、露骨に視線をそらした貴族の子弟も多い。

中には、俺のことを知らないのか睨《にら》んでくる馬鹿もいる。

俺が睨み返してやると、周囲が慌ててそいつを連れて行った。

揉《も》め事《ごと》を起こされては敵《かな》わない、と思ったのだろう。

どうやら、初日から暴れずに済みそうだ。

余計な手間が省けて何よりだ。

「気が利くじゃないか」

マリオンを褒めてやれば、嬉《うれ》しいのか少し照れている。

「お褒めにあずかり光栄です。それより、伯爵様が取り巻きも連れずに出仕なんて珍しいですね？　せめて数人は連れて来ると思っていたのですが？」

取り巻き――マリオンが言うのは、地元から連れて来た連中の話だ。

俺のような大貴族は、通常ならば寄子《よりこ》から子供たちを出させてサポートをさせる。

本来は俺もその予定だった。

俺に取り巻きがいないのは、つい最近に大規模な引き締めを行ったからだ。

召喚されている間に、馬鹿共が騒ぎを起こした。

その際にバンフィールド家の寄子――面倒を見ている連中までもが、裏切りに加担していた。

腹が立ったので、寄子全員に再教育という名の嫌がらせを行ったのがまずかった。

連帯責任という名目で、貴族の子弟たち――野郎共を全員、軍隊の教育施設に放り込んで厳しく鍛えるように命令してしまった。

彼らは今頃、鬼教官たちにしごかれているだろう。

そのせいで、俺は取り巻きとなる候補たちを失ったわけだ。

——ちなみに、女性は見逃したのでロゼッタには取り巻きがいる。

今頃、一緒の職場でロゼッタのサポートをしているだろう。

せめてウォーレスは連れて来たかったのだが、あいつは腐っても元皇族だ。

宮殿側の配慮で、ウォーレスには特別な仕事が用意された。

おかげで今の俺は子分がゼロである。

俺とマリオンがエレベーターに乗り込むと、二人きりになった。

壁に背中を預けたマリオンは、俺に幼年学校での話題を振ってくる。

「それより、一度聞いておきたかったんですよ。幼年学校の機動騎士トーナメントで、相手を殺したのは本当ですか？　他にも信じられない伝説がいくつもありましたよ」

「伝説？　それは知らないが、バークリー家のデリックとかいうゴミは殺したな」

平然と言う俺を前にして、マリオンは「本当だったんですか？」と驚いていた。

当時の記録があるだろうと思っていたが、教官たちが隠したそうだ。

幼年学校の汚点だから仕方がないだろう。

というか、こういう話をしていると、本当にマリオンは俺の後輩なのだと思い知らされる。

「第二校舎に殴り込んだ話は事実ですか？　そのせいで、第二校舎も規律に五月蠅《うるさ》くなったと噂《うわさ》で聞きましたよ」

「規律は知らないが、殴り込んでやったのは事実だ」

あの時は暇だったから、クルトやウォーレスを連れて殴り込んでやった。

幼年学校での思い出だが、ロゼッタがチョロすぎて全て虚しく思えてくる。

あいつのために色々と苦労してきたのに、全てが無駄になったからな。

マリオンは真実を知ると、意外そうな顔をする。

「リアム先輩は優等生だったと聞いていたのに、裏では随分と悪さをしてきたんですね」

「成績さえ優秀なら教官共も黙っているからな」

「本当に興味深いですね」

マリオンが俺を見る目は、品定めをしているようだった。

その視線に苛立《いらだ》ちを覚えた俺は、変な期待をさせないようにここで断っておく。

「お前に興味を持たれても嬉しくない。それから、オルグレン家への支援は諦めろ。俺はお前の実家や本家を支援するつもりはないぞ」

「冷たいですね。少しは考える振りでもしてくださいよ」

「他を当たれと言った」

本当に忙しいから、オルグレン家に関わっている暇がない。

エレベーターが目的地に到着したので二人して外に出れば、そこには今期の新人たちが集まっていた。

真面目に試験を突破してきた者。

コネや賄賂で入り込んだ者。

そして生まれながらの勝ち組である俺たち貴族。

入社式を行うような広場だが、まるでパーティー会場だ。

立食パーティーの準備が進められている。

今日はこのまま宴会だな。

初日から仕事やら堅苦しい説明会はしないようだ。

先程ロビーで俺を無視した赤いスーツ姿の男が、周囲に他の貴族たちを集めて談笑している姿が見えた。

俺が来るのを見て、左の口角を小さく上げて笑いやがった。

赤いスーツの男が護衛の一人に、一言二言何かを伝えていた。

すると、護衛が俺の方に歩み寄ってくる。

「バンフィールド伯爵ですね」

「そうだが？」

用を尋ねる前に、護衛は答える。

「ランディー様が、是非ともご挨拶をしたいと。どうぞこちらへ」

「ランディー？」

わざとらしく首を傾《かし》げて見せた俺に、側《そば》にいたマリオンが小声で説明してくる。

「ラングラン侯爵家の跡取りである【ランディー・セレ・ラングラン】です。クレオ殿下の従兄弟《いとこ》ですよ」

揉め事を起こしてはいけない、と言っているようにも感じられた。

クレオ殿下の実母は、ラングラン家の出身だ。

侯爵家――本来クレオ殿下の後ろ盾になっていてもおかしくない家だった。

だが、今のクレオ殿下の後ろ盾は俺だ。

これが全てを物語っている。

かつてクレオ殿下は名ばかりの第三皇子であり、ラングラン家も支援をするほどの価値はないと見放していた。

それが今ではどうだ？　俺がクレオ殿下を支援したことで、皇太子であるカルヴァンすら追い抜こうとする勢いを手に入れた。

ラングラン家はさぞ悔しい思いをしているのだろう。

「未来の公爵を部下を使って呼び出すのか？　お前の主人をここに呼べ」

俺の返答に護衛が明らかに狼狽《うろた》えると、困った様子でランディーを振り返った。

周囲が固唾《の》を呑んで見守っている中、動かない俺に根負けしたランディーがこちらに歩み寄ってくる。

「失礼したね、バンフィールド伯爵。クレオ殿下が世話になっていると聞いて、従兄弟としても気になっていた。こうして話ができて嬉しいよ」

今まではクレオに皇帝の芽がないと判断し、支援をしてこなかったのにこの言い草だ。

まぁ、ランディーの立場なら俺でも同じ事を言う。

「ご安心ください。今後もこの俺がしっかりとお守りしますよ」

笑顔を見せてやれば、ランディーが笑みを浮かべながら——俺に敵意を向けてくる。

平静を装っているようだが、苛立っているのが丸分かりだ。

ランディーは部下から受け取ったグラスを俺に差し出してくる。

「これからはラングラン家もクレオを支援する。これまでは互いに誤解があって、満足に支援をしてやれなかったからね。バンフィールド伯爵にも今まで苦労をかけたね」

帝位に即《つ》きそうなクレオが、今頃になって惜しくなっただけだろうに。

だが、渡さない。

クレオを帝位に即けて、利権を得るのはこの俺だ。

「苦労だとは思いませんよ。それに、クレオ殿下の派閥はよくまとまっていますからね。ラングラン家の手を煩わせるつもりはありません」

お前の席はないと教えてやりながら、俺もグラスをランディーに向けて乾杯する。

二人して酒を飲み干し、意味ありげに笑みを浮かべていた。

いずれはラングラン侯爵家が動くと思っていたが、まさかこのタイミングで仕掛けてくるとは予想外だった。

いや、ベストだろうか？

何しろ、カルヴァン派は覇王国との戦いで首都星を不在にしている。

残っているのも主力とは言えない連中ばかりだ。

この隙に、クレオ派閥を乗っ取りたいのだろう。

ノンビリと修行を終わらせるつもりだったが、ラングラン家の登場で少しばかり騒がしくなりそうだ。

第二話 ＞ バランディン家

古代ギリシャの建築様式を思わせる覇王国の宮殿内では、朝から大勢の文武官たちが集まっていた。

文武官たちを見下ろせる高い位置にある玉座に座るのは、筋骨隆々の大男だった。

グドワール覇王国の王――近隣諸国から恐れられる覇王【ドロス・バランディン】が、古代の鎧《よろい》とマントを身に着けている。

側には兜《かぶと》を置いているが、これが覇王国の儀礼的な王の恰好《かっこう》だ。

他の星間国家からは異質に見える武力偏重国家。

その代表者たる覇王は、強者の風格を備えていた。

そんなドロスが、自分の前で膝をつき頭《こうべ》を垂れる子供たちを見ている。

「今回の戦、アルグランド帝国は皇太子カルヴァンを総大将とするらしい。イゼルよ、貴様に勝算はあるのか？」

頭を垂れていた青髪の男性が、顔を上げてドロスの質問に返答する。

ゆっくりと、自信に満ちた声で。

「父上、この【イゼル・バランディン】が、アルグランド帝国軍を蹴散らしてご覧に入れましょう」

自信に満ちた息子を前に、腕を組んでいた覇王が口角を上げてニヤリと笑った。

王太子イゼル。彼は覇王にとって数多《あまた》いる子供の一人に過ぎない。

そして、本来は嫡子でもなかった。

だが、持って生まれた天賦の才により、強者《つわもの》たちを次々に打ち倒し、そして従えて王太子の座を手に入れた。

覇王国で王太子とは、王の子供——最強の戦士が名乗る称号だ。

そして、イゼルは血の気の多い覇王国の文武官たちが、次の覇王と認めた男でもある。

家臣たちの間では「覇王様もイゼル様には敵《かな》わないのではないか?」などと噂されるほどだ。

それを覇王は耳にしていたが、むしろ誇らしく感じていた。

「帝国軍を蹴散らした後は、この余に挑むか?」

自分の子が強者となって挑んでくる——覇王にとっては、これ以上ない親孝行だ。

だが、イゼルは困ったように笑っている。

「ご冗談を。俺は未《いま》だに父上に届きません」

謙虚な発言をするイゼルに物足りなさを感じた覇王は、不満そうに眉根を寄せた。

「余に挑まぬつもりか?」

覇王国の代替わりは、王太子が覇王に挑み勝利を得た後に行われる。

王太子が勝負を挑まなければ、世代交代は起きない。

それをつまらないと感じるドロスに対して、イゼルは好戦的な笑みを浮かべていた。

「いずれ必ず挑むのでしょうが――今は帝国の猛者たちと戦場でまみえる喜びが勝っております。父上との戦いは、いずれ必ず果たされるでしょう」

謙虚そうな振る舞いが消え去り、イゼルが好戦的な笑みを浮かべた。

周囲の文武官たちが、そんなイゼルの様子に笑みを浮かべている。

「王太子殿下は覇王様より帝国の騎士たちに夢中のようで」

「アルグランド帝国ほどの巨大国家であれば、相応に猛者たちも揃《そろ》っておりましょう」

「さて、王太子殿下を満足させられる敵がいるかどうか」

文武官たちのざわめきを、覇王は手を上げてやめさせる。

そして、玉座から腰を上げた。

「貴様が帝国軍を蹴散らした後が楽しみで仕方がない。――だが、全ては帝国に勝ってからの話だ。貴様らが無事に戻ってこられるよう、武運を祈っておこう」

貴様ら――それは、イゼルだけではない。

覇王の子供たち、そして血は繋《つな》がらずとも帝国と戦う猛者たちに向けた言葉だ。

覇王の地位は、血を特別視しない。

イゼルを倒せるのであれば、血縁がなくとも王太子になって覇王に挑める。

それが覇王国だ。

イゼルが代表して返事をする。

「はっ！　必ずや吉報を届けましょう！」

◇　◆　◇　◆　◇

宮殿を出るイゼルたち一行の中に、女性の姿があった。

長く緩やかな癖を持った赤髪に、首から下を覆うタイツのような服装だ。

露出は少ないのに、体のラインが丸分かりである。

だが、鍛えた体は女性らしさも兼ね備え、周囲の男性たちを魅了する美しさだった。

彼女の名前は【アリューナ・バランディン】。

イゼルと同じ母親を持つ妹である彼女が、宮殿の階段を下りながらイゼルに先程の謁見について不満を口にする。

「兄上は度胸がないな。我ならば、出征前に覇王をこの手で打ち倒し、全軍の指揮権をまとめ上げていた」

過激なことを口走る妹に対して、イゼルは困ったように微笑《ほほえ》んでいた。

周囲には他の兄弟や、家臣たちも同行している。

これが他の星間国家であれば、不敬罪と言われて捕らえられていただろう。

だが、ここは覇王国だ。

他の兄弟たちが、アリューナの物言いに笑いを堪《こら》えていた。

「アリューナは物を知らないらしい」

他の兄の発言にアリューナが眉をひそめれば、弟の一人が覇王に挑むのがいかに危険なのかを聞かせる。

「覇王である父上は、内乱で崩れかかった覇王国をまとめ上げた英雄ですよ。今でこそイゼル兄上が強いと言われていますが、少し前まで最強と呼ばれていた人です。イゼル兄上ならばともかく、アリューナ姉上では足下にも及びませんよ」

覇王国はその性質上、とても内乱が発生しやすい星間国家である。

歴史の専門家たちに言わせれば、存続しているのが奇跡らしい。

そんな覇王国が、ドロスが覇王になる前は滅亡しかけていた。

兄弟間、そして強者たちが次々に名乗りを上げ、国家としてのまとまりを欠いていた。

他の星間国家に侵略を許し、覇王が誕生したと思った数週間後には別の者が覇王の座を奪い取っていた。

ついに滅亡しかけた時に現われたのが、現覇王であるドロスだった。

アリューナもそれは知っていたが、弟の物言いが気に入らない。

「得意気に歴史について語っているようだが、その程度は我も知っている。その上で、挑むべきだったと忠告したのだ」

アリューナが振り返って睨《にら》み付けると、弟は冷や汗をかいていた。

弟はアリューナに気圧《けお》されて、視線を逸《そ》らしてしまった。

その様子に、周囲は弟に呆《あき》れた視線を向けている。

争う前に気後れした愚か者、という視線だ。

姉弟の争いに、イゼルは微笑を浮かべている。

「今は帝国の猛者たちで頭がいっぱいだ。だが、アリューナの好戦的な姿勢は見習うべきだろうな。——戻れば父上と覇王の座を賭けて戦う日取りを決めるとしよう」

妹に諭されてしまった、という顔をしていた。

アリューナは、そんなイゼルの様子が気に入らない。

「日取りを決める必要はない。帝国との戦争が終われば、我がすぐに兄上を王太子の座から引きずり下ろしてやろう」

アリューナから挑戦を受けたイゼルは、最初は目を見開いて驚いた。

だが、すぐに満面の笑みを浮かべる。

ただ、それはどこか獰猛《どうもう》な獣を連想させる笑みだった。

「お前の挑戦を受けよう！　だが、今は帝国軍との戦いが先だ。敵は皇太子カルヴァンを総大将に守りを固めているそうじゃないか。——楽しい戦争になるぞ」

戦争と聞いて、兄弟や家臣たちが笑みを浮かべた。

アリューナも同様に笑みを浮かべるが、周囲とは違って妖艶な笑みだった。

ルージュを塗った唇を舌で舐《な》める。

「帝国に我を満足させる猛者がいることを願おう」

◇　◆　◇　◆　◇

帝国軍が統治する惑星の一つ。

要塞級と呼ばれる小惑星規模の宇宙戦艦を擁《よう》する艦隊が、攻め込んできた覇王国軍を相手に防衛戦を行っていた。

帝国軍三万隻に対して、覇王国軍は二万隻を投入した。

帝国軍の要塞級のブリッジにて、司令官が笑い声を上げる。

「覇王国の馬鹿共は、寡兵にて我々を倒せると考えているらしいな。だが、こちらは防衛戦のために時間を割いてきた。今更、二万隻程度で攻め込まれたところでどうということはない！」

ブリッジクルーたちが、そんな司令官の様子を見て安堵《あんど》する。

敵は自分たちよりも少ない。

司令官が余裕を見せているのならば、自分たちに負けはない――と。

だが、司令官の隣にいた作戦参謀を務める騎士は見抜いていた。

冷や汗をかきながら、司令官に小声で話しかけてくる。

「家紋を確認しました。バランディン家の物で間違いありません」

司令官は一瞬だけ苦々しい顔をしたが、すぐに表情を改める。

「覇王の血族か――それで、攻め込んできたのは誰だ？」

「アリューナ殿下です」

「アリューナ？　王太子の妹君か。戦績は？」

すぐに戦績や傾向を確認しようとする司令官のために、騎士が資料を用意する。

二人の周囲にはアリューナの資料が表示されたのだが、たいした情報は得られなかった。

騎士が小さくため息を吐《つ》いた。

アリューナが対外戦で活躍していないと知って安心したためだ。

「国内はともかく、国外での戦いは初めてのようです。これは、何とか守り切れそうですね」

相手が経験の浅い若い指揮官であると聞いて、司令官も少しばかり安堵していた。

「だが、相手は覇王の血族だ。若者だろうと徹底的に叩《たた》き潰せ」

「了解しました」

攻め込む覇王国軍に対して、帝国軍の防衛戦が開始された。

だが、程なくして前線の様子がおかしくなる。

オペレーターたちが騒ぎ始めると同時に、司令官は席から腰が浮いていた。

「敵艦隊、こちらの攻撃を無視して前進してきます!?」

「敵艦隊に攻撃を集中させろ！」

「や、やってはいますが」

しどろもどろになるオペレーターに、司令官は叱りつける気にもなれなかった。

何故《なぜ》ならば、敵艦隊は戦場に来るまでに集めた小惑星を盾に突撃してきたからだ。

参謀役の騎士が叫ぶ。

「小惑星に攻撃を集中！——奴《やつ》ら、我々の守る惑星を滅ぼす気か!?」

小惑星が目指しているのは、帝国軍が守っている惑星だった。

帝国軍の攻撃が小惑星を削り始めるが、その間に覇王国軍が自軍との交戦距離に入る。

互いに光学兵器を打ち合い始めるが、覇王国軍に押されていた。

最初は三万隻の味方がいたはずなのに、気が付けば半分にまで減らされていた。

対して、覇王国軍の消耗は軽微だった。

小惑星に気を取られたのが敗因だったのだが、領土の奪い合いで惑星に小惑星をぶつける発想は帝国軍にはなかった。

司令官が肘掛けに拳を振り下ろす。

「戦争好きの馬鹿共が！」

司令官の言葉に返事をするのは、帝国軍を突破してきた機動騎士だった。

要塞級に取り付き、そして内部に侵入——そのまま司令部に機動騎士が顔を出した。

モニターを突き破り、ブリッジに叫び声が響く。

「閣下はお下がりください！」

参謀役の騎士が、部下たちを前に出して司令官を守ろうとする。

選ばれし六人の騎士たちが武器を構えると、機動騎士のコックピットが開いて女性パイロットが降り立った。

女性パイロットがその手に持つ武器は、レイピアだった。

突きに特化した細身の剣を構える女性を見て、参謀役の騎士は部下たちに命令を出す。

「相手は騎士だ！　すぐに殺せ！」

「はっ！」

騎士たちが斬りかかり、兵士たちが銃を構える。

敵だらけの中、女性は笑っていた。

「――戦士と呼べ、下郎共」

◇　◆　◇　◆　◇

戦いが終わると、ブリッジは辺り一面血だらけだった。

ヘルメットを脱いだアリューナは、その右手に司令官の頭部を摑《つか》んでいる。

摑み上げ、その顔をマジマジと見ていた。

「お前は本当に司令官か？　周囲にいた者たちよりも弱いではないか」

「武力だけを重視するのは、お前たちだけだ！　この、脳筋共が」

「――つまらぬ」

アリューナは司令官を投げ捨て、壁に叩き付けてしまった。

司令官はピクリとも動かない。

司令部を制圧したアリューナだったが、すぐに味方から通信が入る。

『アリューナ様、敵艦隊を殲滅《せんめつ》しました』

「よくやった。こちらも司令部は制圧した」

『大手柄でございます』

「あまり褒めるな。図に乗ってしまう」

『誇って宜《よろ》しいでしょうに』

「そうもいかぬよ。それで、他の兄弟たちの戦果はどうなっている?」

兄弟たちの戦果を気にかけているのは、家族であると同時に競争相手でもあるからだ。

アリューナにとって、兄弟とは競うべき相手でしかない。

『戦闘は始まったばかりですよ。ただ、イゼル様だけは敵要塞の攻略に成功したそうです』

敵要塞の攻略を果たしたと聞いて、アリューナは胸を張る。

兄の手柄を誇らしく思っていた。

「実に兄上らしい素晴らしい戦果だ。――いずれ倒す時が楽しみで仕方がない」

通信を終え、アリューナは機動騎士のコックピットへと戻る。

シートに座り、ハッチを閉じながら少し不満げにため息を吐いた。

「勝ったのはいいが、この程度の敵を相手に勝ち誇っても意味がない。せめて、カルヴァンくらいは強敵であって欲しいものだな」

覇王国と帝国との戦争は、まだ始まったばかりである。

第三話 ➤ 職場

首都星で宮仕えとなったわけだが、残念なことに職場には宮殿らしさが全くない。

ビル自体も装飾が少なく機能的で、働いている連中もスーツ姿だ。もっと宮殿に相応《ふさわ》しい過度に装飾された服を着ているのかと思えば、式典以外では普通にスーツだ。

宮殿内には数多くの職場が存在している。

それら全てを把握している人物は、宰相以外には存在しない、とまで言われている。

実際に全てを把握するのは人間には不可能に思えた。

そうなると、宰相は人外という話になるのだが——まぁ、皇帝陛下を何世代も支えてきた老人だから、妖怪の類いである可能性も捨てきれない。

そんな不思議な職場で四年間を過ごすのが、貴族の修行になる。

修行と言っても働くだけであり、何か苦しい思いをするわけではない。

官僚たちが働く職場は、綺麗《きれい》で個人スペースも余裕があって広々としていた。

休憩室には人が配置されており、頼めば軽い飲食が可能となっている。

至れり尽くせりという環境である。

俺は自分の机で、定時で上がれるように自分の仕事を調整していた。

真面目にやるのが馬鹿らしいというのもあるが、一番は自分が何の仕事をさせられているのか不明な点にやる気を削《そ》がれる。

全体の極一部を見せられ、それを処理しているような感覚だ。

自分の仕事から全体図が予想できない。

エリート部署とは呼ばれていても、実情は自分たちが何をしているのかも理解していない集団の集まりだ。

そのため、俺の抱いた感想は。

「花形と呼ばれるだけの部署で中身がないな」

宮殿で働く官僚たちの間には、こんな笑い話がある。

ある真面目で優秀な人物が、定年まで宮殿で働き引退する日が来た。

上司に呼び出されお褒めの言葉を受けたそいつは、一つだけ聞きたいことがあると尋ねたわけだ。

上司への質問は「自分は今まで何の仕事をしていたのでしょうか？」だ。

与えられた仕事はしてきたが、それが何なのか理解していなかったというオチだ。

真面目で優秀な人物でも、全体の把握などできていなかった。

笑えるのが上司の返答だ。

上司は引退する部下に「私も知らない」と返したそうだ。

コントのような話だが、事実として存在しているから恐ろしい。

「人工知能を使った方が効率的だな」

無駄な仕事を人間にさせているだけにしか感じられなかった。

優秀な人材を無駄に浪費している。

俺なら人工知能を採用し、余ったリソースを他に回していただろう。

ついつい考えてしまうのは、人工知能を採用した場合の官僚の扱いだ。

宮殿に出仕している時点でそいつは優秀だ。

能力、コネ、権力、財産——何かに秀でているのは間違いない。

よくコネを馬鹿にする奴がいるが、それは間違いだ。

コネも力だ。

俺はコネを利用するのをためらわない。だが、残念なことにバンフィールド家は両親や祖父母たちがやらかしてくれてコネがなかった。

おかげで、現在は俺が独自にコネクションを築いている最中だ。

本当に腹立たしい連中だ。

ノンビリと仕事をしながら考え事をしていると、飲み物を二つ持ってやって来たマリオンが俺の隣の席に座る。

「リアム先輩は真面目ですね」

手を抜いている俺に対する皮肉だろうか？

だから、俺は冗談で返してやる。

「他が不真面目すぎるせいで、真面目に見えているだけだ」

周囲にいる貴族たちは、仕事もせずにダラダラと過ごしていた。

真面目に仕事をしている官僚たちのすぐ側《そば》で、今夜はどこで遊ぶか相談をしている。

マリオンが俺に飲み物を一つ差し出してきたので、受け取りつつ尋ねる。

「お前の仕事はいいのか？」

遊んでいる自称後輩は、自信に満ちた笑顔を見せる。

「もう終わりましたよ」

見た目は遊んでいそうな恰好《かっこう》だが、能力も持ち合わせているのがマリオンだ。

「――さっさと終わらせれば、上司が追加で仕事を持ってくるぞ」

もしくは周りが手伝って欲しいと頼み込んで――来ないな。

貴族に手伝ってと言ってくるような奴なら、この場にはいないだろう。

助けを求めるならば、能力で採用された官僚たちの方が頼りになる。

俺が助けを求める立場なら、能力的な意味合いでも貴族は避ける。

マリオンは、俺の疑問に苦笑していた。

「上司はリアム先輩を怖がって部屋から出て来ませんよ。噂《うわさ》で聞きましたよ。研修先で逆らう上司や同僚たちを一掃したとか？」

噂の真意を知りたいマリオンに、俺は隠す理由もないので教えてやる。

「俺をこき使おうとしたのが悪い。身の程を教えてやっただけだ」

「ここでも同じ事をするつもりですか？　上司はカルヴァン殿下の派閥の関係者ですし、

周りはリアム先輩が何かすると考えていますよ」

配属がカルヴァンの派閥の関係先なのには理由がある。

クレオの派閥は地方出身者が多いため、宮殿内の味方が少ない。

俺が楽をするためにも同じ派閥で固められた部署に入りたかったのだが、それができないほどにクレオの派閥は文官たちが少ない。

宮殿内で影響力を伸ばすためにも、カルヴァン派の部署をクレオ派で埋めていく必要がある。

そのために乗り込んだのが、俺がいる部署だ。

もっとも、現在カルヴァン派は覇王国との戦争で大忙しであり、部署の乗っ取りは難しい話でもない。

修行の片手間に終わらせられる仕事だ。

「俺に従うなら可愛《かわい》がってやるさ」

「その発言はどうかと思いますよ。意味深に聞こえてきますからね」

上司は腹の出た中年みたいな男だ。

教育カプセルや、その他諸々《もろもろ》の技術を使えばすぐにスリムな体型になれるのにそれをしない。それすら面倒に考えている奴《やつ》が多いからだ。

身だしなみに気を付けない奴っているだろ？　そういうノリで外見を弄《いじ》らない奴もいる。

俺の上司はそのタイプだ。

そんな上司を可愛がってやる、という発言は確かに失言だった。

「――従うならこき使ってやる」

言い直せば、マリオンが面白そうにクスクスと笑っていた。

「それがいいですね。それより、今日の夜は付き合ってくださいよ。飲みに行きませんか？」

人懐っこく誘ってくるマリオンを見ていると、悪い気はしない。

ただ、同期の俺を誘うよりも、上司や先輩にたかれと思ってしまう。

こいつの場合は仕事上の付き合いよりも、実家を助けられる権力者に近付くのが最優先だから仕方がない。

俺たちが話をしていると、ランディーの声が部屋に響き渡った。

「私の仕事に文句があると言うのか！」

「し、失礼いたしました！　で、ですが、ここはランディー様に修正していただかなければ、申請が通りません。何卒《なにとぞ》。何卒！」

「ふん、忌々しい」

ランディーが先輩にミスを指摘されていた。

本来はランディーの教育係である先輩が、謝り倒して修正をお願いしている。

何十年もこの部署で働き成果も上げているのに、ランディーの教育係に選ばれてしまったのが運の尽きだ。

新人のランディーの方が偉そうにして、先輩たちが肩身の狭い思いをしている。

こんな職場でも優秀な人材が逃げ出さないのは、首都星で官僚であるのがステータスだからだ。

お役人様、と周囲が持ち上げてくれる。そんな立場を手放したくないという人間が多いため、こんな職場にもしがみつく。

マリオンが肩をすくめてみせた。

「ランディーさんは今日もご機嫌斜めですね」

貴族は隔離した方がいいのではないだろうか？　いや、もしかしたら――この場所自体が隔離場所なのか？

ランディーを見ていると、どうにも隔離場所に思えてならない。

「あいつはもうすぐで二百歳だったか？」

ランディーについて尋ねると、マリオンが小さく頷《うなず》いた。

「そうですよ。それから、リアム先輩と同じくここが最後の修行場所みたいですよ」

「二百歳を前に、ギリギリで修行を終わらせに来たのか」

貴族の修行は二百歳までに終わらせれば、一人前と認められる。

非常に緩いように思えるだろうが、これが理由もなく二百歳を過ぎて修行が終わっていないと貴族社会では爪弾《つまはじ》きにされてしまう。

あいつは貴族としての修行をまともにこなしていない、と後ろ指を指されるわけだ。

そこだけは異様に厳しく、ダラダラと過ごしていた貴族たちが二百歳になる前に急いで修行を終わらせようと動き出す。

ランディーもその一人なのだろう。

「――俺には関係のない話だな」

だが、今回で修行を終える俺には無関係の話なので、ランディーのことは関わらない限りは放っておくことにした。

◇　◆　◇　◆　◇

リアムが働いているビルの近くには、同じように官僚たちが働くビルがある。

部署が違えば、同じ部署でも課が違えば、新しいビルを用意する。

そうして出来上がったのが、宮殿内にあるオフィス街だ。

星間国家は規模が大きすぎて大雑把になりやすい。

ロゼッタはそんなオフィス街の、ある特殊な職場で働いていた。

午前中の仕事を終わらせたロゼッタのところに、取り巻きである二人の女性がやってくる。

制服はなく、三人とも自前のスーツ姿だ。

「ロゼッタ様、昼食の時間です。今日は近くのレストランを予約しています」

「それは楽しみだけれど、ダーリンの予定は確認できたのかしら？」

ロゼッタがリアムを気にかけると、二人が顔を見合わせてから申し訳なさそうにした。

「お誘いはしたのですが、リアム様は来られないそうです」

「そう。残念だけど仕方がないわね」

ロゼッタが席を立つと、そこを狙い澄まして先輩が声をかけてくる。

派手なスーツ姿の女性は、取り巻きを六人も連れていた。

六人の女性たちは、揃《そろ》いのスーツに身を包んでいた。

派手な女性の取り巻きである、と誇示するユニフォームなのだろう。

彼女たちがロゼッタに向ける視線は、好意的なものではなかった。

「あら、新人が我先に休憩なんて礼儀を知らないようね」

飾りのついた扇子を持って口元を隠している相手は、カルヴァンの派閥に所属する貴族の娘だった。

修行期間が終わっても職場に残り、官僚として働いている。

役職はないのだが、職場を取り仕切っているお局様《つぼねさま》的な立ち位置だ。

周囲にいる官僚たちの様子を見れば、仕切られて迷惑をしているのが丸分かりだった。

ちなみに、ロゼッタの職場には女性しかいない。

宮殿には無闇に異性と関われない高貴な女性も多いため、男性を廃した職場が用意されている。

ロゼッタが働いている職場は、男子禁制である。

男性が勝手にビルに入ろうものなら、入り口で警備をしている女性騎士たちに斬り捨てられる。

安心して娘たちを預けられると評判の職場として有名なのだが、カルヴァン派の影響下にあった。

ロゼッタにしてみれば、職場は敵地のようなものだ。

だが、ロゼッタは微笑《ほほえ》みを浮かべる。

「そのような礼儀があるとは初耳ですわね。独自ルールを押しつけるのは、やめた方がよろしいのではないでしょうか？」

このようないびりにくじけていては、この先が厳しい。

ロゼッタの引かない態度に、派手な女性は頰を引きつらせていた。

「言うじゃないの。頼りの婚約者が近くにいるからと安心しているのかしら？　ここに貴女《あなた》の味方は少ないわよ」

相手の女性が扇子を畳み、それをロゼッタに向けて胸元を指し示す。

周囲にいる者たちの反応は様々だ。

目を背ける者。

ニヤニヤと二人のやり取りを見ている者。

注意深く観察している者。

以前のロゼッタならば気後れしていただろうが、今は違う。

「それは残念ですわね。さ、貴女たち、お昼にしましょう」

味方が少ないことなど気にしていない素振りを見せると、ロゼッタは取り巻きの二人を連れて部屋を出て行ってしまう。

その後ろ姿を相手は睨《にら》み付けていた。

ロゼッタが見えなくなったのを確認して、大声で叫んでいた。

「何よ、あの態度は！　私を誰だと思っているの！」

ロゼッタにも聞こえるように叫んだのだろう。

廊下に出たロゼッタに、取り巻きたちが心配そうに尋ねてくる。

「ロゼッタ様、挑発してよろしかったのですか？」

波風を立てずにやり過ごすのは簡単だが、ロゼッタにも役割がある。

リアムがカルヴァン派の影響力を削《そ》ぐように、自分もこの職場でクレオ派の影響力を強めるつもりでいた。

「この程度は挑発になりません。相手の沸点が低いだけです。それよりも、ユリーシアさんに連絡をしておきましょうか」

ロゼッタの味方は、表向きは取り巻きの二人だけ。

だが、職場の外でサポートをする体制は整えられていた。

◇　◆　◇　◆　◇

その頃。

ユリーシアはホテルの一室で忙しそうに机に向かっていた。

いくつもの画面が空中に投影され、それぞれ別の情報が表示されていた。

一つはロゼッタの親衛隊選考の書類審査。

もう一つは、艦隊の装備を発注するための画面。

本来なら一人でやるような仕事量ではないのだが、ユリーシアは単独でこなしていた。

普段は忘れ去られているが、ユリーシアはできる女だ。

他にも様々な仕事を一人で処理しており、その中の一つの画面にはロゼッタが働く職場の内部情報が表示されている。

片手間に色々と調べるのもユリーシアの仕事だ。

「あ～あ、面倒な女性ばかりを集めた職場って嫌よね」

貴族の女性たちが集まっている職場は、その特殊な立ち位置から面倒事も多かった。

家同士の確執、本人たちの立場。

様々な理由で対立、共闘が行われ、それが日々移り変わっている。

ロゼッタの立場だが、クレオ派閥筆頭であるリアムの婚約者であるためかなりまずい状況だった。

「ロゼッタ様の仕事量が多いわね。わざとらしくどうでもいい仕事を押し付けているみたい」

職場の情報を確認しつつ、ロゼッタに振り分けられている仕事内容を精査する。

すると、幾つもの改竄《かいざん》された箇所を発見した。

「嫌がらせというよりは、ミスを誘発させるつもりかしら？」

職場の資料を勝手に閲覧するのは犯罪なのだが、ユリーシアは軍で諜報《ちょうほう》活動も行っていた。

お嬢様たちの通う職場に侵入し、データを抜くなど容易《たやす》い。

もっとも、その特殊な立ち位置から、ロゼッタのいる職場に機密情報など存在しない。

たいした情報もないために、セキュリティーも程々だった。

ユリーシアが上半身で伸びをして、指を鳴らすと六つの画面がもの凄《すご》い勢いで処理されていく。

そんなユリーシアの部屋にやって来たのは、メイドのシエルである。

ロゼッタの側付《そばづき》という立場なのだが、主人が宮殿に出仕しているので現在はホテルで一般メイドの仕事も行っていた。

ユリーシアのために、食事を運んできたところだった。

「ユリーシア様、お食事をお持ちしました」

「あ、そこに置いてください。終わったら食べるので」

ユリーシアは、顔は画面に固定してシエルに返事をする。

仕事で忙しいのだろうが、あまりにも失礼な態度だ。

そんなユリーシアの姿を見て、シエルは怒りよりも先に感心してしまう。

「ユリーシア様は優秀だったんですね」

ユリーシアの手が止まったが、いくつかの画面は思考で動かしているためそのまま処理されていく。

振り返ったユリーシアは、驚いているシエルの顔を見た。

「え？　それってどういう意味？　私、これでもリアム様に拾い上げてもらったのよ。優秀であるのは前提条件よ」

そもそも、貴族の跡取りの副官に選ばれるというのは、激しい競争を勝ち抜いた者に許される特権みたいなものだ。

無能は余程気に入られなければ、副官になどなれない。

だが、普段のユリーシアの姿を見ているシエルにしてみれば、働いている姿は新鮮だった。

「いつも豪遊しているイメージしかありませんでした」

「だ、だって、命令が何もないから」

普段の暮らしぶりが酷《ひど》いため、シエルに無能と思われていたようだ。

ユリーシアが落ち込んでいる間に、シエルはロゼッタの親衛隊に関する資料を確認したのだろう。

その中には騎士の選考基準に関する電子書類もあった。

シエルは勇気を振り絞って、ユリーシアに希望を述べる。

「あの！　ロゼッタ様の騎士は、能力よりも真面目さが大事だと思うんです！　不正を許さない、真面目な人たちを集めた方がいいと思います」

ユリーシアは、シエルが持ってきた食事に手を伸ばす。

サンドイッチを食べながら、色々と考えてしまう。

（この子、随分と編制に口を出してくるわね。実家が軍人系だからかな？　まぁ、能力よりも人柄重視は賛成だけどね）

そもそも、ユリーシアはロゼッタの親衛隊に能力を求めていない。

ロゼッタが目指しているのは、困窮する騎士家の救済だ。

自分が苦労してきたため、同じく苦労している騎士たちを救いたいのが大前提にある。

「別にいいけど、あなたが口を出しては駄目よ。問題になるからね」

シエルがロゼッタを利用して独自の戦力を手に入れようとしている、などとリアムに思われれば処刑されても文句が言えない。

リアムにとって大事な時期ではあるのだが、エクスナー男爵家との関係が切れたとしてもバンフィールド家には何の問題もない。

そもそも、エクスナー男爵家はリアムの庇護《ひご》下にあるような家だ。

影響力という意味でも大した存在価値はない。

切り捨てても面倒が一つ減るだけである。

それを理解していないのか、シエルは編制に口を出す。

「それでも、バンフィールド家の騎士団は我《が》が強すぎます。ここは、平凡でも真面目な騎士たちを集めるべきです」

その言葉には、ユリーシアも納得する。

バンフィールド家の騎士団は、ティアやマリーをはじめ優秀な騎士たちが揃っている。

だが、シエルが言うように我が強い者が多かった。

今までは許容してきたのだが、リアムの不在時に暴走した事実を考えると早急に解決すべき問題である。

リアムも二人の暴走を危惧したのか、筆頭騎士にクラウス・セラ・モントを指名した。

今後はクラウスの手によって、騎士団も改革が進むだろう。

だが、現在もティアやマリーを支持する騎士たちは残っているし、我の強い騎士たちが続々と集まって来る。

ユリーシアとしても、今後は暴走の危険のない普通の騎士が増えてほしいと思っていた。

ユリーシアだけでなく、バンフィールド家に関わる大多数も同じ気持ちだろう。

ただ――それをシエルが指摘してくるのは問題だ。

同僚との世間話とは違い、今のユリーシアは親衛隊の設立に大きく関わる立場なのだから。

興味があるからと、気軽に口を出していい話ではない。

「元から能力よりも人柄重視の選考を予定しているわ。ロゼッタ様の方針でもあるからね」

シエルはそれを聞いて安堵《あんど》した表情を見せる。

「それを聞いて安心しました。やっぱり、能力よりも人柄ですよね！　真面目で悪いことを見逃せない人たちがいいと思います」

「その意見には賛成するけど、あまり言いふらしたら駄目よ。誰が聞いているかわからないんだからね」

「はい。その辺りは気を付けているので大丈夫ですよ」

ユリーシアは、シエルが私欲で行動しているような気がしてならなかった。

(これはまずいわよね？　男爵家から預かった女の子が、ロゼッタ様の親衛隊に口を出すなんてあり得ないもの)

シエルに危機感を覚えたユリーシアは、これは報告すべき事案であると判断した。

第四話 ▼ アナベル夫人

帝国内で次期皇帝の最有力候補となったクレオの生活は、ここ最近で大きく変化していた。

朝から後宮を出て向かう先は、クレオに面会を求める者たちと会う場所だ。

面会室――などと呼んではいるが、面会のためだけに建物が用意されていた。

建物には広い庭も用意されている。

屋内には様々な面会用の部屋が用意され、贅沢《ぜいたく》な造りをしている。

以前は使用する機会などほとんどなかった場所なのだが、今は朝から晩まで使用している。

クレオに面会を希望する者が大勢いるためだ。

高座に用意された椅子に座るクレオの前には、土産を持ってきた貴族の男がいる。

「こうしてクレオ殿下と直接お目にかかれて幸せにございます。末代までの自慢話になりましょう」

貴族の男を前にして、クレオは表情を崩さないよう気を付けていた。

相手は動きがいちいち大袈裟《おおげさ》で、下手な演技を見せられているような気分だ。

モニター越しに何度か話をした相手なのだが、予想通り仰々しい男だった。

辟易《へきえき》しているのだが、それを悟られるわけにもいかない。

「俺も嬉《うれ》しく思っているよ」

クレオが返事をすると、護衛であり、実姉の【リシテア・ノーア・アルバレイト】が無表情で面会時間について口を出してくる。

「面会時間は限られています。申し訳ありませんが、世間話の前に用件をお願いいたします」

無礼極まりない態度のリシテアだが、これはクレオのためだった。

この後も大勢と面会を行う必要があるので、目の前の相手だけに時間を割けない。

相手はムッとするが、すぐに申し訳なさそうな表情をする。

「失礼いたしました。今回の用件でございますが——当家の領土争いについてご相談がございます」

「領土争いか」

「我が領地の一部を叔父が不当に占拠しているのです。父上より譲り受けたなどという嘘《うそ》を吐《つ》き、返還しないのです」

「それで俺に相談しに来たのか」

クレオからすればどうでもいい話だが、相手は真剣だった。

（きっと俺に仲裁役をやってくれと頼むのだろうな）

面倒な依頼だと思っていると、目の前の男が口を開く。

「はい。是非とも、仲裁役をバンフィールド伯爵、もしくは名代の方にお願いしたいのです」

「――そうか」

自分の名前ではなく、リアムの名前が出てきた。

これにクレオは少しばかり苛立《いらだ》ちを覚えるが、仕方のない話でもある。

「バンフィールド伯爵は帝国でも有数の実力者だからな」

クレオがそう言うと、目の前の男が満面の笑みを浮かべた。

「はい！　バンフィールド伯爵の活躍は、地方にまで知れ渡っております。そのような方に仲裁役をお願いできれば、何の心配もございません」

クレオは不満を飲み込む。

「――わかった。伝えておこう」

「ありがとうございます！」

◇　◆　◇　◆　◇

「どいつもこいつも、俺を前にしてリアムの名前ばかり出す」

男が去った後、クレオは休憩時間を取ると愚痴をこぼし始める。

付き合うのはリシテアだ。

クレオの実姉であり、彼女も立派な皇族である。

だが、後宮内で孤立無援の弟を守るため、自ら志願して騎士になった女性だ。

皇子の護衛という立場であり、普段の騎士服も装飾が多く儀礼用に近い。

以前はまとめていた髪を、今はストレートロングにしている。

「気にしていては体が持たないぞ。何しろ、面会予定は数年先まで秒刻みで埋まっているのだからな」

帝位争いでクレオが優勢になると、面会を求める者たちが増えた。

貴族だけではなく、商人をはじめ、様々な人々がクレオに面会にやって来る。

本人にしてみれば、それも面白くない。

「俺が優位に立った途端に手の平返しですからね」

見向きもされなかった頃を思い出すリシテアは、不満を抱くクレオを宥《なだ》めてくる。

「それだけ今のお前が認められているという証《あかし》だよ。確かに怪しい連中も多いが、中には頼りになる者たちもいる。邪険にするなよ」

クレオは天井を仰いだ。

「邪険になどしませんよ。それに、俺だって理解しています。バンフィールド伯爵のおかげで、こうして無事でいられるのですから」

帝位を争う兄弟たちに殺されずに済んでいる。

紛れもなく、バンフィールド家の——リアムの力だった。

リシテアは、クレオが理解していると思って安堵していた。

「今はカルヴァン兄上が不在だ。お前に会いたいという貴族は多いぞ。カルヴァン派からの鞍替《くらが》えを希望する者たちも増えている」

次の皇帝はクレオ殿下では？　という声は日増しに増えている。

だが、カルヴァンの影響力が消えたわけではない。

派閥争いで優位には立ったが、その差は大きくなかった。

何か起きれば、クレオだろうと簡単に吹き飛んでしまう危うい状況にいるのは変わらない。

「本当は俺ではなく、バンフィールド伯爵に会いたいのでしょうに」

それは事実なのだろう。

だが、クレオを無視するならば面会などしない。

面会を希望する者たちは、一応の筋は通していると見ていい。

リシテアは、小さくため息を吐いた。

「仕方がないさ。バンフィールド伯爵は、クレオの最大の支援者で後ろ盾だ。伯爵の資金と軍事力がなければ、我々も今頃どうなっていたことか――クレオ、面白くないだろうが、感謝は忘れるなよ」

愚痴の増えたクレオに対して、リシテアは少し不安そうにしている。

バンフィールド家に――リアムに不満を抱いているのではないか？　と。

そんな顔を見て、クレオは苦笑した。

「冗談ですよ。朝から陳情続きで疲れて、ちょっと愚痴っぽくなっただけです」

「それならいいんだが」

「そろそろ休憩も終わりです。姉上、次の面会を済ませてしまいましょう」

「わかった」

話を終えると、リシテアがクレオに背を向けて端末を操作する。

外で待機している面会人を中に入れるよう、部下に指示を出していた。

クレオはそんなリシテアの背中を見ながら、聞こえないように呟《つぶや》く。

「どうせ俺は伯爵のお飾りですから、精々大人しく役割を果たしますよ」

どうしても皮肉が口から出てしまう。

自分は、リアムの力で今の地位にいられる。

皇子である自分自身は、昔と変わらず弱い立場のままだと嫌でも認識させられる日々だ。

(昔も今も変わらない。俺は弱いままだ)

次の面会人が来るはずだったが、急にリシテアが慌て始めた。

チラリとクレオに視線を向けると、何やら困っていた。

「――何としても追い返せ。予定にない面会など認められるか」

クレオに面会するために、強引に乗り込んできた者がいるらしい。

穏やかではないと思っていると、リシテアが深いため息を吐いた。

振り返ってクレオを見ると、何とも言えない表情をしていた。

「母上がお前に面会を求めている」

乗り込んできた人物を知って、クレオは目を大きく見開いた。

「母上が!?」

二人にとっての実母――【アナベル・セレ・ラングラン】。

今まで自分たちに会おうとしなかった母の登場に、クレオもリシテアも困惑を隠しきれずにいた。

クレオは手を顔に当て、どうするか思案するが――答えが出ずに姉に助けを求める。

「姉上、どうします？」

「先に私が用件を確認する。返事はその後でいいだろう」

リシテアが慌てて外に出ていくと、クレオはそれを見送った。

今頃になって現われた母親に、不快感をあらわにする。

「今更、何をしに来た？」

予想は付くのだが、それが余計にクレオを苛立たせた。

◇　◆　◇　◆　◇

アナベル夫人と面会したクレオは、何とも言えない気分を味わっていた。

アンチエイジング技術により、アナベル夫人の見た目は若い女性と遜色がない。

何も言わなければ、孫がいてもおかしくない年齢だと誰も気付かないだろう。

クレオの姉と名乗っても通用するレベルだった。

そんなアナベル夫人は、独特の派手なドレスを着用していた。

襟が大きなドレスは、まるでエリマキトカゲのようだ。

髪型も独特で、タマネギのようにまとめている。

昔と変わらない容姿――だが、大きな違いがある。

以前は子供たちに無関心だったのに、今はクレオを前にして笑顔で話しかけてくるではないか。

「クレオったら、見違えるように大きくなったわね。聞いたわよ。宮殿内であのカルヴァン殿下よりも発言力を得たそうじゃない」

クレオもリシテアも、笑顔で話しかけてくる母親に面食らっていた。

アナベル夫人は基本的に後宮に引きこもり、外の世界と関わりを断っていた。

独特なファッションも、世間に疎いためだろう。

そんなアナベル夫人の耳にも、クレオの飛躍が届いたらしい。

クレオに面会するために、わざわざ出向いたらしい。

クレオの斜め後ろに立って見ているリシテアは、母親――アナベル夫人に苦々しい顔を向けていた。

アナベル夫人はクレオには笑顔を見せても、リシテアには見向きもしない。

「このままいけば、クレオが次代の皇帝陛下になれるわね」

「まだ決まった話ではありませんよ」

クレオが弱気な発言をすると、アナベル夫人が目を見開いた。

「何を言っているの！　カルヴァン殿下は皇太子でも、今は宮殿から離れているわ。覇王国と戦うために隙を見せているのよ。これを突いて、あなたの地位を盤石にしないと駄目じゃない」

アナベル夫人の意見は間違いでもない。

カルヴァンが不在の今こそ、クレオ派閥は宮殿内での勢力を積極的に拡大するべきだ。

だが、クレオはその件に関われていなかった。

「バンフィールド伯爵に任せています」

その名を聞いて、アナベル夫人の視線が鋭くなった。

リアム個人ではなく、バンフィールド家に対して嫌悪感を持っているようだ。

「クレオ、あなたがバンフィールド伯爵を優遇するのはよく理解できるわ。辛《つら》い時に支えてくれたのは彼だったからよね？」

アナベル夫人の言葉に、失笑しそうになってしまったが耐えた。

皮肉でも言ってやろうと思ったが、それも我慢する。

「えぇ、そうですね」

(俺たちを見捨てた癖に)

クレオは内心で毒づいていたが、それを声には出さなかった。

実母と揉《も》めるのを避けたからだ。

ただ、アナベル夫人もクレオの気持ちには気付いているらしい。

「辛かったわね。本当に申し訳ないことをしたわ。本来なら、わたくしが実家に頼んであなたを守ってもらうべきだったのに」

クレオの右手を両手で握るアナベル夫人は、本当に申し訳なさそうな顔をしていた。

その白々しさに、後ろで控えているリシテアは眉間にしわを寄せた。「今更何を」と小さい声で呟いていたが、それはアナベル夫人には聞こえなかったようだ。

「でもね、誰かに頼り切るのはよくないわ。このままバンフィールド家に頼れば、あなたの治世で問題が出てくるわよ」

「それはそうですが」

今のままクレオが帝位を引き継いだとすると、問題になるのはバンフィールド家だ。

クレオを皇帝の地位にまで押し上げた功績は比類ない。

クレオ個人としても恩があるため、バンフィールド家を優遇するだろう。

そうなると、問題になってくるのがバンフィールド家の影響力だ。

宮殿内はバンフィールド家の専横を許すことになる。

クレオは思うような政治が行えないだろう。

逆にバンフィールド家を冷遇した場合は、クレオ個人の信用が地に落ちてしまう。

クレオの治世は安定しないだろう。

バンフィールド家を裏切ることは、クレオ派閥の弱体化を意味する。

弱体化してしまえば、クレオの宮殿内での影響力は落ちる。

結局、思うような政治が行えなくなる。

バンフィールド家単独に頼ってきたツケだが、クレオは最初から受け入れていた。

「――バンフィールド家がいなければ、俺はこの場で母上と面会していなかったでしょうね」

結局、クレオはバンフィールド家に頼るしかなかったのだ。

そんなクレオに、アナベル夫人は新しい選択肢を用意する。

「生き残るために必死だったのね。けれど、あなたはもう弱い立場ではないのよ」

「何を言っているのですか？　今の俺に何が――」

何ができるのか？　言い終わる前に、アナベル夫人がかぶせてくる。

「ラングラン家を重用しなさい。バンフィールド伯爵を切り捨てるのではなく、少しずつラングラン家を頼るのよ。そうすれば、彼の独裁を防げるわ」

「なっ!?」

驚いて声を上げたのは、斜め後ろにいたリシテアだった。

「クレオ、耳を貸すな！　今更、ラングラン家を重用しても、貴族たちが納得しない」

リシテアの忠言にクレオは耳を貸すが、ここである考えが頭をよぎった。

(このままバンフィールド伯爵に頼り切って本当にいいのか？　ラングラン家という力を使い、バランスを取るのは悪い事なのか？)

クレオが皇帝になる可能性が出た瞬間に、近付いてきたラングラン家だ。信用には値しないが、それよりもリアム対策で重用するのは悪くないと思えた。

信用できない家というデメリットを知りつつも、受け入れようとするのはリアムの存在が大きい。

(何もしなければ、俺はずっとお飾りのままだ。争うつもりはない。ないが——将来のために布石を打つくらい許されるはずだ)

ラングラン家を受け入れる決断をしたのは、リアムの影響力を削《そ》ぎたかったから。

そして、劣等感を少しでも払拭するため。

「いいではないですか。俺もラングラン家の血を引いているのです。親族を切り捨てては、他の貴族たちも面白くないでしょう」

リシテアはそれを聞いて言い淀《よど》む。

貴族社会は血族を重視する社会でもある。

簡単に親族を裏切るようでは、周囲に信用されないのも事実だった。

「それはそうだが、この件をバンフィールド伯爵に何と説明するつもりだ？」

「俺が直接説明しますよ。なに、きっと理解してくれますよ」

（今はまだ俺の方が弱い。だが、いつまでもお飾りのままではいられない）

こうして、クレオ派閥にラングラン家が加入した。

◇　◆　◇　◆　◇

職場で忙しくしている俺に話しかけてくるのは、マリオンだ。

「先輩も大変ですね」

大雑把な質問をされても返答に困る。

無視してもいいのだが、そうするとマリオンがずっと話しかけてきて面倒だから相手をしてやることにした。

「何の話だ？」

聞き返してやれば、マリオンが嬉《うれ》しそうにしながら身を乗り出してきた。

どうやら自身も興味がある話題らしい。

「ラングラン家の事ですよ。ランディーさんがクレオ殿下と面会した話は有名ですよ」

マリオンが端末を操作すると、俺の目の前にフォログラムのスクリーンが投影された。

それは前世で言うならネット掲示板的な物だろう。

匿名で不特定多数の人間が宮殿内の噂話《うわさばなし》を書き込んでいるらしい。

その多くは根拠のないデマだが、稀《まれ》に真実も書き込まれるから侮れない。

マリオンが見せているのは、クレオとランディーの面会についての話題だった。

『クレオ殿下は数年先まで予定が詰まっているのに、ラングラン家の跡取りとは特別に面会したらしいぞ』

『ついに実母の実家がご登場かよ』

『今更感が強いけど、わざわざ面会したのは意味がありそうだな』

『バンフィールド家の振る舞いに嫌気が差したんだろ』

『辺境の田舎貴族は無作法だからな』

『伯爵様は修行が終わったら、さっさと地元に引きこもって欲しいものだよ』

『戦馬鹿は戦争だけしていればいいんだよ』

俺を煽《あお》るような書き込みも沢山あった。

わざわざ俺にこんなものを見せるマリオンは、何か期待した目をしている。

俺が怒ると思ったのだろうか？

書き込みを無視して、俺は〝自分〟の仕事を再開する。

「用件はそれだけか？　だったら、今は忙しいから話しかけるな」

俺が怒らなかったのがつまらないのか、マリオンは肩をすくめた。

「書き込みをした人間を探すなら手伝いますよ。もっとも、リアム先輩なら独自の暗部を抱えているので手伝いなんて必要ないでしょうけど」

その気になれば俺を貶《けな》した馬鹿共を一人残らず特定して、処分することも可能だ。

【ククリ】たちなら綺麗《きれい》に処理してくれることだろう。

だが、そんなことをしている暇はない。

「好きなだけ書かせればいい。俺は興味がないからな」

俺が口を閉じて仕事を続けていると、マリオンが呆《あき》れた顔をした。

「リアム先輩は相変わらず真面目ですよね。口では色々と言っていても、生来の生真面目さが隠せていませんよ」

――こいつも俺という人間を理解していないらしい。

俺が真面目？　人を見る目がないようだ。

「わざわざこんな落書きを見せて、俺を怒らせたかったのか？」

「えぇ。犯人を見つけ出して、血祭りにするんじゃないかと思っていました」

お前は俺をどんな目で見ているんだ？

この程度で怒っていたら身が持たないほど、俺への悪口はこの世界に溢《あふ》れているぞ。

特に本星の領民たちは俺の悪口で盛り上がっているだろう。

為政者に対して民が不満を言うのは自然の摂理に近いからな。

「悪いが、構ってやれるほど暇じゃない」

「激昂《げきこう》してくれると思ったのに残念です」

暇だったら書き込んだ連中を見つけ出してもいいが、今は本当に忙しい。

俺たちが話をしていると、相変わらず派手なスーツに身を包んだランディーが近付いてきた。

俺に対して勝ち誇った顔をしている。

「リアム、これもやっておけ」

投げて寄越《よこ》してきたのは、ランディーたちに任せられた仕事だ。

電子データが俺の前に表示され、それらはかなりの量だった。

「何の真似《まね》だ？」

ランディーに視線を向けて問えば、本人は嫌らしい笑みを浮かべている。

年齢が二百歳に迫ろうとしているのに、子供のような悪戯《いたずら》を仕掛けて来た。

「同じ派閥の仲間同士、仲良く助け合おうじゃないか。俺たちは忙しいからな。お前が代わりに仕事をしてくれ。こういう雑務は得意だろ？」

この俺を雑用扱いか。

それだけ言うと、ランディーは取り巻きたちを連れて去って行く。

その際、取り巻きたちまでもが、俺を見てあざ笑っていた。

「頑張れよ、真面目君」

「いや～、持つべきは優秀なお仲間だな」

「ちゃんと終わらせておけよ」

ランディーの腰ぎんちゃくでしかない連中がこの態度――俺は目をむいた。

俺に対して、まだこんな態度が取れる奴《やつ》らがいたとは驚きだ。

彼らを少し見直した方がいいのだろうか？　俺よりも弱い立場でありながら、刃向かってくる勇気だけは評価してやってもいい。

何も考えていない可能性も捨てきれないけどな。

貴族の高度な教育を受けたとしても、人間の本質は簡単に変わらないのだと彼らを見ていると思い知らされる。

様子を見守っていたマリオンだが、仕事を押し付けられた俺に同情したらしい。

「手伝いましょうか？」

俺は小さくため息を吐《つ》きつつ、ランディーたちが寄越した電子データを確認する。

「何の問題もない。お前は自分の仕事をしろ」

今は大人しくしておくとしよう。

そう――今は、だ。

◇　◆　◇　◆　◇

アナベル夫人は、甥《おい》っ子《こ》であるランディーを呼び出していた。

場所は後宮を出てすぐの、皇帝陛下の側室たちが親族と面会するための施設だ。

そんな施設に呼び出されたランディーは、緊張した様子でリアムについて報告する。

「こちらが横柄な態度を取っても落ち着いた様子です。本当に研修先で暴れ回ったのかと疑いたくなりますよ」

ランディーはお世辞にも優秀とは言えない男だった。

二百歳を前にして修行が終わっていないという計画性のなさに加えて、能力面でも秀でたものがない。

実力で採用された官僚たちに比べても、能力は見劣りする。

それというのも、教育カプセルを使用した後が問題だった。

リハビリや訓練で手を抜いていたため、予定していたほどの成果を得られずにいた。

貴族として高度な教育を受けながらこの体たらく。

そんなランディーでも一般人と比べれば、超人の類いとなる。

だが、リアムと比べれば大きな差があった。

アナベル夫人は、そんな出来の悪い甥っ子を前にため息を吐いた。

「今後も注意してリアムを見張りなさい」

「それは勿論《もちろん》です。それで、ラングラン家はいつになればクレオの派閥で筆頭に立てるのですか？」

ランディーが気になっているのは、クレオ派閥で自分がトップに立つことだった。

そんなランディーを見て、アナベル夫人は首を横に振った。

何も理解していない甥っ子に呆れてしまったからだ。

「どうしました、叔母上？」

「ランディー、あなたはもっと賢くなりなさい。私がいつ——クレオを支援すると言いましたか？　クレオ派閥には中から崩れてもらいます。それが、あのお方のご意思ですからね」

アナベル夫人は、最初からクレオを支援するつもりがなかった。

事実を知り、ランディーが慌てふためく。

「それでは、ラングラン家にはメリットがありません！」

「落ち着きなさい。ちゃんと利益が出るようにするわ」

利益と聞いて、ランディーは思案する。

「それはつまり、カルヴァン殿下との繋《つな》がりがあるのですか？　クレオがいなくなれば、もっとも利益が出るのはカルヴァン殿下ですよね？」

クレオを追い落として利益があるのは、カルヴァンだ。

叔母であるアナベル夫人が、裏でカルヴァンと繋がっているとランディーは予想したのだろう。

だが、アナベル夫人は答えを言わない。

ランディーを信用しきれず、伝える方が危険だと判断したためだ。

カルヴァンが黒幕だと思っているのなら、勘違いさせたままでいい、と。

「あなたはこのままリアムを見張りなさい。隙を見せるなら、追い落としてもいいわ。ただし、細心の注意を払うのよ。今まであいつが、どれだけ他の貴族を潰してきたか覚えているわね？　隙を見せては駄目よ」

アナベル夫人に念を押されたランディーは、冷や汗をかきながら頷《うなず》いた。

「も、もちろんです」

「よろしい。それから、何度も言いますが、リアムからは目を離さぬように。あの小僧は本当に危険よ」

これまで多くの貴族たちが、リアムにより潰されてきた。

アナベル夫人はリアムを強く警戒しており、甥っ子に任せるしかないのが不安だった。

そんな心配を知らずに、ランディーは胸を張る。

「ご心配なく。適任者を見つけました。その者に任せております」

「――適任者？　それは手の者なのよね？」

アナベル夫人の顔が険しくなったことに、ランディーは気付いていない。

「違いますが、心配には及びません。私が見つけた者ですからね」

アナベル夫人は手で顔を押さえた。

出来の悪い甥っ子に任せて本当に大丈夫なのか？　と不安が更に増していく。

これは自分で確かめるしかないな、と深いため息を吐いた。

「その者の素性を教えなさい。わたくしの方でも調べてみるわ」

第五話　カルヴァンとイゼル

覇王国との戦争が続く国境では、激しい攻防が繰り広げられていた。

超弩級《ちようど きゆう》戦艦を乗艦としているカルヴァンは、貴族や参謀たちを集めて会議を行っている。

大きなテーブルは作戦会議をするための装置であり、テーブルの上には戦場の簡略図が表示されていた。

カルヴァンは戦場の様子を見て、眉間に皺《しわ》を寄せている。

「侮るつもりはなかったが、まさかここまでとは思わなかったよ」

覇王国を相手にすると決めた段階で、カルヴァンも準備をしてきた。

相手を侮るつもりはなかった。

だが、覇王国はカルヴァンたちの想像の上を行く。

貴族の一人が、苦々しい顔をしながら報告をしてくる。

「一進一退の攻防が続いてはいますが、こちらの被害は甚大です。先程届いた知らせでは、ハーパー伯爵家の艦隊がイゼル率いる敵本隊により殲滅《せんめつ》されました」

カルヴァンは目頭を指で挟んだ。

ハーパー伯爵家は、随分と前からカルヴァンを支えてくれた家だ。

「艦隊を率いていたのは、伯爵の子息だったな？」

尋ねれば、貴族が小さく頷く。

「ハーパー伯爵自慢の息子でした。士官学校でも優秀な成績を収め、軍隊時代にも活躍した武人です。それをこうも簡単に破るとは思いませんでした」

派閥の中でも期待の若手として有望視されていただけに、戦死したという知らせはカルヴァンには信じられなかった。

いや、信じたくなかった。

カルヴァンは、簡略図の覇王国本隊へと視線を向ける。

「覇王国の王太子自ら、前線に出て来るか。――噂《うわさ》では聞いていたが、覇王国の戦い方は常識が通じないな」

総大将自ら前線に立つ。

聞こえはいいが、それを実行するのは容易ではない。

貴族の一人が、歪《ゆが》んだ笑みを浮かべていた。

士気の下がったこの場を盛り上げようと、強気な態度を見せているのだろう。

「このような戦い方をするのは、帝国ではリアムくらいでしょう」

リアムの名前が出ると、他の貴族たちも苦笑しながら同意する。

「確かにな」

「覇王国とあの小僧、どちらが手強《てごわ》いと思う？」

「いっそ双方をぶつけて確かめたらいい」

リアムと覇王国をぶつければいい、という提案に貴族や参謀たちも失笑していた。

カルヴァンも同意したかったが、残念ながら不可能だ。

「非常に魅力的な提案ではあるが、この場にリアム君が現われるのは認められないな。彼がこの場にいれば、一体何をするやら」

戦場では頼もしいリアムだが、カルヴァンたちからすれば派閥争いをしている相手である。

戦場で覇王国を相手にしながら、リアムを警戒するなどごめんだった。

また、カルヴァン派には苦い思い出がある。

連合王国との対外戦にて、バンフィールド家に大打撃を与えられたことだ。

その時の記憶が強く残っているため、バンフィールド家の参戦を望まなかった。

「それに、今回の戦いは我々だけでやり遂げなければならない。クレオには先を行かれてしまったから、ここらで巻き返さないとね」

覇王国に勝利し、皇太子の地位を盤石にしたい。

それがカルヴァン派の計画だ。

リアムが来て活躍すれば、それはクレオ派の手柄になってしまう。

貴族たち、そして参謀たちが頷く。

「それであれば、まずは覇王国を撃退しなければなりません。ですが、これはかなり厄介ですぞ」

手強い相手に勝利を収めるからこそ、大きな手柄となる。

だが、覇王国は強敵だった。

「理解しているよ。さて、ここからどうするか」

カルヴァンたちの会議は、その後も長時間続いた。

◇　◆　◇　◆　◇

「――つまらぬ」

超弩級戦艦――全長三千メートルの宇宙戦艦のブリッジにて、総大将である王太子イゼルは呟《つぶや》いた。

シートには座らず、仁王立ちで腕を組んでいた。

周囲にいる軍人たちは、そんなイゼルの呟きに同意する。

「同感です」

「守り一辺倒で面白みがありませんね」

「総大将が奥に引きこもっているのも、弱腰に見えます。前線とは言わずとも、もう少し前に出てもいいはずです」

カルヴァンの戦い方は、覇王国的に面白みに欠けていた。

イゼルは小さくため息を吐いた。

「せめて俺と戦える戦士がいてくれれば、と思っていたのだが」

残念そうにするイゼルに対して、軍人たちが訂正する。

「王太子殿下、帝国では戦士を騎士と呼んでおります」

「そうだったな」

帝国で騎士と呼ばれる存在は、覇王国では戦士と呼ばれている。

幼少より教育カプセルで超人として育てられた存在なのは同じでも、そのあり方は違っていた。

覇王国では希望すれば、子供を戦士として育てられる。

教育カプセルは安価で使用できた。

しかし、まともに育つのは一握りの子供だけだ。

成長する間に数々の試練が用意されるためだ。

脱落は死を意味し、実際に一人前の戦士となれるのは半数にも満たない。

イゼルは天井を見上げる。

「どこかに俺と渡り合える戦士はいないものか」

強くなりすぎて相手がいない。

それが、イゼルの悩みの種だった。

強敵を求めるイゼルの後ろには、グドワールと案内人の姿があった。

二人の姿は誰にも見えていないため、化け物の姿をしているグドワールがいても慌てる者は一人もいない。

◇　◆　◇　◆　◇

グドワールは、強敵を求めるイゼルの姿を見て悲しんでいた。

「ううっ、俺様のイゼルが強敵と出会えず悲しんでいる。こんな悲劇があっていいのか！」

イゼルが幼い頃から、グドワールは試練を与えて見守ってきた。

グドワールが育てた最強の戦士――それがイゼルだ。

可愛《かわい》がっているイゼルの嘆きに、グドワールは八本の脚をうねらせる。

その様子を見ていた案内人は、反応に困っていた。

「この男を最強に育てたのはグドワール、あなたでしょうに」

「そうだ。イゼルは俺が用意する試練を全て乗り越え、こうして最強の戦士に育った。覇王国至上、最強の戦士だ」

まるでゲームで最強のキャラクターを育てるかのように、グドワールは現実で遊んでいた。

案内人は、無邪気なグドワールを見て笑みを浮かべる。

（嫌いではありませんが、私の好みではありませんね。それにしても、イゼル一人を育て

いますよ）

るために、一体どれだけの命を無駄にしてきたのか――想像するだけでワクワクしてしま

グドワールの寵愛《ちようあい》を受けることは、その者にとって最悪を意味する。

次々に降りかかる試練は、どれも乗り越えるのは不可能と思えるものばかりだ。

常人ではすぐに死んでしまう。

また、グドワールは飽き性だ。

生き残ったとしても、飽きられてしまえば捨てられる。

見捨てられるだけなら幸運だが、グドワールは新しく育てた駒を育成するために戦わせる。


グドワールに寵愛を受けた戦士は、必ず戦いの中で命を落としてきた。

唯一の成功例が、目の前にいるイゼルというわけだ。

グドワールの試練を全て乗り越え、最強となった男である。

「さて、そろそろイゼルのために強敵を用意してやるか」

動き出したグドワールに、案内人は興奮を隠しきれなかった。

「ようやく本気を出してくれるのですね」

「帝国がリアムを寄越《よこ》さないからな。俺様のイゼルと戦うのに、最強の騎士を用意しないとは何を考えているんだ？」

不思議そうにするグドワールに、案内人は帽子のつばを摘《つ》まんで持ち上げた。

目元は暗くなって見えない。

「人間社会には色々とあるのですよ。ですが、グドワールがリアムを引き寄せれば、嫌でも奴《やつ》はこの戦場に現われます」

「人間の運命など、俺様たちは容易《たやす》く操れるからな」

力の弱ってしまった案内人では無理でも、グドワールならばリアムをこの場に引き寄せられる。

超常の存在であるグドワールには、容易なことだった。

イゼルの贄《にえ》として、最高の見世物として、グドワールはリアムを戦場に呼び寄せるため力を使う。

「会うのが楽しみだ、リアム。俺様を楽しませてくれよ」

第六話　ランディー

首都星にあるマンションの一室で、マリオンが目を覚ました。

上半身を起こして隣を見れば、昨晩声をかけた女性が裸で横になっている。

シーツのような薄い布団をかぶっているのだが、その上からでも体のラインがハッキリしていた。

ベッドを出たマリオンが手を掲げると、窓が遮光を中断して光を取り込む。

マリオンは出仕のために身支度を整えた。

朝食も用意し、食事を済ませたら出かけるだけ——なのだが、客人が目覚めない。

いつまでも目覚めない女性に呆《あき》れつつも、優しく声をかける。

「レディ、そろそろ時間だよ」

甘く優しい声で語りかけると、女性が目を覚ました。

最初は自分がどこにいるのかわからず、首を動かして周囲を見ていた。

自分の部屋ではないので焦っているのだろうが、昨晩のことを思い出したのか顔を赤らめていた。

マリオンは微笑《ほほえ》みを浮かべる。

「可愛いよ」

その姿を愛《いと》おしく思うマリオンが、女性の髪に手を伸ばした。女性は顔を真っ赤にして、そのまま周囲に散らばっていた衣類を持ってシャワールームへと駆け込む。

マリオンは肩をすくめた。

「昨晩はあんなに盛り上がったのに。――さて、僕もそろそろ出仕しないとね」

窓から景色を見下ろす。

首都星らしく灰色の景色が広がっていた。

上を見れば人工的な空が用意されている。

「ここはゴミゴミしていて好きじゃないな。――首都星の女性は好みだけどね」

首都星は嫌いだが、暮らしている女性たちは魅力的だ、と感想を呟いて嬉《うれ》しそうに微笑んでいた。

◇　◆　◇　◆　◇

「おはようございます、リアム先輩」

エレベーターに乗ると同時に、マリオンの声がした。

人懐っこい笑顔で挨拶をしてくるマリオンに、俺は辟易《へきえき》していた。

逃げ場のないエレベーターの中なので、仕方なしに相手をする。

「今日も香水の匂いがするな」

香水の匂いを指摘してやれば、マリオンは端末を取り出して昨日の成果を自慢してくる。

「可愛い子を見つけましてね。口説き落としました。あ、この子ですよ」

香水の匂いは、女性が理由であるとしたいのだろう。

ただ、端末の画面を見れば以前に見せられた女性とは別人だった。

可愛い見た目のマリオンに、騙《だま》される女性が何と多いことだろうか。

ついでとばかりに、マリオンはここ最近の成果を見せてくる。

気の強そうな美人が好みなのか、どれも大人の女性ばかりだ。

「リアム先輩も一緒にどうです？　僕たちの立場なら入れ食いですよ」

こっちが宮殿に勤めているお役人だと知れば、一般の女性たちは目の色が変わる。

お役人は勝ち組中の勝ち組だからな。

首都星では大人気の職業だ。

マリオンが入れ食いと言うだけあって、ナンパの成功率は高いと聞く。

興味のない俺からすれば、よくも飽きずに続けられるものだ、という感想しかない。

普通にナンパして成功するなど、悪徳領主の振る舞いとは言えないからな。

嫌がる相手を強引に手に入れるのが面白いのであって、声をかければついてくる相手はつまらない。

「修行期間が終われば田舎に戻ると教えてやれ。相手はすぐに逃げ出すぞ」

都会暮らしを夢見る女性たちは、地方になど興味がない。

いくら高収入だろうと、ついては来ないだろう。

マリオンはそれを理解しながら利用していた。

「別れる時にはそうしますよ。それにしても、リアム先輩は女遊びをしませんね。婚約者さんに気を遣っているんですか？」

ロゼッタに悪いから？　こいつも馬鹿か？

どうして俺がロゼッタに気を遣わなければならない？　あいつは俺の物であって、俺はあいつの物じゃない。

あまり遊びすぎると、天城《あまぎ》とブライアンが五月蠅《うるさ》いからだ。

天城は「手を出したら責任を」と言い出すし、ブライアンは「リアム様がついに女性に興味を持ちましたな！　ですが、ハニートラップにだけはお気を付けください。それ以上は、何も申しません」などと言うだろう。

――あれ？　あいつら、むしろナンパを推奨していた？

だが、一人でも手を出せば、五月蠅く騒ぎそうなので却下だ。

「俺に相応《ふさわ》しい女がいないからだ」

「これまで一人もいなかったんですか？」

「そうだな――いや、そうでもないか」

マリオンに言われて、頭をよぎったのは綺麗《きれい》な青髪の女性だった。

名前は【リーリエ】。

首都星に染まらない無垢《むく》な女性だったが、今頃は何をしているだろうか？

白く透き通るような肌に、白のワンピース。

無垢なリーリエは、良い意味で首都星では浮いた存在だった。

既に首都星に染まって、派手になっていたら嫌だな――と思っていると、マリオンが俺の顔を覗《のぞ》き込んでいた。

「何だよ？」

「いえ、考え込んでいたので、思い当たる人がいたのかな、と」

「――お前には関係ないだろ」

強引に話を終わらせようとするのだが、マリオンは俺を女遊びに付き合わせたいらしい。

今日はしつこく食い下がってくる。

「一緒に遊びましょうよ。リアム先輩がいれば、成功率はもっと上がりますからね。食い散らかして遊ぶのも楽しいですよ」

ニコニコしているマリオンを見ていると、いつか女性に刺される姿が想像できた。

だが、こいつも腐っても貴族だ。

騎士としての能力を持つ俺たちが、一般人に刺されるようでは貴族失格である。

エレベーターが目的のフロアに到着したので俺たちは降りた。

職場に向かえば、朝からランディーが取り巻きたちと俺の机の周りにいた。

俺が来ると聞こえるような声量で話し始める。

「ランディー様、おめでとうございます」

取り巻きに祝われたランディーが、少し照れくさそうにしていた。

「ありがとう」

他の取り巻きたちも、ランディーをよいしょする。

「クレオ派閥加入で、益々《ますます》ラングラン家の重要度が増しますね」

「これから忙しくなる。お前たちも手伝ってくれよ」

わざわざ俺の机の周りで、クレオ派閥に加入したと話していた。

朝から呆れさせてくれると思っていると、マリオンが笑みを浮かべて俺を見ていた。

「挑発されていますよ」

「させておけ」

ランディーたちを無視して席に着けば、俺の机の上にファイルが一つ置かれた。

ランディーが俺の机に座り、気安く話しかけてくる。

「やぁ、リアム」

呼び捨てにするランディーは、俺の肩に手を置いてきた。

その態度に俺は眉根を寄せた。

「馴《な》れ馴《な》れしいな。手をどけろ」

忠告をしたのだが、ランディーは無視した。

まるで自分の方が上位者であるように振る舞う。

「今日はクレオ殿下に呼び出されていてね。忙しいから私の仕事を代わりにやっておいてくれ。同じ派閥の仲間なのだから、別に構わないだろ？」

――数日前にクレオから、ラングラン家の派閥入りを認めたと事後報告が来た。

それ自体は驚くことじゃない。

むしろ、この程度かと肩透かしを食ったような気分だった。

「別に構わないぞ。新人の面倒を見てやるのも、派閥のトップである俺の仕事だ。精々、クレオ殿下に気に入られるように尻尾を振ってこい。お前の実家はただでさえ出遅れて評判が悪いんだから、しっかり媚《こ》びを売るんだぞ」

笑顔で言ってやると、ランディーの表情が少しだけ変化する。

頬だけがピクピクと震えているのは、きっと怒りを我慢しているからだ。

貴族なのにポーカーフェイスすらできないのか――そんな疑問も浮かぶが、地元ではかしずかれるのが当たり前の生活を送っていたはずだ。

煽《あお》られることに慣れていないため、すぐに反応しても仕方がない。

こいつも地元で王様気分を味わってきたタイプなのだろう。

俺と一緒だな！

ギリギリ耐えきったランディーは、机から腰を上げた。

「それでは頼むよ」

悔しさを滲《にじ》ませながら去って行くランディーと取り巻きたち。

様子を見守っていたマリオンは、俺に呆れていた。

「面倒なことになりましたね。まさか、クレオ殿下がラングラン家を取り込むなんて。クレオ殿下の派閥規模なら、急いで取り込む必要があるようには思えません」

有象無象の貴族たちが一つ二つ増えたところで、状況に変化はない。

しかも、情勢を見てすり寄ってきた連中は、状況次第で裏切る可能性が高い。

信用できない奴《やつ》を懐に抱え込むなどあり得ない――とも言い切れない。

「ラングラン家がどこまでやれるか、楽しませてもらうとしよう」

ランディーが置いていったファイルを手に取れば、中身は随分と――データ量が多かった。小さなファイルに、これでもかと仕事が用意されている。

わざわざ、仕事をかき集めて俺に押しつけたのだろう。

ファイルを閉じると、マリオンが話しかけてきた。

「その仕事量なら残業確定ですね。手伝いましょうか？」

「俺が嫌いな言葉を知っているか？」

「どうせ〝残業〟でしょ」

「――正解だ」

俺は残業をしない主義だが、こうも簡単に当てられるのは面白くないな。

マリオンは俺を見ながらニヤニヤしていた。

何とも嫌みな後輩ではないか。

さて、定時までに終わらせるために、少しばかり本気を出すとしよう。

◇　◆　◇　◆　◇

取り巻きを引き連れたランディーは、仕事中だというのに休憩室を使用していた。

カフェのような休憩室では、貴族たちが仕事を放棄して時間を過ごしていた。

中には酒の匂いを漂わせている者もいるが、誰も注意をしない。

本来は修行中である貴族の若者も大勢いるのだが、皆が見て見ぬ振りをする。

クレオとの面会時間までの暇潰しのため、ランディーたちは立ち寄った。

取り巻きたちは、先程のリアムの態度を虚勢だと感じたのか馬鹿にする。

「強がってはいたが、結局仕事を押し付けられたな」

「軍歴と個人の技量は認めるが、政治に疎すぎる。辺境の田舎貴族丸出しだ」

「そんな馬鹿な田舎貴族をまとめるのが、俺たちの仕事になるのさ」

ランディーの実家であるラングラン家は、帝国の首都星に近い――帝国全体で見れば近い距離にあり、発展してきた惑星を領地に持つ。

そのため、リアムたちのような辺境貴族を馬鹿にしていた。

ただ、叔母に忠告を受けているランディーは、取り巻きたちのように楽観視はしていなかった。

「その田舎貴族の武力に頼って、クレオ殿下は今の地位を手に入れた。いいか、絶対に政治以外では勝負をするなよ」

ランディーに睨《にら》まれた取り巻きの一人が、態度を改める。

「もちろんですよ、ランディー様」

リアム個人の武力も、そしてバンフィールド家の軍事力もランディーは侮っていなかった。

ランディーは今後の計画を思案する。

(近い内にリアムを首都星から追い出すと叔母上は言っていたが、本当にそれは可能なのだろうか？　可能であれば、私にとっても都合がいいのだが)

クレオを味方に付けたランディーは、リアムを首都星から追い出したかった。

そうすれば、その間に首都星で派閥の実権を握れると確信していたからだ。

(いくら武力を持とうとも、政治の世界で生き残れると思うなよ、リアム)

武力ではどうにもならない政治力で、ランディーはリアムに戦いを挑もうとしていた。

◇　◆　◇　◆　◇

「クレオ、どうしてランディーの意見を聞き入れた！」

クレオが執務室で電子書類にサインをしていると、リシテアが憤慨した様子で乗り込んできた。

陳情書にサインをするクレオは、小さくため息を吐《つ》く。

リシテアに対する呆《あき》れも含まれていたが、主な原因は陳情書の中身だ。

貧困に喘《あえ》ぐ貴族から支援の申し出だ。

幾つもの陳情書が届いているのだが、その中には怪しいものも含まれていた。

苦しい現状を訴えてはいるが、自業自得としか思えない家も多い。

それを理解しながら、クレオは散財するかのごとく支援を約束するためサインをする。

流れ作業で行いながら、ワナワナと震えているリシテアに用件を尋ねる。

「何の話ですか、姉上？」

「ランディーの件だと言っただろう！――おい、それよりもそれは!?」

陳情書に気付いたリシテアは、ためらいなくサインをするクレオを見て青ざめた。

「お、お前、その陳情書全てにサインをしているのか!?　安易に支援をすれば、すり寄ってくる連中が増えるぞ！」

ランディーの件を忘れて、クレオを止めようとする。

だが、クレオも考えがあっての行動だった。

「グドワール覇王国に攻め込まれ、困窮する者が大勢出ています。放置はできませんよ」

それらしい理由を言われては、リシテアは強く言い返せなかった。

覇王国に攻め込まれ、苦しい立場にある者たちを救いたいというクレオの気持ちを尊重しているようだ。

だが、無計画なクレオに不安も抱いているらしい。

「バンフィールド伯爵に相談した方がいい」

クレオはそれを聞いて吹き出してしまった。

リシテアが困惑する。

「わ、笑うな！　そもそも、資金援助してくれるバンフィールド伯爵に何も相談しないのは不義理だぞ」

当然のことを言うリシテアに、クレオは手を止めて顔を上げた。

「そのつもりでしたが、バンフィールド伯爵にはもっと大事な仕事を任せることにしました」

「大事な仕事？」

リシテアが怪訝《けげん》な顔をすると、クレオが笑みを浮かべた。

「彼には相応《ふさわ》しい仕事がありますよ。この程度の陳情で煩わせることもない」

「バンフィールド伯爵を蔑《ないがし》ろにするのは悪手だぞ」

「理解していますよ。お飾りの俺が生き延びるためには、大貴族の支援が必要ですからね」

皮肉を言うクレオに、リシテアは文句を言いたそうだが諦めたらしい。

「またお前は――それで、バンフィールド伯爵に任せる仕事とは何だ？」

クレオは電子書類に視線を向け、中身も確認せぬままサインをする。

「問題を起こした家がありましてね。帝国が領地を召し上げ、直轄地とするそうです。ただ、惑星は辺境にあるため、誰かを代官として派遣する必要が出てきました。それを、バンフィールド伯爵に任せます」

「――は？」

急な話に、リシテアの反応は遅れてしまった。

ある貴族が問題を起こし、地位と領地を剝奪されることになった。

だが、統治していた惑星を召し上げれば、当然ながら管理する者を帝国から派遣しなければならない。

つまり――代官だ。

リアムを代官として、その惑星に派遣するとクレオが決めてしまった。

「首都星からバンフィールド伯爵を出すのか!?」

カルヴァンが不在とはいえ、現状でリアムを首都星から出すのは得策ではない、とリシテアは言う。

こうなると予想していたクレオは、予《あらかじ》め用意していた反論で説得に乗り出す。

「バンフィールド伯爵は、惑星の統治に非常に優れています。実家の領地を見事に復興させたのも彼ですからね。新しい直轄地も、彼がいれば安泰ですよ」

「適任だろうと、替えのきかない人間を動かすな！」

泣きそうになるリシテアに、クレオはリアムを派遣する惑星の状況を伝えた。

「姉上、それだけ重要な惑星なのですよ。グドワール覇王国の侵攻で、帝国の民たちが避難を考えています。避難先を用意しつつ、覇王国戦で後方支援をする惑星を用意しなければなりません。これは非常に高度な問題なのです」

帝国のためには必要と言われ、リシテアは言葉を詰まらせた。

クレオはそのまま畳みかける。

「宰相の許可も取りました。修行中の若者には厳しくとも、バンフィールド伯爵なら期待に応えてくれるだろう、と。それに、この依頼を達成すれば、カルヴァン兄上の一人勝ちは防げます。少なからず戦争に貢献したと認められますからね」

リシテアは肩を落とした。

自分の考えが及ばなかった、と恥じて反省してるようだ。

「そこまで考えているとは思わなかった。だが、クレオも色々と考えているようで安心したよ。急にラングラン家を派閥に入れると言い出した時から、どうにも不安だったんだ」

自分たちを捨てたラングラン家——アナベル夫人に対して、リシテアは今も不信感を抱いていた。

クレオが何も言い返さないでいると、リシテアが尋ねてくる。

「それにしても、お前もよく考えてるんだな。正直驚いてしまったよ」

クレオは微笑を浮かべた。

「俺の案ではありませんよ。実はある人に相談しましてね」

リシテアは首を傾《かし》げ、ある人について聞きたそうにしていた。

「ある人？」

だが、クレオはクスクスと笑うだけで、ある人の名を明かさない。

「姉上も直《じき》にわかりますよ」

大型の黒い乗用車を思わせる乗り物は、高級感があった。

後部座席が広く造られており、内装は豪華になっている。

運転席と後部座席は仕切られているため、互いの顔は見えない。

そんな大型の乗用車が走るのは、地面ではなく空の上だ。

タイヤを収納して飛んでいた。

空を飛ぶのが本来の役割であって、タイヤは補助的な役割しか持たない。停《と》まる際に便利であり、地面も走れる、というだけだ。

そんな高級車の後部座席には、マリオンの姿があった。

「まさか、アナベル様が僕と面会してくださるとは思いませんでしたよ」

シートに座って脚を組むマリオンの前には、ランディーが座っていた。

向かい会う二人の間には、親しげな雰囲気が漂っている。

「叔母上が是非ともお前と話をしたいそうだ」

「僕としては意外ですね。――リアムを見張る駒程度に考えていたのではありませんか？」

「駒などとは思ってもいないさ。計画が成功した暁には、オルグレン家を全面的に支援する。もちろん、君個人に対してもね」

意味ありげにランディーが笑みを浮かべると、マリオンも微笑《ほほえ》んだ。

「その計画とやらが、是非とも成功するように祈っていますよ」

マリオンは、裏でランディーと繫《つな》がっていた。

リアムと親しくしていたのも、側《そば》で見張るためだった。

リアムに近付き、その様子をランディーに報告する。

たったそれだけで、マリオンはランディーにオルグレン家の支援を約束させた。

全ては覇王国との戦争で苦しむ実家を救うため――などではない。

マリオンの顔を見つめるランディーが、個人的な支援について話をする。

「それで、君への報酬は子爵家の当主の座でいいのかな？　首都星でそれなりの役職に就けてやってもいいんだぞ？」

地方の惑星を支配する子爵家の当主よりも、首都星で役職をもらう方が嬉《うれ》しいだろう？

そんなランディーの認識に、マリオンは笑顔を崩しそうになるのを我慢していた。

「僕は生まれながらに立場が低かったんですよ。おかげで扱いも兄たちより悪かった。そんな僕が、子爵家の当主の座を手に入れる。――最高の仕返しになると思いませんか？」

子爵家に生まれたが、マリオンは当主の座を狙えるような立場になかった。

そのため、実家では兄たちよりも格下の扱いを受けてきた。

ランディーが難しい表情をする。

「仕返し目的で人生を棒に振るのか？」

どこまでも首都星の近くにいるのが幸せ、という考えのランディーにマリオンは失笑してしまいそうになった。

我慢しながら本音を吐露する。

「正直に言えば、雑に扱われたわけではありません。特別扱いを受けていた兄たちを羨みはしましたが、恨みはない。――ただね、登れる山があったら登ってみたくなるでしょう？　僕にとって子爵家は踏み台ですよ。本命は――」

「辺境伯の座か」

オルグレン子爵家が仕えているのは、本家であるオルグレン辺境伯だ。

マリオンはその座を狙っていた。

「正解です。ランディー殿には、僕が辺境伯になれるよう手伝って頂きますよ」

「報酬を欲張るとろくな目に遭わないぞ」

「リアムを見張っているんですよ。これくらいの対価は頂きたいですね。まぁ、実家を手に入れる手伝いは確約して頂きたいです」

「そっちは任せておけ。――到着したようだな」

高級車が着陸すると、ドアが開いたので二人は外に出た。

◇　◆　◇　◆　◇

面会室にてマリオンはアナベル夫人と顔を合わせた。

ランディーがマリオンを紹介する。

「叔母上、連れて来ましたよ」

アナベル夫人は着席したまま、立っているマリオンに視線を向けた。

立って出迎えるほどでもないと思ったのだろう。

アナベル夫人は皇帝陛下の側室――妃《きさき》の一人であるため、そんな振る舞いも当然だと思ってマリオンは何も気にしない。

むしろ、この場に呼んでくれた事実が嬉しかった。

「マリオン・セラ・オルグレンです。以後、お見知りおきください」

深々と丁寧に頭を下げるマリオンを見て、アナベル夫人は興味を示した。

「思っていたよりも利発そうな子ね。二人きりで話をさせてもらえるかしら？」

アナベル夫人の提案を受け、ランディーは少し戸惑っていた。

親族でもない異性と二人きりにするのは、まずいと感じたためだ。

極秘の話をするために、この場には盗聴や盗撮の類いを行う機器はない。

護衛や給仕をする者たちまでも廃している。

だからこそ、二人きりにできないと思ったのだろう。

「叔母上、いくら何でも男と二人きりにするのは――」

「いいわね？」

アナベル夫人が睨《にら》み付けると、ランディーは渋々といった様子で部屋を出て行く。

その際、マリオンに忠告する。

「下手なことは考えるなよ。叔母上は皇帝陛下の妃の一人だ」

「承知していますよ」

ランディーが部屋を出て行くと、アナベル夫人に勧められて席に着く。

二人が向き合うと、アナベル夫人が切り出した。

ランディーが出て行ったドアに視線を向けながら言う。

「素直で可愛《かわい》い甥《おい》っ子《こ》なのだけれど、不真面目で能力が足りないのが問題ね。近しい者の素性を認識していないのだから」

アナベル夫人の見透かした視線を受けるが、マリオンは涼しい顔をしている。

「意外と気付かれないものですよ」

「あのリアムの見張りに選んだ人間でなければね。――さて、ランディーから色々と聞いているわよ。当主の座なんて控えめな願いね」

子爵家の当主の座など、アナベル夫人にとっては価値が低いらしい。

マリオンはランディーとの会話を思い出し、この人も同じなのだな、と思いながら望みを口にする。

「正確には本家である辺境伯の地位を狙っています。子爵は踏み台ですよ」

アナベル夫人は、興味深そうにマリオンを見ていた。

「欲深い人間は好きよ。特に、何を目的にしているのかハッキリしている人間は、こちらとしても付き合いやすいわ」

手を組むに値する、と判断されたようだ。

使い捨てられることも想定していたマリオンにとっては、アナベル夫人に気に入られたのは想定外の幸運だった。

アナベル夫人が、マリオンの経歴について話をする。

「経歴を調べさせてもらったわよ。随分と優秀なようね。ランディーにも見習わせたいわ。あの子は不真面目でね。本当に二百歳ギリギリで修行を終わらせようとしているのよ。もっと余裕を持って終わらせて欲しかったわね」

「そうすると、僕との出会いがなくなってしまいます。ランディー殿の判断は結果的に正しかったと思いますよ」

「もっと優秀であれば、わたくしも苦労はしなかったわ。――さて、世間話は終わりにしましょうか」

アナベル夫人の雰囲気が一変する。

真剣な顔付きに変わると、マリオンに策を尋ねる。

「リアムの権力を削《そ》ぎたいわ。何か妙案はあるかしら？」

マリオンは両の口角を上げて笑みを浮かべ、とっておきの策を披露する。

「覇王国との戦争に巻き込んでしまいましょう」

アナベル夫人は、それを聞いてガッカリした顔をした。

「実家の救援にバンフィールド家を利用したいだけなのね。そもそも、リアムを覇王国との戦争に送り出すのは難しいわよ。カルヴァン派がリアムを警戒しているの」

かつて連合王国との対外戦にて、バンフィールド家はカルヴァン派に大打撃を与えつつ自派閥を勝利に導いた。

その時の恐怖が、カルヴァン派には残っている。

覇王国との戦いに、頼りになるバンフィールド家を参戦させないのはそのためだ。

ただ、それはマリオンも理解していた。

「僕の実家は覇王国との国境近くにありましてね。あの周辺の事情には詳しいのですよ」

アナベル夫人は口を閉じると、期待していない顔で続きを話すように促した。

マリオンは、地元の事情について話し始める。

「国境から少し離れていますが、後方支援を行うには最適な位置に男爵家の惑星があります。ただ、ここは問題を抱えていましてね」

マリオンが端末で資料を見せると、アナベル夫人が眉をひそめた。

「――このような惑星では頼りにされないわけだわ」

本来であれば、その惑星はカルヴァンたち帝国軍を支援する位置にあった。

実際に支援要請は出されたのだろうが、男爵家の事情で拒否されている。

マリオンは男爵の顔を思い浮かべると、自然と嫌悪感がわいた。

「男爵は悪趣味な男でして、あの辺りでも問題視されていました。今回の一件で帝国への貢献を怠ったのを理由に、取り潰してはいかがです？」

「取り潰した後は？」

アナベル夫人が興味を持つと、マリオンが今後の予定を話す。

「召し上げた惑星は帝国の直轄地となりますから、代官を派遣しなければなりません。しばらく放置しても構わないでしょうが、今は覇王国との戦争中です。後方に支援用の基地を急ぎ建造した方がいいと思いませんか？」

後方とはいえ、覇王国との戦場が近い惑星だ。

戦争に巻き込まれない保証はない。

そして、問題のある惑星に、後方支援を行う基地を建造しなければならない。

状況次第では、覇王国が攻め込んできて戦争に巻き込まれるだろう。

――誰も代官に名乗り出ないだろう。

無理に代官を任命して派遣しても、この任務は遂行できそうにない。

アナベル夫人も気が付いたらしい。

「そこでリアムなのね」

「えぇ、この難題はリアム・セラ・バンフィールドに任せましょう。問題は、修行中のリアムを派遣できるかどうかです」

修行中を理由にリアムが拒否してしまえば、この話は流れてしまう。

だが、ここでアナベル夫人がニヤリと笑った。

「マリオンだったわね？　あなた、クレオと面会しなさい」

「よろしいのですか？　面会は数年先まで予定が埋まっていると聞いていましたが？」

「あなたなら、きっとクレオと仲良くなれるわよ。クレオを説得して、リアムを代官として派遣させなさい。――成功したら、踏み台である子爵家の当主の座は確約してもいいわ」

マリオンは表情を引き締めた。

「お任せください。クレオ殿下を口説き落としてご覧に入れますよ」

◇　◆　◇　◆　◇

その日の夜には、マリオンはクレオと面会する機会を得た。

場所は後宮にあるクレオの自宅のビルだ。

夜とあってクレオはナイトローブを着用しており、随分と隙の多い恰好《かっこう》をしていた。

出会うなり、自らの恰好を謝罪する。

「申し訳ないが、就寝前の時間しか空きがなくてね。こんな恰好で面会することになったわけだが、幻滅しないでくれよ」

スーツ姿のマリオンは、クレオの姿を見て妙な興奮を覚えていた。

「こちらが無理を言ったのですから、むしろ謝罪するのは僕の方ですよ」

「そう言ってもらえると助かるよ。それはそうと、バンフィールド伯爵を代官として派遣したいらしいね？　彼が俺の後ろ盾と知っているはずだが？」

後ろ盾を首都星から出すなど無理だ、という態度だった。

マリオンは説得するために、表向きの理由を説明する。

「リアム先輩ならば、覇王国と戦うカルヴァン殿下を後方より支援して勝利に導いてくれますよ。そうすれば、カルヴァン殿下の一人勝ちを阻止できます」

「なるほどね。だが、無理をするほどでもない」

クレオが聞き入れないと思い、マリオンはオルグレン家の窮状を訴える。

「本音を言えば、実家であるオルグレン子爵家を救うためです。リアム先輩が覇王国との戦いに参戦すれば、実家の助けになります。――そして、救って頂いたクレオ殿下に、我々国境の貴族たちは忠誠を誓うでしょう」

情に訴えかける作戦に切り替えた。

同時に利益も用意するが、クレオの方は興味がなさそうだ。

「――母上の紹介で来た者を俺が信用すると思ったのか？」

「そ、それは!?――え？」

クレオとアナベル夫人の確執はマリオンも知っていた。

ここは個人的にクレオ殿下に面会するため、アナベル夫人を利用した――と伝えるかどうか悩んでいると、クレオがマリオンの顔に両手で触れる。

クレオがマリオンに顔を寄せる。

キスができてしまいそうな距離だった。

「マリオン――君の本当の気持ちを教えてくれないか？　俺は君となら彼以上に仲良くやれそうな気がするんだよ」

「で、殿下――ですが――」

マリオンが視線をさまよわせていると、クレオが言う。

「俺たちはよく似ている。似た者同士、仲良くしようじゃないか。さぁ、君のことを俺に教えてくれ。本当は何を望んでいるんだい？　リアムを代官として派遣する裏で、君は何を得る？」

マリオンは、不思議な魅力を持っているクレオから目が離せなかった。

昼同士が触れ合いそうになると、クレオが悪戯《いたずら》っ子《こ》のように微笑《ほほえ》む。

「困らせてしまったね。だが、俺は本心から君と仲良くしたいと思っているよ」

顔を赤くするマリオンは、視線を落とすと自然と本音が出る。

「僕の目的は――」

◇　◆　◇　◆　◇

相変わらず面会続きのクレオだったが、その日はご機嫌だった。

その様子を見ていたリシテアが、不満そうな顔をする。

「昨晩もお気に入りとの密会を楽しんだらしいな」

棘《とげ》のある言い方をされるが、クレオは気にもしなかった。

「マリオンですか？　確かに俺のお気に入りですね」

隠すことなく言うと、リシテアは眉根を寄せる。

「お前が男を部屋に招いたと変な噂《うわさ》が広まっている。噂好きの連中が、尾ひれを付けて喋《しゃべ》っているせいだ」

「全てが嘘《うそ》でもありませんし、好きなようにやらせましょうよ」

気にも留めないクレオに、リシテアは困り果てていた。

お気に入りであるマリオンに、クレオが骨抜きにされているのではないか？　と心配している。

「遊ぶなとは言わないが、相手は選んだ方がいい。あの母上が紹介した奴《やつ》だぞ。何か裏があるに決まっている」

実母を信用していないリシテアは、マリオンの存在が疎ましいようだ。

クレオは微笑む。

「マリオンと俺は似ているんです。仲良くしたくもなりますよ」

その言葉に、リシテアは責めるのをやめてしまう。

「――わかってはいるが、もっと節度ある行動を心がけてくれ。変な噂のせいで、面会人たちが意味もなく美少年を連れて来ているじゃないか」

少しでもクレオの機嫌を取ろうと、美少年を連れて面会に来る者が増えていた。

クレオは面会人たちの付添を思い出し、そういう意図があったのか、と今になって気付いて微笑を浮かべる。

「勘違いとは恐ろしいですね」

「全くだ」

第八話 ❯ 百合

アルグランド帝国の首都星には、地下街が存在している。

地上では一般人や高貴な人間たちが暮らしているのだが、地下に造られた街は行き場のない者たちの受け皿になっていた。

かつては無法地帯だったそんな場所だが、今では随分と管理されている。

最近では凄腕《すごうで》の人物が配属され、地下街を引き締めていた。

その人物の名前は【エイラ・セラ・ベルマン】だ。

リアムやクルトとは長い付き合いで、友人でもある彼女は地下街で恐れられる人物になっていた。

黒のスーツを身にまとい、赤茶色の癖のある髪を後ろで独特のスタイルにまとめている。

あどけなさも残っているのだが、彼女を侮る人間は職場にいなかった。

地下街を恐怖に陥れたエイラは、リアムが地元に戻っている間も働き続けた。

官僚として働く先に地下街を希望し、今では課長にまで昇進している。

これはリアムが裏で手を回したわけでなく、エイラ自身の功績だった。

そんなエイラが、自分の机で声を張り上げる。

「何ですって!!」

大声に部下たちがビクリと反応を示すが、エイラは無視して通話をしている相手を睨《にら》んだ。

空中に投影されているのは【ウォーレス・ノーア・アルバレイト】だった。

『声が大きいよ、エイラ』

「これが大声を出さずにいられると思うの？　ウォーレス一人が派遣されるならまだしも、リアム君まで惑星――何だっけ？」

『惑星アウグル』

「そう、それ！　アウグルに代官として派遣されるなんておかしくない!?　リアム君は修行中よね？」

『私と同じで修行中の身だよ。けれど、宰相が許可を出してしまってね』

「どうしてよ？」

エイラが椅子に深く腰掛け、不満そうな態度を取る。

ウォーレス相手に気を遣う必要もないと考えており、普段から不遜な態度で接していた。

『クレオから頼まれたらしくてね。カルヴァン兄上の一人勝ちは避けたいそうだ。宰相もリアムならうまくやれるだろうと思って、代官としてアウグルに派遣する許可を出したそうだよ。――だけど、私まで巻き込む必要はないと思わないか？』

「あんたはどうでもいいわ」

エイラは定期的に、ウォーレスから情報を仕入れていた。

ウォーレスがリアムとは別の職場に配置されたことで、詳しい情報は入ってこない。

ただ、今回はウォーレスも巻き込まれてしまったらしい。

エイラからすれば、それがどうした？　程度の話題でしかない。

問題なのはリアムの方だ。

エイラは残念そうに頭を抱える。

「クルト君が正式任官の前に首都星に来るのに、二人が会えないなんて酷《ひど》いよ～。すれ違い展開なんて望んでないのに～」

ウォーレスはクルト――【クルト・セラ・エクスナー】の話題に食いつく。

『任官は先延ばしにしたのか？』

エイラは渋々と答える。

「そうよ。クルト君の実家は軍と親しいから、家を継ぐまでは軍隊生活を送るみたい。そうなると、リアム君と会う機会はもっと減ってしまうのよ。あ～、リアクル成分が不足して酸欠になりそう！」

『――君は相変わらずだな』

リアムとクルトのカップリングを妄想で楽しむエイラにとって、二人が会えないというのは大きな問題だった。

星間国家の世界では、いくら親しい友人だろうと物理的に距離が開きすぎて簡単に関係が疎遠になってしまう。

「二人が疎遠になったりしたら——私は何を糧に生きていけばいいのよ!!」

泣き出すエイラに、周囲が顔を背ける。

無視ではなく、見て見ぬ振りをしてくれていた。

『出発までまだ時間はあるし、会えるんじゃないか?』

「私が忙しくて時間を作れないの！　今は準備期間で人手不足だし、邪教徒共を排除して同士たちを集めている最中なのに——」

大事な時期で身動きが取れないと言うエイラに、ウォーレスは冷めた目を向けていた。

『どうせ仕事とは関係ない趣味の話だろ？　私が言うのも変な話だが、もっと仕事に集中したらどうだい?』

本当に大きなお世話だった。

しかも、普段から不真面目なウォーレスの指摘とあって、エイラのプライドは深く傷つけられてしまった。

エイラはウォーレスを無表情で見る。

無神経な台詞《せりふ》を言う腐れ縁の男に、少しも情のない目を向けていた。

「ええ、趣味よ。だから一所懸命になれるのよ。仕事に一所懸命になるなんて生き方を間違えているわ。というか、ウォーレスが一人でアウグルに行けば？　死んだら悲しむ振りくらい——ごめんなさい。ちっとも悲しくないから泣けないかも」

『君は本当に私に冷たいな！　幼年学校からの付き合いだろ。もっと優しくしてくれてもいいじゃないか。私だって、これから前線に近い惑星に赴任するんだよ』
少しは労《ねぎら》うような言葉をかけて欲しい、と強請《ねだ》るウォーレスにエイラはどこまでも冷たい。
「それは無理」
即答されたウォーレスは、ガクリと肩を落としていた。

◇　◆　◇　◆　◇

『――以上だ。バンフィールド伯爵の活躍に期待しているよ』

用件を伝え終わったクレオが、通信を切った。

窓ガラスに投影していた映像が消える瞬間に、クレオが微笑んだような気がしたがどうでもいい。

高級老舗ホテルのスイートルーム。

クレオからの依頼を聞いた俺は、窓から首都星の夜景を見ていた。

「閉鎖された場所だと、地上も天上も関係なく灯が綺麗《きれい》だな」

首都星という特殊な環境では、映し出された星の光までくっきり見えていた。

他の惑星では味わえない不思議な光景だろう。

夜になれば、天井の星々を模した灯に加えて、地上や天井まで伸びるビルの灯で辺り一面が明るいのだ。

——目に悪そうなので、窓を遮光にして灯を遮った。

振り返ると、俺とクレオの通話を聞いていたロゼッタの姿があった。

心配そうに俯《うつむ》き、左手はスカートを握りしめている。

右手は大きな胸の谷間に当てていた。

顔を上げると、瞳が潤んでいた。

「アウグルに代官として派遣されるなんておかしいわ。だって、ダーリンは修行中なのよ」

貴族として未熟な俺を代官として派遣するのは、ロゼッタから見てもおかしいらしい。

だが、この件は決定事項だ。

「宰相の許可も得て正式に決定した人事だ」

覇王国との戦場が近い——星間国家規模で言えば近い距離にあるらしい。とにかく、そんな場所に未熟な若者を代官として派遣するのはおかしな話だ。

俺の説明に、ロゼッタは納得していなかった。

「こんなの酷すぎるわ。宰相閣下もそうだけど、クレオ殿下は何をお考えなのかしら」

口調は穏やかだが、その表情は苦々しいものだった。

俺個人としては、そんなロゼッタの顔が見られただけでも今回の一件には感謝したいくらいだ。

それはさておき、俺は個人的な理由でこの依頼を受けるつもりでいた。

――だって代官になれるんだぞ。

俺は現役の領主貴族である。

幾つもの惑星を統治する伯爵様である俺だが、実は大きな願いを叶《かな》えられずにいた。

それは代官になることだ。

伯爵であり、自分の領地を持つ俺はこんな機会でもないと代官になれない。

だから、この機会を逃そうとは思わなかった。

「いいじゃないか。惑星アウグルに向かってやるよ」

「ダーリン!? 天城《あまぎ》も何とか言って！」

依頼を受け入れた俺を説得するため、ロゼッタは部屋で控えていた天城に顔を向けた。

――天城に頼るとかやめろよ！　反対されたら、俺でも心が痛むんだぞ！

だが、天城は俺の判断を尊重してくれる。

「旦那様の決定には逆らえません」

それを聞いて、ロゼッタは悲しそうな顔をした。

俺を心の底から心配している顔を見ていると、何故《なぜ》だか妙に体が痒《かゆ》くなった。

「覇王国との戦場が近いのは気になるが、しょせんは後方にある惑星だ。支援基地を用意するだけでいいなら、楽な話じゃないか」

クレオから受け取った資料を確認すると、どうやら問題を起こした男爵を捕らえるのも俺の仕事らしい。

本当に馬鹿なことをしてくれたよ。

男爵のやらかしのせいで、惑星アウグルの正常化は難しくなっていた。

面倒な仕事だが、俺は代官として派遣されるのが楽しみで仕方がなかった。

「天城、自領に艦隊を用意するよう伝えておけ。規模は領地の状況次第とする。司令官はクラウスを指名しておけ」

俺の命令を受けて、天城が姿勢正しく頭を下げる。

「承知しました」

ウキウキしながら準備を進める俺を見て、ロゼッタは不安と困惑を同時に感じたような顔をしていた。

「クラウス殿まで連れて行くなんて。ダーリンは、本気で代官になるつもりなの？」

バンフィールド家の筆頭騎士に就任したクラウスを連れ行くと聞き、ロゼッタも俺の本気を感じ取ったのだろう。

「当たり前だろ」

だって代官だぞ。代官!!

俺の中で代官と言えば、悪代官しかない！

悪徳領主として慢心している俺だが、実は悪代官になれなかったのは心残りであった。

だが、今回の依頼でその心残りも解決する。

惑星アウグルに向かい、帝国に睨まれない程度に悪代官として楽しんでやる。

これぞ俺が望んだ展開だ。

やはり運命は俺に味方をしている。

きっと案内人が俺の願いを叶えてくれたのだろう。——いや、さすがに考えすぎか。

だが、あいつとの出会いのおかげで、俺の第二の人生は本当に幸せだ。

今日も念入りに感謝しておこう。

俺の説得を諦めたロゼッタは、両手を胸の前で組んだ。

祈るような仕草で、俺を見つめてくる。

「わかったわ。もう何も言わない。でも、必ず帰ってきてね、ダーリン」

「——あぁ」

ロゼッタの真《ま》っ直《す》ぐな視線から、俺は顔を背けて生返事をした。

どうしてこいつは、いつも俺の期待を裏切る？　そんな反応をされたら、どう返せばいいのか困るではないか。

俺たちの会話が途切れたタイミングで、天城が尋ねてくる。

「ところで旦那様。あのお二人は今回連れて行かれないのですか？」

あのお二人、と聞いただけで誰だか想像できてしまった。

ティアとマリーである。

俺は少し考えてから、天城の質問に答える。

「──しばらく反省させたいからお留守番かな？」

「かしこまりました」

◇　◆　◇　◆　◇

高級老舗ホテルの一室。

手頃な広さの客室を使用しているのは、メイドとして働いているシエルだった。

下着姿でベッドに寝転び、モニターを利用して通話を行っている。

モニターに映るのは、帝国軍に任官予定のクルトだった。

クルトは士官学校を卒業後、研修だけは終わらせて一度領地に戻っていた。

それは婚約者であるセシリア皇女を実家に案内するためであった。

シエルはうつ伏せになり、膝から下を交互に動かしていた。

大好きな兄との会話が嬉《うれ》しくて、体が動いていた。

「お兄様、久しぶりの首都星はどうですか？」

『配属を前に準備で大忙しさ。リアムたちとも会いたかったんだけど、時間が作れるかどうか怪しくなってきたよ』

困ったように笑っているクルトだが、シエルの目から見ると寂しそうにしていた。

だが、ほんの僅か。シエルにしか見抜けない程度に、そこに切なさという感情が含まれていた。

「――惑星アウグルに代官として赴任しますからね。こちらも準備で大忙しですよ」

シエルにも理解できる程に、バンフィールド家は慌ただしくなっていた。

モニターの向こうでクルトは困惑していた。

『普通はあり得ないんだけどね。まぁ、リアムらしいと言えるけど』

「筆頭騎士に就任したばかりのクラウス様も同行するそうですよ」

『クリスティアナ殿に代わって筆頭騎士になった人だね。僕も一度会って話をしてみたいけど、今回は無理そうだ』

寂しそうな兄を見て、シエルは心が痛む。

(本来なら教えたくなかったんだけど――)

本当はクルトとリアムを会わせたくなかった。

リアムだけではない。

クルトをいかがわしい目で見ているエイラも、そして頼りないウォーレスも同じだ。

クルトにとってはかけがえのない友人たちだろうが、シエルから見れば縁を切るべき人物たちだった。

だが、今回はクルトが寂しそうなので、シエルは教えてしまう。

「伯爵様ですけど、明日は職場で引き継ぎをするそうです。聞いた話では、お昼には終わるのでホテルに戻ってくると聞きました。午後からは時間が作れるはずです」

リアムの予定を聞いて、クルトは照れくさそうに微笑《ほほえ》んだ。

『ありがとう、シエル。うん、明日の午後なら僕も時間が作れそうだよ』

嬉しそうなクルトの顔を見て、シエルは思う。

（これで良かったのよ。リアムと会わせたくなかったけど、友人としてなら何の問題もないわ。――そう、男として会うならね）

◇　◆　◇　◆　◇

惑星アウグルに向けて出発する準備が進められる中、俺は職場に来て引き継ぎを行っていた。

今日でこの職場ともお別れかと思っていると、俺が代官として派遣されるのを当然のように知っているランディーが近付いてきた。

ニヤついているが、取り巻きたちまで同じ顔をしていた。

ランディーが俺に顔を近付けてくる。

「惑星アウグルに転勤らしいな？　おめでとう、リアム。精々、覇王国に怯《おび》えながら任期が終わるのを待つことだ」

俺の赴任期間は三年と決められていた。

理由は、三年もすれば貴族としての修行が終わるためだ。

それまでに惑星アウグルの正常化と、基地の建設を行わなければならない。

ランディーにとっては左遷に見えるのだろう。

俺から言わせてもらえば、こんな意味のない職場から抜け出して悪代官プレイを楽しめるのだからご褒美だ。

「覇王国相手に怯えるとは、お前は小心者か？」

「――覇王国は帝国軍の精鋭ですら手を焼く連中だ。幾らお前でも、無傷でいられると思うなよ」

煽《あお》ってやると、すぐに真顔になって去って行った。

「煽り耐性のない奴《やつ》だ。――あんな調子では、今後は苦労するだろうな」

ランディーの将来を心配してニヤニヤしていた俺は、隣の席に視線を向けた。

今日もマリオンは仕事を休んでいた。

◇　◆　◇　◆　◇

引き継ぎを手早く終わらせた俺は、お昼前には帰宅することになった。

迎えの車を呼んで乗り込み、窓の外を眺める。

「この景色とも当分お別れだな」

ボンヤリと外の景色を眺めていたが、俺はすぐに運転手に命令する。

「止めろ」

運転手が車を止めてドアを開けたので、外に出た俺は歩き出す。

運転手が困っていたので「先に帰っていろ」と命令して、お目当ての人物に近付いた。

周囲の景色から浮いて見えるその女性に、スーツ姿の連中が視線を向けていた。

性別に関わらず、彼女が気になるらしい。

俺が近付くと足音で気付いたのだろう――女性が振り返り、俺を見ると照れながらも微笑みを浮かべた。

「久しぶりだな、リーリエ」

「――うん」

恥ずかしそうに返事をしたリーリエは、俺から視線を逸《そ》らしていた。

出会った頃から、少しも変わっていない姿と態度に嬉しくなってきた。

再会したら都会に染まって垢抜《あかぬ》けた姿を晒《さら》すかも、と思っていただけに心配だったのだ。

「どうしてこんな場所にいるんだ？」

周囲を見れば、働いているスーツ姿の連中ばかりだ。

多くは官僚で、その他は官僚をサポートする者たちだ。

白のワンピースを着て歩いているだけで、場違いに見えてしまう。

俺は気にしないが。

リーリエは、困ったように指先で頬をかいていた。

「何となく、かな？」

答えになっていないのだが、俺は再会できたのが嬉しかった。

「以前は慌ただしく別れたからな。もしも時間に余裕があるなら、食事かお茶に付き合わないか？」

「いいの？」

「お前なら大歓迎だ」

自然と笑みになる俺に、リーリエも嬉しそうにしてくれる。

リーリエとはナンパが出会いだったのだが、この初々しい反応は見ていて落ち着く。

俺の周りにいる女たちは、どいつもこいつも期待を裏切る連中ばかりだからな。

リーリエと過ごす時間は癒やしだ。

二人で歩き出したところで、知り合いから声をかけられた。

「あれ？　リアムじゃないか」

「あん？」

振り返ると、そこに立っていたのはスーツの前をはだけたマリオンだった。

俺に向かって手を振っているのだが――こいつ、俺を呼び捨てにした。

態度も悪くなっており、俺を見下していた。

「後輩のふりはやめたのか？」

嫌みを言ってやると、マリオンは不敵な笑みを浮かべつつ視線を俺からリーリエに向けた。

「同期なのに先輩面って酷《ひど》いと思わない？　君、可愛《かわい》いね。彼より僕の方が楽しめると思うけど？」

リーリエにちょっかいを出すマリオンに、苛立《いらだ》ちを覚えた。

マリオンがリーリエに手を伸ばす。

俺を前にいい度胸だと思っていると、マリオンの手をリーリエが払いのけた。

パンッ！　という乾いた音が響き渡った。

マリオンは一瞬驚いた顔をするが、すぐにおちゃらける。

「ありゃりゃ、ふられちゃいましたか。――リアム先輩は愛されていますね」

そう言って去って行こうとするマリオンに、俺は声をかける。

「今更先輩呼びか？」

マリオンは振り返ると、どこか勝ち誇ったような顔をしていた。

「からかっただけですよ。怒らないでくださいよ、リアム先輩」

歩き去るマリオンの背中から、俺はリーリエに視線を移し――そして驚いた。

目を大きくしてリーリエを見れば、見たことのない顔をしていた。

眉間に皺《しわ》を寄せ、マリオンを睨《にら》むその顔には嫌悪が滲《にじ》んでいた。

リーリエにもこんな表情ができるのかと驚き、マリオンに対して憎しみを抱いているような顔を不思議に思う。

二人はどこかで出会っていたのだろうか？

だが、マリオンの様子から初対面のように見える。

リーリエだけが一方的に知っている関係かと思ったが、そうでもないらしい。

「――あいつ胡散臭《うさんくさ》い」

リーリエの言葉に、俺は小さくため息を吐《つ》いて同意する。

「そうだな。――さて、食事に行くぞ」

俺に声をかけられ、リーリエは自分の表情に気付いたのかハッとしていた。

顔を隠し、耳まで赤くして恥ずかしがっている。

「い、今の見たかな？」

あれだけ睨んでいた後に、恥ずかしそうにする様子が可笑《おか》しかった。

「お前もあんな顔をするんだな。マリオンみたいな奴は嫌いか？」

笑われたリーリエは、恥ずかしそうにしながら指の隙間から俺の顔を見る。

ただ、その瞳は俺の身を案じているように見えた。

「――凄《すご》く嫌な感じがしたの。後輩って聞いたけど本当？」

「職場の同期だよ。あいつが一方的に先輩扱いしてくるだけだ」

「一緒に働いているんだ」

何故《なぜ》か拗《す》ねたような反応をするリーリエは、俺に忠告してくる。

「あの人は何か隠しているよ。僕にはそれがわかるんだ」

リーリエは、マリオンに対して何か感じるものがあったのだろう。

「何か、か。まぁ、今は食事を優先するとしよう」

さて、どうしたものかな？

◇　◆　◇　◆　◇

その日の夜。

「リアム様がまた青髪の女性と食事されたそうだ」

「調査をした方がいいんじゃないか？　然《しか》るべき対応をして、可能なら迎えるべきだ」

「どこの誰かさえ判明すれば、すぐに動けるのに」

バンフィールド家の関係者の会話を聞いていたのは、ホテルのロビーを訪れたシエルだった。

以前にリアムが行動を共にしていた青髪の女性が、また現われたらしい。

家臣一同、これはお迎えするべきではないか？　と相談し合っている。

そんな会話を聞いたシエルは呆然《ぼうぜん》としてしまった。

青髪の女性が誰であるのか、シエルは理解していたからだ。

そして、この事実を一番知りたくなかったのもシエルだった。

バンフィールド家の関係者たちは、青髪の女性について話をしながら歩き去っていく。

「調査はしないという話だったか？」

「どこでストップがかかっているのやら」

「真実は知らない方がいいと誰かが判断したのかもな」

最後の一人が冗談めかして言った台詞《せりふ》が、一番正解に近かったのは皮肉だろう。

その答えを知っていたのは、この場にいるシエルだった。

関係者がいなくなると、シエルは涙目になりながら頭を抱えた。

自分の行動が兄を間違った道に導いてしまったような気がしてならなかった。

「どうして女の子になって会いに行くのよ、お兄様!?」

幸いなことに、シエルが声を出した時には周囲に誰もいなかった。

とんでもない真実を誰にも聞かれずに済んだのは、幸運だったのだろうか？

第九話 裏切り

惑星アウグルは、覇王国との国境近くにある惑星だ。

近くと言っても星間国家規模の話であり、移動には長距離ワープ装置を使用する必要がある。

ただ、長距離ワープ装置を使用すれば、最前線から惑星アウグルまでは、そう遠くない距離に存在していた。

普段は見向きもされない惑星だったのだが、覇王国との戦争が始まるとその存在価値が跳ね上がってしまった。

前線を支える基地を建造し、戦争の助けになるはずだったのだ。

そんな重要度の高い惑星アウグルに基地を建造できないのは統治していた男爵家が原因だった。

バンフィールド領から持って来させた超弩級《ちようど きゆう》戦艦アルゴスのブリッジ。

床がモニターとなり、眼下には惑星アウグルが映し出されている。

薄く紫がかった綺麗《きれい》な惑星を、宇宙から見下ろすというのは気分が良い。

「俺を代官として派遣するなんて、帝国の人材不足は深刻だな」

真面目で仕事熱心な奴ではなく、この悪徳領主である俺を選んだのは間違いだ。

ニヤニヤと惑星アウグルを眺めている俺の横には、不満そうに腕を組んでいるウォーレスの姿があった。

こいつは仕事らしい仕事もしないまま、貴族としての修行を終えようとしていたので俺が強引に連れてきた。

本人としてみれば、安全な首都星から最前線送りだ。

会社でたとえるならば、本社から辺鄙《へんぴ》な場所にある支社に異動したのと同じだ。

しかも、その支社はとんでもない問題を抱えていた。

ウォーレスは俺に不満をぶちまけてくる。

「こんな依頼は断ればいいんだ！　いくらクレオや宰相の頼みでも、リアムなら拒否するくらいの権力はあるだろうに」

「お前の言う通りだよ。依頼を受けない選択肢もあったさ」

「だったら！」

「断るつもりがなかっただけだ。それに、首都星では退屈だったからな。ここからカルヴァンの活躍を見るのも悪くない」

「そんな理由で決めたのか!?」

納得しないウォーレスに、俺は頭を振る。

「相変わらず馬鹿だな。俺は後方に支援用の基地を建造しろと命令されたのであって、戦争に参加しろとは言われていない」

「え、それじゃあ――」

「何かあったら逃げればいいだけだ」

戦争をしに来たのではなく、基地を用意しに来ただけだ。

ブリッジのオペレーターが、派遣艦隊から通信が来たことを知らせてくる。

「代官殿、派遣艦隊司令より連絡です」

「繋《つな》げ」

今回の俺は、文官という立場で惑星アウグルに派遣された。

代官を派遣する際は、帝国軍からも艦隊を派遣する決まりになっている。

その派遣艦隊を指揮するのは、見た目は二十代半ばの少将だ。

この世界では見た目から年齢を言い当てるのは難しい。

好青年に見える少将は、俺たちの前に鮮明な立体映像として現われた。

まるで本人が目の前にいるようにしか見えず、声も口から発せられているように聞こえる。

「代官殿、派遣艦隊三千隻は、全艦無事に惑星アウグルに到着いたしました」

緊張した様子で報告をした少将に対して、俺は自然体で返事をする。

「輸送艦隊が到着するまで周辺を警戒しろ」

少将に視線など向けずに指示を出せば、相手は気合いの入った敬礼をする。

「了解いたしました」

通信が終わると、少将の姿はブリッジから消えてしまった。

先程のやり取りを見ていたウォーレスは、少将に同情した顔をしていた。

「可哀想《かわいそう》に。代官がリアムでなければ、彼も苦労しなかっただろうに」

通常、派遣艦隊の司令官は代官よりも立場が強い。

多くの代官は官僚であり、軍隊経験もないので侮られてしまうためだ。

貴族の場合でも、よほど実家が大きくなければ「我々の邪魔をするな」と釘《くぎ》を刺されるらしい。

しかし、俺の場合は違う。

「実質退役したが、俺は帝国軍の大将閣下だからな。それに、未来の公爵様だ。そんな俺に、上から目線で命令できるものかよ」

正論を述べると、ウォーレスが頭を振った。

どうやら俺とは意見が違うらしい。

ウォーレスはブリッジから見える景色――バンフィールド家の総旗艦アルゴス周辺を固める艦隊を見ていた。

「リアムが連れて来た三万隻の大艦隊がいるから、少将は怖くて仕方がないのさ。むしろ、派遣艦隊は必要なかったよね？」

自領から三万隻を持ってきたのは、覇王国との戦場が近いからだ。

念のために戦力は用意するべきであるし、アヴィドも持ち込んでいる。

これだけの準備をしながら、派遣艦隊を引き連れてきたのには意味があった。

「雑用を任せるには手頃な数だ。それに、俺の艦隊には仕事もあるからな」

「――周辺の宇宙海賊退治だっけ？　わざわざ帝国の直轄地でやることなのか？」

「当たり前だ」

代官というのは、帝国直轄地を代理で管理する者だ。

任期が終われば入れ替わるのは当然だから、多くの代官は腰掛け程度に考えている。

大きな問題さえ起こさなければ、普通に評価される。

だから、無理をしてまで周辺の宇宙海賊たちを滅ぼさない。

派遣艦隊も「そんな雑事を俺たちに命令するな！」と抵抗するとも聞く。

代官も、そして派遣艦隊も、質という面ではお察しというわけだ。

俺と一緒に派遣された艦隊だが、割とまともであるだけでバンフィールド家の艦隊と比べると練度も装備も見劣りが激しい。

そんな彼らに、宇宙海賊たちの相手は任せられない。

「宇宙海賊は俺の財布だぞ。隠れ家の要塞でも発見すれば、貯金箱を見つけたような気分になれる」

同時に、宇宙海賊たちは俺にとって資源でもある。

輸送艦隊に基地建造の資材は積み込んでいるが、現地調達が可能ならば行うべきだ。

ウォーレスは俺を見て小さくため息を吐いた。

「リアムは相変わらず真面目だね。帝国で真剣に代官としての責務を果たす人なんて、ほとんどいないだろうに」

代官など、しょせんはその程度の役職でしかない――と言いたいのだろう。

ただ、俺にとって代官とは可能ならばなりたい職業でもあった。

真剣に取り組むのは当然だ。

目指すは悪代官である！　そのために、邪魔なものは片付けておくに限る。

「その話は後でするとして、まずは惑星アウグルの初仕事だ」

俺は自前の艦隊に命令を出す。

「予定通りに作戦を開始しろ。惑星アウグルの統治者を捕らえて、俺の前に連れて来い。抵抗するようなら、領主以外は排除しろ」

俺が命令すると同時に、ブリッジが騒がしくなった。

待機していたバンフィールド家の艦隊が、次々に大気圏に突入して降下を開始する。

◇◆◇◆◇

作戦が開始された二日後。

宇宙で待機していたアルゴスのもとに、惑星アウグルを統治していた男爵が連れて来られた。

ふくよかな見た目に加えて、随分と歳《とし》を重ねたのか六十代の見た目をしていた。

両手を拘束されており、俺を前にして震えていた。

俺は椅子に座って、突入部隊が手に入れた惑星アウグルの詳細な資料を確認して深いため息を吐《つ》いた。

「よくも悪趣味なことを考えたものだな」

現地で調査をした者たちの報告では、領民たちはまるで古代人のような生活を送っているということだった。

——俺から見れば中世レベルなのだが、この世界では古代と括《くく》られてしまうらしい。

男爵が言い訳を始める。

「し、しかし、帝国法は破っておりません。入植した連中の教育カプセル使用を禁じただけであります！」

必死に言い訳をする男爵に呆《あき》れた俺は、席を立って近付いた。

「は、伯爵様お許し——ぼぶっ!?」

男爵のアゴを蹴り上げて、吹き飛ばしてやった。

「お前の尻拭いをさせられる俺に、よくもヌケヌケと言い訳をしたな」

この男爵は、自領の人間たちに中世レベルの暮らしを強要した。

既に世代を重ねており、惑星アウグルの住人たちは宇宙に人が暮らしているとは思ってもいないらしい。

何より質《たち》が悪いのは――。

「神様気取りは楽しかったか？」

――領民たちに、自分を神として崇《あが》めさせていたことだ。

案内人に世話になっている俺からすれば、虫唾《むしず》が走る所業だ。

倒れた男爵を何度も踏みつける。

「答えろよ。ほら、さっさと答えろ」

「お許しください！　お許しください！　出来心だったんです!!」

この所業を出来心で行うのが、本当に愚かしい。

だが、これこそが帝国貴族である。

俺も含めて、本当に屑《くず》みたいな奴《やつ》ばかりだな。

男爵が意識を失ったので、俺は側《そば》にいた騎士たちに視線を向けた。

「連れて行け」

「はっ」

眼鏡をかけた女性騎士は、サラサラした長い黒髪の持ち主だった。

薄い青色の瞳で、ややつり目。

スマートで仕事ができそうな雰囲気もあって、冷たい印象を与える奴だ。

黒い騎士服を着用し、片方の肩には紫色のマントをかけている。

最近設立したロイヤルガード――バンフィールド一族を守るための、護衛に特化した騎士団である。

眼鏡の女は、ロイヤルガードを率いる隊長【エセル・セラ・グレンジャー】だ。

部下一人に男爵を連れ出させると、エセルは俺に話しかけてくる。

「発言を宜《よろ》しいでしょうか？」

「許可する」

「ありがとうございます。──先程の男ですが、これだけの非道な振る舞いをしながら生かす理由が思い当たりません」

さっさと殺してしまわないのか？　そんなエセルに、俺は今後に必要だから生かしているだけだと説明する。

「惑星アウグルの領民たちに、俺の立場を理解させる道具にする予定だ」

エセルが凄《すご》く嬉《うれ》しそうに微笑《ほほえ》みを浮かべた。

──こいつ忠誠心は高いらしいが、ティアとかマリーのような匂いを感じてしまうのは気のせいだと思いたい。

「差し出がましい口を挟み、申し訳ありません」

「それよりも惑星アウグルの状況だ。ただ文明レベルを落としただけでなく、領民を酷使して疲弊させている。──これでは現地で人手を確保できないな」

中世レベルの暮らしを楽しむだけでは飽き足らず、圧政を敷いて民を苦しめていた。

民を虐げることには賛成でも、尻拭いをする俺の立場から言わせてもらえば迷惑だ。

──悪代官プレイを楽しみたかったのに、そんな余裕すらないではないか。

エセルは惑星アウグルのデータを周辺に表示させた。

「酷《ひど》い状況です。正常化するにはかなりの手間がかかると予想されます」

俺はデータを見ながら、エセルに命令する。

「安心しろ。この手の領地を改善したのは一度や二度じゃない。──ウォーレスを呼び出せ」

「は、はい」

役に立たないウォーレスの名前が出たので、エセルも困惑しているようだった。

せっかくなのでウォーレスを働かせるとしよう。

パーティー関連以外では役に立たない奴だが、たまには小遣い分の働きも期待したい。

◇　◆　◇　◆　◇

連れて来られたウォーレスは、惑星アウグルの状況をデータで確認すると頬を引きつらせていた。

「本当にここに軍事基地を建造するのかい？　人口は一億もいないし、領民たちも疲弊しているみたいだけど？」

男爵の歪《いびつ》な統治のおかげで、惑星アウグルの状況は最悪だ。

だが、覇王国との戦争で一気に重要度が増している。

こんな状況だろうと、当初の命令は達成しなければならない。

責任重大だが、別に俺が地上に降りてあくせく働くこともないだろう。

そのためのウォーレスだ！

「安心しろ。俺がサポートしてやる」

「それって私に無理難題を押し付けるつもりなのかい!?　いくら何でも無理だよ!!」

騒ぐウォーレスを静かにさせるため、俺は希望を持たせることにする。

「追加人員が来るまで頑張ればいい。それくらいできるだろ？」

ウォーレスは、この話に首を傾《かし》げていた。

「私たち以外にも派遣される人間がいるのかい？」

「――あぁ、もうすぐやって来るよ」

◇　◆　◇　◆　◇

リアムが辺境惑星送りになった。

修行中に慌ただしく出発したとあって、首都星に残されたロゼッタも不審がっている。

ただ、だからといってロゼッタは騒ぎ立てない。

リアムが異動を受け入れ、辺境惑星に嬉々《きき》として向かったからだ。

そのおかげで、クレオは派閥のまとめ役であるリアムを欠いてしまった。

カルヴァン不在とあって大人しかった者たちも、これを好機と見たようだ。

その中の一人に、ロゼッタの先輩も含まれていた。

ロゼッタが仕事をしていると、わざとらしく机に腰掛ける。

「聞いたわよ。あなたの婚約者が辺境に飛ばされたみたいね。いったい、どんなミスをしたのかしら？」

辺境送りなど、首都星で働く役人たちにとっては罰ゲームだ。

それなりの立場で派遣され、首都星に戻れるという確約でもなければ貴族たちは受け入れない。

辺境送りは左遷と同意である。

「カルヴァン殿下を支援するという重要任務を任されたのです。もしや、それを左遷されたと仰《おっしゃ》いますか？」

お前たちのトップの尻拭いをしてやっているのだ、と言外に告げられた先輩の顔はみるみる赤くなっていく。

「言いたいことはそれだけかしら？　守ってくれる婚約者がいないのに、随分と強気なのね。痛い目に遭わないと理解できないのかしら？」

リアムが首都星を離れただけで、ここまで露骨に振る舞う先輩にロゼッタは眉をひそめた。

「脅しですか？　覚悟があっての台詞《せりふ》なのかしら？」

「――生意気な」

堪忍袋の緒が切れたのか、先輩がロゼッタに手を上げようとしたタイミングで声がかかった。

それは、普段から建物を警備している女性騎士だった。

「ロゼッタ様、お客様がお待ちです」

「わたくしに？」

わざわざ呼び出しがかかったことを不思議に思いつつも、客に会うために席を立つ。

ロゼッタは先輩を無視し、職場を出た。

外で待っていたのはマリオンだった。

右手を上げて人懐っこい笑顔を向けてくる。

「どうも」

「あなたは、確かダーリンと同じ職場だったマリオンさんですよね？」

「ええ、先輩のことでロゼッタさんと話がしたくて訪ねてきました」

「そうですか。それでは、応接室を使わせてもらいましょう」

ロゼッタはマリオンを連れて、使われていない応接室へと向かった。

部屋に入ると、ローテーブルを挟んで向かい合った形で座った。

「それで、ダーリンの件でわたくしに何か？」

ロゼッタに尋ねられたマリオンは、不敵な笑みを浮かべるとソファーから立ち上がった。

上半身をロゼッタに近付ける。

不用意に近付かれたロゼッタは、戸惑っている間にマリオンにアゴに触れられた。

指先でクイッ、とアゴを持ち上げられた。

「こんなにも美しい婚約者がいるのに、リアムはあなたを放置して他の女と遊んでいましたよ。理解に苦しみますよ」

「ダーリンが他の女性と」

一瞬、ロゼッタが悲しそうな顔をしたのをマリオンは見逃さなかった。

「僕ならあなたを悲しませたりしませんよ。どうです？　リアムも首都星にいませんし、僕と遊んでみませんか？」

口説いてくるマリオンに、戸惑っていたロゼッタが態度を改める。

マリオンをキッと睨《にら》み付ける。

「あなたと遊ぶ理由がないわ」

「リアムは他の女性と遊んでいましたけどね」

「それはダーリンを裏切る理由にならないわ。――むしろ、人の弱みにつけ込むあなたの言動は不快よ。用が済んだら帰ってくださる」

ロゼッタを口説き落とせないと理解したのか、マリオンは小さくため息を吐いて距離を取った。

「こんなにも素敵な女性がリアムの婚約者とは嘆かわしい。――用件ですが、僕はこれから実家のオルグレン家に戻る予定です。その際に惑星アウグルにも立ち寄るのですが、何か伝言はありますか?」

話したいなら通信を使えばいい。

荷物だってバンフィールド家の家臣たちが届ける。

マリオンの話は、たいした用件はないのに訪ねてきたことを意味していた。

「本当のことを言ったらどうなの? その程度の理由で、わたくしを訪ねて来たわけではないでしょうに」

「思っていたよりも鈍いですね。口説きに来たんですよ」

挑発的な笑みを浮かべるマリオンを見て、ロゼッタは最初に驚いた顔をした。

その後、すぐにマリオンから顔を背ける。

「冗談はやめて欲しいわね」

「今はそれでも構いませんよ。それはそうと、このままではリアムは命を落としますよ」

リアムの話題とあれば、ロゼッタは聞かざるを得ない。

「――どういう意味かしら?」

マリオンは前髪を指先で遊ばせながら、とぼけてみせる。

「可能性の話ですよ。もしも、このまま僕の誘いを受けて、デートをしてくれるなら最後まで教えても構いませんよ」

なおも口説いてくるマリオンに、ロゼッタは我慢の限界だった。

「結構よ。失礼するわ」

席を立って部屋を出て行くと、マリオンは肩をすくめていた。

その顔は勝ち誇っており、いずれロゼッタが自分になびくだろう、と本気で思っているような顔をしていた。

廊下に出たロゼッタは、通路の物陰に隠れると壁を背にした。

壁を数回ノックすると、ロゼッタの影から仮面を付けたククリの部下が姿を見せる。

「ご用件をお伺いします」

丁寧な口調のククリの部下に、ロゼッタは依頼をする。

「あの子のことを調べられる？」

ククリの部下は、その命令を受けなかった。

理由はリアムである。

「残念ながら調べられません。リアム様より、マリオン殿は放置しろと命令を受けております。どうかご容赦ください」

「ダーリンが？」

どうして同僚について調べるな、という不思議な命令を出しているのか？　ロゼッタが困惑していると、ククリの部下が言う。

「はい。そもそも、リアム様のご命令がなければ、ロゼッタ様に近付いた時点で取り押さえておりました」

ロゼッタを影から護衛するのは、暗部に所属する女性だった。

不届き者がロゼッタに近付かぬよう、影に潜み普段から守ってくれている。

ククリの部下は、ロゼッタに提案する。

「あの者が不快ならば、釘《くぎ》を刺しておきますが？」

確かに不快だったのだが、ロゼッタは少し考えて頭を振った。

「駄目。ダーリンの邪魔はしたくない」

「承知しました」

ククリの部下が影の中に消えていく。

◇　◆　◇　◆　◇

ロゼッタがいなくなった部屋で、マリオンはシャツの首元を緩めた。

「僕としては、口説き落とせなくても構わなかったんだけどね。でも、あそこまで拒否されたのは久しぶりだったな」

ロゼッタに拒絶されたのが、マリオンのプライドを少しだけ傷つけた。

成功しなくとも、ロゼッタが葛藤する姿くらいは見られると思っていたのだ。

だが、ロゼッタは悩む素振りすら見せなかった。

「少しくらい心が揺れた方が可愛《かわい》いのに」

中性的な顔立ちで、アイドルと見間違うような姿をしたマリオンだ。

自分の容姿には自信があり、更には官僚として社会的な地位も高い。

これまで狙った女性は全て手に入れてきただけに、先程の一件が応えていた。

「ちょっと悔しいな。——だから、この恨みはリアムで晴らすとするか」

口角を上げて笑うマリオンは、表情を取り繕ってから部屋を出る。

第十話 ロイヤルガードのエセルさん

「あの男爵は領主としては三流以下の糞野郎《くそやろう》で、悪党として見ても見込みのないカス野郎だな」

俺は男爵の統治方法をデータで再度確認していた。

圧政を敷くにもやり方というものがある。

ただ重税を課せばいいというのは、品のないやり方だ。

真の悪党とは、領民たちに虐げられている現実を気付かせない。

つまり、俺だ。

少し前、子作りデモなんてやりやがった領民たちに、お仕置きのつもりで増税してやった。

だが、領民たちは増税されたけど生活が豊かになる！　と本気で信じて受け入れやがった。

もっと怒れよ！　そして抵抗しろよ！　俺はお前らに嫌がって欲しかったんだよ！

増税に反発する姿を見たかったのに、受け入れるとか想定外だよ！

――その一件で俺は教育の重要性を再認識した。

頭の良すぎる領民も問題だが、あまりにも無知な領民も駄目だ。

虐げられている事実に気付きもしないとか、悪徳領主としては面白さが半減である。

とにかく、俺の領民たちですらこのレベルだ。

アウグルの領民たちなど、そもそも中世レベルの暮らしを送っている。

教育カプセルの使用が禁止されていたのも痛い。

俺の側《そば》にいるウォーレスが、やる気のない顔でデータを眺めていた。

ウォーレスが見ても、一目で酷《ひど》いと理解できたようだ。

「リアム、やっぱり一から発展させるなんて無理だよ。領民たちを一斉に教育しても時間が足りないよ」

本来は現地の領民たちを作業員として、軍事基地を建造する予定だった。

だが、俺たちに与えられた時間は少ない。

それに、覇王国が随分と帝国軍を押し込んでいるらしい。

あまり時間をかけていられない。

俺がカルヴァンなら、この惑星アウグルに覇王国の艦隊を誘引することくらい平気でする。

政敵を敵に潰させて、俺自身は知らん顔をするのがベストだ。

ウォーレスもそれくらい気付いているのか、心配そうにしている。

「覇王国の連中が抜けてきたらどうするつもりだい？」

「叩《たた》き潰す」

「心強い言葉をありがとう。リアムは常に強気だね」

ウォーレスは俺の言葉を信じてはいなかった。

普通に考えれば貧乏くじだ。

誰もこんな仕事は引き受けたがらない。

だが、俺には勝ち筋が見えていた。

今回の標的だが、最前線で戦っているカルヴァンではない。

首都星でふんぞり返っている連中が今回の標的だ。

惑星アウグルに来たのは悪代官プレイを楽しむためであるが、今後のためにも仕込みをしておく必要がある。

今回のためではなく、未来のための仕込みだ。

――使わずに済めば一番だが、何事にも備えは必要だ。

「バンフィールド家から移住者を募った。入植が済み次第、作業はそいつらにやらせる」

領民を移住させるという話に、ウォーレスは驚く。

当然だ。

この惑星アウグルは、俺の領地ではなく帝国の直轄地だ。

いずれは帝国が誰かに与えるか、代官を派遣して治めることになる。

「ここは帝国の直轄地だぞ。そこまでしても、リアムに見返りはないよ。幾ら発展させても、代官を派遣するか、他の貴族に奪われるだけさ」

覇王国を無事に退けた場合、惑星アウグルの統治が面倒になった帝国は成り上がりや独立したい貴族にこの惑星を与えるか、もしくは売るだろう。

俺が幾ら時間と労力を注いでも、全ては無駄になる。

それは表向きの話だ。

悪党はこれを無駄にしないから悪党なのだ。

「お前は気にしなくていい。今は帝国のために、ここに立派な軍事拠点を建造してやる。必要な資材は持ち込んでいる。さっさと宇宙港の建造に入るぞ。――さて、ウォーレス」

俺はウォーレスの肩に手を置いて、微笑《ほほえ》みながら告げる。

「お前は地上に降りろ」

「え!?　う、嘘《うそ》だろ、リアム!!　宇宙からでも指示くらいできるよ!」

地上に降りたくないと駄々をこねはじめた。

指を鳴らすと、ロイヤルガードの面々が、ウォーレスの両脇を抱えてブリッジから連れ去っていく。

その姿を見ながら、ウォーレスに指示を出す。

「地上に箱物を建造する。前にもやったからお前が適任だよ。ちゃんと仕事をしたら、官僚としても出世させてやるから安心しろ」

将来は領主として独立を予定しているウォーレスにしてみれば、何の役にも立たない出世なんて意味がない。

もちろん、俺は理解した上で言っている。

ウォーレスは涙目になっていた。

「待ってくれ！　私は原始人みたいな生活は嫌だ！　せめて、衣食住が保証されていないと不安で眠れな――」

中世を原始時代みたいに言いやがって。だが、これが普通の認識だろう。

ウォーレスが連れて行かれ、ブリッジは静かになった。

俺は側にいた騎士に声をかける。

「お前にも働いてもらうぞ、クラウス」

「――はっ」

短く返事をするだけで、余計な反応を示さない男だ。

この寡黙さがいい！

説明せずとも、自分の役割を認識していた。

やはり、筆頭騎士に任じたのは正解だったな。

有能でも性格に難がある馬鹿二人は駄目だ。

その点、クラウスは有能でありながら性格も問題ない。

バンフィールド家の筆頭騎士に相応《ふさわ》しい。

――さて、惑星アウグルに毒を仕込ませてもらおうか。

◇　◆　◇　◆　◇

バンフィールド家の艦隊から地上に降下するのは、移住者たちを乗せた宇宙船だった。

機材や資材を積み込んだ宇宙船が降下するのを、それを見守っていた現地の代表である王族たちが不安そうに見つめていた。

王族たちは各国の代表ではあるが、宇宙船を持つのは神だけと教えられてきたため複雑な心境だった。

宇宙船から降りてくるのは、もしや神の使いではないか？　そんなことを言う王族たちも多い。

白く立派な髭《ひげ》を生やした王の横では、美しい姫が不安から震えていた。

「陛下、一体何が起きているのでしょうか？　宇宙船より、あんなにも神の使いが降りてくるなど尋常ではありません」

降りてくるのは、何千、何万の人間だ。

次々に降下してきており、まだ人が増えるその光景は信じがたいものだった。

王は困惑しながらも姫に告げる。

「わしにもわからぬ。だが、お前は今回の供物だ。その役目をしっかり果たしなさい」

供物と言われた美しい姫は、ドレスのスカートを左手で握りしめた。

これが王族の務めであると自分に言い聞かせ、気丈にも返事をする。

「承知しております」

男爵は定期的に、王族たちに供物を捧《ささ》げさせていた。

美しい姫や王子に加え、彼らが大事にする宝の数々を捧げるよう迫るのだ。

それらを王族たちの前で、踏みつけるように振る舞うのが男爵の趣味だった。

惑星アウグルに住む王族たちは、そんな扱いを受けても受け入れるしかなかった。

王も、そして姫も、供物として捧げられた人間がどんな運命を辿《たど》るのか知っている。

二度と会うことはないだろう、と理解していた。

他の王族たちも同じであり、皆が悲壮感に包まれていた。

そんな中、一際大きく立派な宇宙船が降下してきた。

宇宙船から出た小型艇が王族たちの前に降りてくる。

ハッチが開くと、背の高い立派な鎧《よろい》を身にまとった騎士たちが降り立った。

神を守るに相応しい騎士の登場に、王族たちが一斉に地面にひれ伏す。

それを見た騎士たちが戸惑い、代表者に確認する。

「クラウス様、これは？」

「この者たちが、現地の代表者なのですよね？」

「どうしてこのような振る舞いを？」

王族たちの振る舞いに困惑する部下たちと違い、クラウスと呼ばれた騎士は冷静だった。

部下たちに状況を説明する。

「元男爵は自らを〝神〟と崇《あが》めさせていたそうだ。情報や技術を抑制し、領民たちを苦しめていたと聞いている」

それを聞いた騎士たちが、不快感を顔に滲《にじ》ませ「何と悪趣味な」と呟《つぶや》いていた。

王族たちは、今までとは違うやり取りに困惑を隠せない。

「大変失礼でございますが、発言をお許しください」

代表して白髭の王様が声を出せば、クラウスが許可を出す。

「許そう。だが、その前に全員立ちなさい。我々にそのような態度は必要ない」

クラウスの言葉に、王族たちがざわついた。

これまで、このようなことを言われたことがなかったからだ。

立てずにいる王族たちに、クラウスは先に宣言する。

「では、先に重要事項を伝える。君たちが神と崇めていた男爵は任を解かれた。今日よりこの星は、リアム・セラ・バンフィールド伯爵が代官として統治する！」

神が任を解かれたと聞いて、王族たちは更に不安がる。

それでは自分たちはどうなってしまうのか？　理不尽に振る舞ってきた男爵だが、王族たちは「自分がいるからお前らは生きていける」と言われて生きてきた。

もしや、この世界は滅ぶのではないか？　不安が広がっていく。

髭を生やした王が顔を上げ、クラウスにその事実を確かめる。

「ど、どういうことでございますか!?　それでは、わしらは神に見捨てられたのでしょうか!?」

クラウスは平然と告げる。

「簡単に説明するならば、君たちが崇めていた存在よりも更に上位のお方がこの地を代理で統治することになった」

更に上位の存在がいるのか!? と王族たちがざわめき始める。

クラウスが咳払《せきばら》いをすると、王族たちがハッとして口を閉じた。

静かになったのを確認して、クラウスはリアムの言葉を伝える。

「リアム様からのご提案を伝える。代表者を招いて話がしたいそうだ。君たちをリアム様の母艦へ案内しよう」

天の国に連れて行かれる。

興味を持った王族もいれば、死んでしまうと青ざめる王族もいた。

◇　◆　◇　◆　◇

「神を名乗るとは恐れ多い行為だと思わないか?」

情報では知っていても、実際に聞くと馬鹿らしくなってくる。

地上から戻ってきたクラウスからの報告を聞いた俺は、書類仕事の手を止めて今後の方針を変更することにした。

「俺が今までの神よりも上位の存在で、移住者たちは神の使いだって？　俺は敬われるのは好きだが、崇められたくない」

俺の言葉に、クラウスはどこか安堵《あんど》した表情を見せた。

そして、あり得ない話である、と言う。

「自領で神として自分を崇めさせる領主の方たちがいる、と噂《うわさ》程度には聞いています。まさか、この目で見ることになるとは思いませんでしたが」

神を名乗るなんて許されない。

それは、悪党である俺ですら許されない悪事だ。

「元男爵は最低だな」

神を名乗るとか、案内人に対して不敬である。

クラウスは現地の王族たちの様子を俺に伝えてくる。

「惑星アウグルの王族たちにとっては、今回の一件は衝撃的すぎたようです。受け止めきれない者もいると思われます」

それはそうだ。

今まで神だと思っていた存在が、実は違ったなど言われても困るだろう。

俺たちの話を信じない連中も出て来るはずだ。

——真実とは何と残酷なのだろう。

だが、俺が計画を進めるためにも、偽者の神など認められない。

「しばらくは移住者と現地人の交流を禁止する。移住者たちが崇められて、その気になって馬鹿な真似《まね》をされてはかなわないからな」

移住者と現地人との間で、面倒な争いが起きても困るからな。

クラウスも納得しているらしい。

「承知しました。現地人への支援はどうしましょうか？」

当初予定していたのは、惑星アウグルの領民たちへの手厚い支援だ。

悪代官プレイを楽しむのに、支援するのは間違っているように感じられるだろう。

だが、これにはちゃんと意味がある。

最初は支援で懐柔し、今回の目的を達成する。

悪代官プレイを楽しむのはその後だ。

まずは面倒な仕事を終わらせよう。

「予定通り行う。あと、アウグルの王族たちを集めろ。本来なら王政を廃したかったが、急激な変化にはついてこられそうにないな」

これまで続けてきた生活が急激に変わりすぎると、ついていけない人間も出てくる。

時間をかけてゆっくりと変化させていくしかない。

元男爵も面倒なことをしてくれた。

やっぱり、発展を制限するとか無駄だ。

俺は発展した領地で圧政をするのが性に合っている。

——だから、この惑星アウグルでも悪代官プレイを楽しむとしよう。

◇　◆　◇　◆　◇

アウグルの王族たちは、用意されたパーティー会場で度肝を抜かれていた。

自分たちが住んでいた場所——惑星が丸いという事実。

惑星を出た外の世界が、一日中夜というのも衝撃だ。

一番驚いたのは、自分たちが乗っている宇宙戦艦だ。

全長三千メートル超えと聞いた時は、誰もが信じられなかった。

そのようなものをどうやって浮かべるのか？

王族たちには想像もつかない。

目眩《めまい》を覚える白髭の王だったが、リアムがフレンドリーに話しかけると緊張から冷や汗をかいた。

「緊張するなと言っても無駄だろう。だから、先に俺がお前たちに危害を加えることはない、と断言しておく。地上にも無事に返してやるから心配するな」

「か、寛大なお心に感謝いたします」

白髭の王は震えが止まらなかった。

怖いのは勿論《もちろん》だが、元男爵——神と名乗っていた男よりも、目の前のリアムが神々しく見えていたためだ。

白髭の王は、以前の光景を思い出す。

(この方に比べ、以前のお方は何と小さな存在だったのか。それに、リアム様の周りに侍《はべ》る神の使いたちも心優しい方ばかりだ)

神を名乗っていた男爵の家臣たちは、王族たちを見下していた。

王族たちに無様な恰好《かっこう》をさせ、笑い者にしたこともある。

だが、この場には一人も自分たちを見下す者がいなかった。

今まで自分たちが頭を垂れていた神の使いたちが、むしろ頭を下げてくるではないか。

リアムは右手にグラスを持ち、酒を一口飲んだ。

王族たちも振る舞われた酒を飲むが、これまで飲んできたどんな酒よりもうまい。

感動している王族がいる中で、リアムが話をする。

「さて、お前たちにわかりやすく説明すれば、俺は以前の奴《やつ》よりも格が二つも上になる。そんな俺が、これからお前たちの星を統治する」

これまで崇めてきた存在よりも格上と聞いても、王族たちは納得していた。

「こ、今後はどのように統治されるのでしょうか?」

代表して白髭の王が尋ねれば、リアムは小さく笑った。

「俺がここにいるのは短い間だけだが、その間は奪わず与えてやろう」

「与える? その、税はどのようにすれば? 供物はどうされるのですか?」

今まで奪うだけだった王族たちに、リアムは困ったように微笑《ほほえ》んでいた。

「いらん。しばらくはゆっくり休むといい。だが、そうだな――とりあえず、お前たち王族の中から若者を出せ。俺の手元で教育してやる」

白髭《しらひげ》の王は、その言葉に僅かに落胆する。

（この方も同じなのか。だが、あの方よりも信じられる。それであれば――）

白髭の王が姫に視線を向けると、側《そば》に寄ってきた。

リアムに姫を紹介する。

「わしの娘でございます。身内贔屓《みうちびいき》ですが、我が国一番の美女でございます。リアム様のお望みのままに」

姫がお辞儀をする。

「この身はリアム様の物でございます。どうぞお好きになさってください」

二人の言葉に、リアムは少し不快感を見せた。

何か間違えたかと焦る白髭の王に、リアムは酒を飲み干してから答える。

「勘違いをするな。言葉通りの意味だ。教育のために預かるのであって、一年もすれば家に帰してやる。それに俺は女に困っていない」

女に困っていない――その台詞《せりふ》を聞いて驚いたのは、王族たちではなくリアムの家臣たちだった。

全員が目をむいて「え!?」と驚いていたのだが、リアムが視線を向けると全員が顔を背けてしまった。

王族たちは首をかしげるが、リアムは何事もなかったかのように話を続ける。

「若い連中に世の中の広さを教えてやるだけだ。手出しなどしないから安心しろ。それから、何か困ったことがあればいつでも相談に乗る」

「あ、ありがとうございます」

(娘に手は出さないと言われても、それはそれで複雑な気分だな)

白髭の王にとって、自分の娘がこの世で一番可愛《かわい》かった。

そんな娘がリアムの目に留まらなかったのは、親としては嬉《うれ》しいと同時に寂しくも感じた。

リアムが王族たちを前に宣言する。

「俺を神として崇める必要はない。俺はこの惑星の統治者――代官だ。気軽に代官殿と呼べばいい」

今まで神を名乗る男爵に苦しめられてきた王族たちは、リアムの振る舞いに涙を流して喜んでいた。

◇　◆　◇　◆　◇

現地の王族たちとの交流会が終わると、リアムは休憩室に入った。

護衛をするのはロイヤルガードの騎士団長であるエセルだ。

部屋にはリアムを世話するメイドロボが一体。

リアムの影にはククリの部下が潜み、周囲にも隠れている。

剣聖を倒すほどの腕を持つリアムだが、今回の件は疲れたらしい。

ソファーに座ってくつろいでいた。

「――本当に面倒な惑星だな」

現地の王族たちが、自分を神として崇《あが》めるのが気に入らないらしい。

エセルはリアムに確認する。

「リアム様、元男爵はどういたしましょう？」

現地人たちの前に無様な恰好を晒《さら》して神ではないと宣言する――予定だったのだが、リアムは王族たちの様子を見て考えを改めたらしい。

「あんな糞野郎《くそやろう》でも神だと信じている奴がいる。下手に辱めて反感を買うより、このまま消えてもらった方がいい」

エセルは現地人たちのことを考慮するリアムに、感銘を受けていた。

「しょせんは一時的な民でしかない者たちに、リアム様はお優しすぎます。あの者たちは幸せでございましょう」

リアムを心から尊敬して出た言葉だったのだが、本人は本気と思っていないようだ。

「お世辞か？」

「いえ、本心でございます」

「あ、そう。おっと、そうだった――」

会話が終わろうとしていたが、リアムは思い出したようにエセルに命じる。

「使い道がなくなった元男爵は処分しろ」

情など一切感じない酷《ひど》く冷たい声に、エセルは身震いする。

「かしこまりました」

(領民たちには情を持って接し、その直後に敵に対しては容赦のない判断を下す。あぁ、やはりリアム様こそ、本物の貴族を体現なされる至高の存在でございます!)

ロイヤルガードの採用基準には、能力の他に忠誠心という項目が設けられている。

ティアやマリーのような存在がいる騎士団の上澄みを集めて組織されたのがロイヤルガードである。

いきすぎた忠誠心は標準装備だった。

第十一話 黒いネヴァン

惑星アウグルに代官として赴任し、半年が経過した頃だった。

地上ではウォーレスが移住者たちの協力を得ながら、惑星アウグルに箱物をせっせと用意している。

現地人との調整やら、面倒な仕事は全てウォーレスに丸投げしていた。

ただ、そうなると問題が一つ出て来る。

「暇だな」

代官としての仕事を終えた俺は、自分の執務室で小さくため息を吐《つ》いた。

俺の呟《つぶや》きを拾うのは、執務室にて待機する天城《あまぎ》だった。

「結構なことです。旦那様の家臣団が優秀な証拠ですよ」

「――優秀か。まぁ、そうだな」

執務室があるのは総旗艦アルゴスの艦内だ。

地上にも政庁が建てられ、代官用の執務室も用意されている。

それでも、アルゴス艦内の執務室の方が設備も揃《そろ》っていて快適だった。

わざわざ地上に降りて政務をしなくても、アルゴスの艦内にいるだけで事足りてしまう。

問題はそこだった。

アルゴス艦内で問題ないなら、俺が地上に降りる必要はないよね――と部下たちから地上へ降りる許可が出ない。

降りようとすると、護衛や様々な人員が千人単位で同行すると言い出す。

これでは悪代官プレイを楽しめない。

考えにふけっていると、天城が俺の通信を取り次ぐ。

「旦那様、バンフィールド艦隊より通信です」

「繋《つな》げ」

広い机の上に、若い男性士官の上半身が投影された。

『リアム様、惑星アウグル周辺に不審な艦隊を発見しました。偵察艦隊のからの報告では、宇宙海賊たちの基地がある可能性大である、と。本隊に援軍を求めています』

宇宙海賊の基地があると聞いた俺は、勢いよく席を立った。

「暇潰しに丁度いいな。アヴィドの出撃準備を急がせろ」

報告してきた軍人に命令すると、普段とは違い難色を示していた。

「どうした？」

『クラウス閣下より、リアム様の出撃は禁止されております。現在、我々はクラウス閣下の指揮下で行動しており、リアム様は帝国より派遣された代官ですので――』

バンフィールド家の艦隊を率いているのはクラウスであり、今回の俺は帝国側の代官でしかない。

形式上の話であるので、俺が強引に命令を出せば艦隊は動くだろう。

そうなると、艦隊はクラウスの命令を無視する形になる。

「――クラウスに繫げ」

『はっ！』

これ幸いといった様子で、軍人が通信をクラウスに繫いだ。

空中にクラウスの姿が投影されるのだが、普段と変わらず落ち着いた様子だった。

『何かご用でしょうか、リアム様？』

「宇宙海賊の基地の件だ。俺もアヴィドで出撃する」

『――現在のリアム様は代官であり、惑星アウグルを離れるべきではありません。我々にお任せください』

「俺が出撃したいんだよ！」

強く言えば折れるだろう、などと甘く考えてはいなかった。

このクラウスという男――優秀ではあるのだが、平気で俺の意見に反論してくる。

『リアム様はバンフィールド家の当主でございます。自ら雑事に赴くよりも、リアム様にしかできぬ仕事があります。どうか自重して頂きたい』

クラウスの正論に対して、俺は感情をぶつける。

ティアとマリーにならば通用する手なのだが、クラウスは手強《てごわ》い。

「最終的な決定権は俺にある。お前たちは従うべきだと思わないか？」

『はい。ですが、これはバンフィールド家の総意でございます』

「何？」

『リアム様は前回、召喚に巻き込まれ行方不明となられました。その際、多くの者たちがリアム様の身を案じておりました』

「お、おう」

天城とブライアンの追及から逃れるために、突然現われた召喚術の魔法陣に飛び込んだ件を持ち出してきた。

オマケに一部の馬鹿共が騒いで、領内は滅茶苦茶《めちゃくちゃ》になってしまった。

さすがの俺もちょっと反省したよね。

『バンフィールド家がリアム様を失えば、それだけで致命的となり得るのです。前回、それを皆が学びました。今後は出撃をお控え頂くよう、私の方に関係各署から相談が来ております』

バンフィールド家の総意、という言葉は間違いではないらしい。

俺はどうにかしてクラウスを説得する言葉を探すが、何も出て来ない。

仕舞いには、天城の名前まで出て来る。

『天城殿からも相談されております。筆頭騎士として、リアム様に出撃を控えて頂くよう進言してほしい、と』

「っ!?」

俺は側《そば》にいた天城に視線を向けると、深々と頭を下げてくる。

「出過ぎた真似《まね》をして申し訳ありませんが、私も筆頭騎士殿に相談いたしました。罰は謹んで受けるつもりです」

前回の件もあって、ここで強引に出撃するという選択肢は俺になかった。

「――もういい。出撃は取りやめだ」

出撃を諦めた俺は、椅子に深く腰掛けて天井を仰いだ。

『ご理解頂けたようで感謝いたします。雑事は全て我々にお任せください』

通信が切れてクラウスの映像が消えると、俺は深いため息を吐く。

「バンフィールド家の軍が充実しすぎて、俺の出番がなくなってしまったな」

下手をすると、俺が何もしなくても今回の依頼は達成できてしまいそうだ。

部下たちが優秀すぎて困ることになるとは、想像もしていなかった。

天城は背筋を伸ばして俺の前に立つと。

「これが本来あるべき形なのです。旦那様が無茶をする必要はなくなりました。今後は出撃を控えてください」

前回の件で、天城が俺の出撃を嫌がっている。

ブライアンにしても、俺が行方不明の間にバンフィールド家が荒れたのが相当ショックだったらしい。

普段よりも説教の時間が長かったからな。

「俺が負けると思うのか？」

だが、俺はわがままな悪徳領主である。

いつまでも出撃を我慢などしない。

しばらく大人しくしたらまた出撃を――と考えていると、天城の表情が目に見えて変化する。目を閉じ、僅かに声が震えていた。

「私は旦那様の身が心配なのです。旦那様は以前から不可解な出来事に遭遇しています。私たちは、それが心配なのです」

確かに色々と巻き込まれてきたが、案内人のおかげで乗り越えてきた。

しかし、天城の不安そうな姿は見ていられなかった。

「――わかった」

「ありがとうございます、旦那様」

天城が一礼して背中を見せ下がっていく。

きっと飲み物の用意にでも向かったのだろう。

俺は頭を振った。

「あの様子だと、心配するなと言っても無駄だろうな」

悪代官プレイを楽しむ妙案はないかと考えていた俺は、不意に新田《にった》君を思い出す。

前世、職場の後輩だった新田君は、オタクと呼ばれる人だった。

俺にも様々な話をしてくれたが、詳しくない俺は多くを聞き流していた。

だが、その中に俺が興味を持つ話があった。

「そうだ。――仮面だ」

◇　◆　◇　◆　◇

総旗艦アルゴスのブリッジでは、リアムの出撃を阻止したクラウスが無表情で用意されたシートに座っていた。

総司令官用の椅子に座りながら、本人は胃を痛めていた。

(どうしてみんなして、私に無理難題を押し付けてくるんだ！　筆頭騎士になったのだって、偶然なのに!!)

先程のリアムとの会話を思い出し、不興を買ってしまったのでは？　とヒヤヒヤしていた。

(だが、筆頭騎士の立場では言わねばならないし、それに関係各署から連日のように相談が来るし――)

普段は面と向かってリアムに言えないことを、筆頭騎士であるクラウスに伝えてもらおうとする者が多かった。

クラウスにとって悩ましかったのは、それらがリアムの身を案じたものであり、バンフィールド家のためを考えたものだったからだ。

私利私欲にまみれた相談ならば、クラウスの手元で握り潰していた。

(誰かが言わないといけないのは理解するが、どうして私なんだ!?　名ばかりの筆頭騎士なのに、周りの期待が——重い)

筆頭騎士の立場など荷が重い、としながらも責務は果たそうとする。

それがクラウスだった。

ただ、そんなクラウスは周囲から驚かれていた。

誰もがリアムの説得に失敗し、アヴィドで出撃させてしまうのだろう、と思っていた。

「リアム様の出撃を阻止したのか」

「無理だと思っていたのに」

「リアム様が筆頭騎士に認めただけはある」

バンフィールド家の絶対的な権力者であるリアムに対して、面と向かって反論する姿はブリッジクルーやクラウスの部下たちには眩《まぶ》しく見えていた。

これぞ、リアム様の筆頭騎士——と尊敬の眼差《まなざ》しを集めている。

職務中のクラウスは、無表情を崩さずに内心で弱音を吐く。

(はぁ——誰かさっさと出世して、私から筆頭騎士の立場を奪ってくれないだろうか?)

◇　◆　◇　◆　◇

それから三ヶ月後。

「これが今回の補給物資か？」

「相変わらず豪華だな。何千隻来たんだよ？」

「バンフィールド家がそれだけ本気ってことだろ。護衛艦隊も随分と多いな」

宇宙空間に浮かぶ宇宙港は、惑星アウグルに用意された軍事基地だった。

未完成であるため建造中の箇所が多く、軍事基地としての役割を果たせるようになるにはもっと時間がかかるだろう。

とりあえず用意した、という感じの宇宙港だ。

そこで働く人々は、バンフィールド家の本星からやって来た輸送艦隊の受け入れ準備を進めていた。

数千隻の輸送艦隊に見入っている者たちの横を、作業着に着替えた俺が通り過ぎる。

無重力状態の通路を飛ぶように進み、輸送艦の一隻が入港した区画へと向かう。

「誰も気付かないな」

口角を上げて笑いつつ、目的地を目指した。

輸送艦が停泊する場所に到着すると、俺は帽子を脱ぎ捨てる。

その瞬間に作業着が消え去り、普段来ている服装に切り替わった。

俺を待っていたのは、軍服を着用したユリーシアだ。

作業中の区画を不安そうに見ながら、俺が来ると眉根を寄せる。

「随分と不機嫌そうだな」

笑顔でからかってやると、ユリーシアは頬を引きつらせた。

「極秘裏に戦艦と機動騎士を用意しろと言われたら、腹も立つってものですよ。筆頭騎士殿の目を欺くのは大変だったんですからね」

ユリーシアに頼んだのは、俺専用の機動騎士と戦艦だった。

今回の輸送艦隊に紛れて運び込ませたわけだ。

味方にも極秘だったため、ここまで運んでくるだけでも大変だったのだろう。

頬を膨らませているユリーシアから視線を逸《そ》らし、俺は箱形の輸送艦を見た。

「偽装を外せ」

命令すると、ユリーシアは不満そうな顔をしながら端末を操作する。

そのついでに、運び込んだ戦艦について説明を開始する。

「戦艦としては六百メートル級と小さいですが、無駄なオプションを取り払い、それから改修も行った特注品ですよ」

箱形の偽装が展開すると、中から出てきたのは黒い戦艦だった。

細長い主艦の後方両脇にエンジンユニットが取り付けられている。

エンジンユニットから翼が展開された。

「重力下では後部主翼を展開します。ご希望通り、重力下だろうと、水中だろうと、高性能な戦艦に仕上がりましたよ。開発陣はシュバルツフォーゲルと呼んでいたそうです」

目指したのは万能母艦だ。

圧倒的な性能よりも、どのような状況でも単艦で任務を遂行できる戦艦を目指した。

色々と希望を詰め込んでしまったために、艦内は娯楽施設が最低限で、貴族趣味とはかけ離れた仕上がりになっている。

しかし、それこそが俺のオーダーだ。

「気に入った。だが、肝心の機体はどうした？」

「――お望み通りのじゃじゃ馬をお持ちしましたよ」

ふて腐れていたユリーシアだが、端末を操作すると僅かに目の色が変わった。

用意した機動騎士に対して自信があるのだろう。

先程よりも興奮しているのか声が大きく、そして身振り手振りを加えて告げる。

「ネヴァンシリーズ発展のために開発された試作機ですが、リアム様のご注文を受けて改修しました」

シュバルツフォーゲルの特別機動騎士運用区画のハッチが開くと、格納されていたネヴァンが姿を現わした。

フェイス部分を赤いバイザーで覆ったネヴァンは、一見すると違いは少ない。

細部が微妙に違うように見えるのだが――関わっている人間なら、この機動騎士がただのネヴァンタイプではないと見抜くだろう。

特徴は頭部両側から伸びたブレードだ。

「二本角か。嫌いじゃないな」

ネヴァンとの違いは頭部だけではなく、背中のバックパックだ。

四つのロケットブースターを保有していた。

それぞれが独立稼働するバックパックのロケットブースターは、見るからに加速度重視といった印象だ。

ブースターに取り付けられた翼は、広げれば六枚羽にも見えるだろう。

ただ、外見だけで判断するならば、大きく変更されたのはバックパックのみ、ということに多少の不満を覚えた。

「加速度は凄《すご》そうだな」

正直な感想を言うと、ユリーシアは俺の言いたいことを察したらしい。

だが、微笑を浮かべているのを見るに、本体にも随分と手を加えているようだ。

「見た目はこれまでと同じでも、これまでのネヴァンとは基本フレームから変更しました。バンフィールド家で集めたデータを基に改善を加えた今、このネヴァンは乗りこなせるパイロットさえいれば特機にだって負けない機動騎士に仕上がっています」

「――フレームが違えば、もう別機体じゃないか？」

基本フレームが変更されているのなら、もうネヴァンではない気がする。

再設計ではなく、一から設計された別機体と言っていい。

ネヴァンに似ているのは外見だけと言っているのと同じだ。

ユリーシアは俺から視線を逸らすと、痛いところを突かれたという感じで。

「問題点の解決には、これが一番の近道だったと報告が上がって来ています。開発者たちも、苦渋の決断だったそうですよ」

言い訳に興味のない俺は、床を蹴って跳び上がる。

「俺自ら試運転で確かめてやる」

ユリーシアも俺の後に続いた。

「男の人は新しい機動騎士が大好きですよね。リアム様にはアヴィドっていう規格外の機動騎士があるじゃないですか」

確かにアヴィドは俺の相棒だが、やはり色んな機体に乗ってみたいのが男の子だ。

それに、前世でも金持ちが何台も車を所有していた。

俺が専用の機動騎士を何機も所有していて何が悪いのか？

「男の夢ってやつだ」

コックピットに近付くと、俺の生体反応を感じたネヴァンがハッチを開ける。

ハッチに手をかけた俺は、ユリーシアの手を摑《つか》んで引き寄せた。

「こいつの名前は決まっているのか？」

手に入れたばかりの新機動騎士にウキウキしながら尋ねれば、ユリーシアは少し顔を赤らめて俺から視線をそらす。

一体何を恥ずかしがっているのか？

「か、開発チームにはグラーフ・ネヴァンと呼ばれていたそうです。変更しますか？」

俺はコックピットに後ろ向きのまま入ると、そのままシートに座った。

包み込むような座り心地に加えて、真新しいコックピットの匂い――を感じるはずが、ユリーシアの香水の匂いにかき消された。

楽しみを邪魔されたような気がして、眉根を寄せる俺にユリーシアが依頼の品を投げてくる。

俺がオーダーした最後の品だ。

「それから、趣味の悪い仮面もご用意しましたよ」

受け取ったのは、目元を隠す灰色の仮面だった。

装着すると、肌に吸い付いてずり落ちない。

仮面を着けたことで顔を隠せる他、グラーフ・ネヴァンともリンクしているので網膜に直接情報を映し出してくれる。

俺の希望通りに製作したらしい仮面だが、ユリーシアには悪趣味に見えたらしい。

「男の子の趣味に疎い奴《やつ》だ」

「主語を大きくしないでください。リアム様の趣味ですよね？」

操縦桿《そうじゅうかん》を握って感触を確かめていると、ユリーシアが別件を尋ねてくる。

「それよりも、以前からエクスナー家のご令嬢の件を伝えているはずです。どうして対処しないのですか？」

ロゼッタの親衛隊設立に関わるユリーシアに、シエルが口出しをしてくるという話は俺の耳にも届いていた。

そもそも、ユリーシアからの報告だ。

本人は、いつまでも対処しない俺が、報告を読んでいないのではないか？　と疑っているらしい。

「その件は騒がず放置しろと伝えたはずだが？」

「度が過ぎていますよ」

納得しないユリーシアは、俺に顔を近付けてくる。

「聞いているんですか？」

グラーフ・ネヴァンの調整を行いたいのに、別件で五月蠅《うるさ》いユリーシアは邪魔だった。

俺は今、グラーフ・ネヴァンを早く動かしたくて仕方がない。

新しい玩具《おもちゃ》を、早く箱から取り出して遊びたい！　と言う子供のような気分だった。

だから、どうしてもユリーシアに対して冷たい態度をとってしまう。

「放置すればいい。それより、お前は帰っていいぞ。首都星でロゼッタのお守《も》りをしていろ」

素っ気なく帰れと言えば、ユリーシアの髪が少し膨らんだように動いた。

本人は目に涙をためて、下唇を噛《か》みしめている。

「リアム様の無理難題に応えたのに、用が済んだら帰れ、って——これでも、側室候補ですよ!!　少しは労《ねぎら》ってくれてもいいじゃないですか！」

ロゼッタのような奥ゆかしさのないユリーシアは、俺に堂々と見返りを求めてくる。

前はもっとできる女、だったのに――どうして残念になってしまったのだろう？

仮面を着けたまま、俺はユリーシアに顔を近付けた。

鼻先が触れ合いそうな距離に、ユリーシアは耳まで赤くして驚いて飛び退《の》いた。

「え、ちょっと!?」

「今回の件は良くやった。報酬を用意してやる」

報酬の話をすれば、ユリーシアが顔を赤らめて太ももをこすり合わせてモジモジする。

「こんな場所でなんて、リアム様は大胆すぎます。でも、こういう展開も私としてはありかなって――え？」

勘違いをしたユリーシアを手で押すと、コックピットから飛び出てしまった。

「後で口座に振り込んでやるよ」

空中でクルクルと回るユリーシアは、軍服がスカートだったので一瞬だけ赤い下着が見えてしまった。

「相変わらず派手な下着を着ているな」

下着を見られたと思ったユリーシアが、スカートを手で押さえる。

「嫌なら見るな！」

「だったら見せるな。ほら、さっさと戻れ」

ハッチを閉じた俺は、グラーフ・ネヴァンの右腕を動かしてユリーシアを優しく包む。

ユリーシアがグラーフ・ネヴァンの指を摑み、回るのを止めると俺を睨《にら》んでいた。

舌を出してから、格納庫の奥へと進む。

「相変わらず残念な奴だが、仕事はできるんだよな」

グラーフ・ネヴァンを動かして感じたのは、じゃじゃ馬らしい操縦の難しさだ。

「初めてアヴィドに乗った時を思い出す。――さて、お前は俺の期待に応えられるかな？」

グラーフ・ネヴァンの試運転が楽しみだ。

◇　◆　◇　◆　◇

シュバルツフォーゲルの格納庫を出たユリーシアは、リアムの態度に顔を赤くしていた。

口から出るのは、リアムに対する文句ばかりである。

「短期間で依頼を達成したのに、こんな扱いってある？　私が第三に掛け合わなかったら、数年単位で時間がかかる仕事なのよ。そもそも、私だって色々と無茶をして手に入れたのに！」

シュバルツフォーゲルとグラーフ・ネヴァンを短期間で用意できたのは、間違いなくユリーシアの手柄だった。

それなのに、リアムはユリーシアを労う言葉も少ない。

「報酬を用意すればいい、って話じゃないでしょ。こう――もっと色々とあるじゃない！　それなのに、私を雑に扱って！　こう見えても以前は男に言い寄られて、凄く丁寧に扱われてきたのよ！」

過去に出会った男たちは、皆がユリーシアに優しくしてくれた。

それなのに、リアムはあまり優しくない。

雑に扱われるユリーシアは、いつの間にか呼吸までもが乱れていた。

瞳も潤んでいた。

「――でも、雑に扱われるのもそんなに悪くないかも」

リアムに雑に扱われているのに、興奮を覚えてしまうユリーシアだった。

第十二話 悪代官

惑星アウグルに接近した宇宙海賊の一団は、二百隻という規模だった。

普段は別の場所で活動していたのだが、帝国と覇王国が戦争を始めてしまったので巻き込まれないために逃げている途中だったのだろう。

そんな宇宙海賊たちに遭遇してしまったのは、三十隻のバンフィールド家の艦隊だった。

パトロールを目的とした艦隊であり、数は多くない。

だが、運の悪いことに宇宙海賊たちに見つかってしまった。

宇宙海賊たちは、バンフィールド家の艦隊に襲いかかっている。

『貴族の私兵艦隊が、その程度の数でウロチョロするから悪いんだぜ！』

新天地に向かう前に一稼ぎ――そんな気持ちで、パトロール艦隊に襲いかかっていた。

パトロール艦隊を率いる大佐は、戦艦のブリッジで味方を鼓舞する。

「既に本隊が動いている。救援が来るまで耐えるんだ！」

精強なバンフィールド家の軍隊であっても、やはり物量の差が大きく開いていては苦しかった。

押し寄せる宇宙海賊艦隊に、ジリジリと削られていく。

防御フィールドは限界を迎えて貫かれ、被弾し、艦が揺れた。

ブリッジクルーが小さな悲鳴を上げる中、大佐は奥歯を噛みしめる。

(間に合わん)

経験から救援が駆けつける前に、自分たちは宇宙海賊たちに撃破されると察してしまう。

それでも、部下たちの前で弱音は吐けない。

最後の最後まで諦めないのも司令官の務めだ、と自分に言い聞かせる。

「残弾数もエネルギー残量も気にするな！　撃ちまくれ!!」

宇宙海賊たちの苛烈な攻撃に晒《さら》されながら、大佐は最後まで抵抗する覚悟を決めた。

そして、大佐は聞いた。

『悪くない状況だ。デビュー戦には丁度いい』

何者かの通信が聞こえてきた。

聞こえてきた、というよりも紛れ込んだ状況だ。

それも危機的状況にありながら、戦闘を楽しむような——場にそぐわない声だった。

大佐は苛《いら》立《だ》ちながら、すぐにオペレーターに確認を取る。

「今の声はどこの誰だ？」

「わ、わかりません。アンノーンと表示されています。た、ただ、識別信号は味方であると表示されていて」

困惑するオペレーターの反応に、大佐はあり得ないと思った。

「アンノーンならば味方であるものか！　確認を急げ！」

「は、はい！」

そして、大佐たちの前に一隻の戦艦が現われる。

その戦艦は宇宙海賊たちに攻撃を仕掛けると、機動騎士部隊を出撃させた。

機動騎士はネヴァンであるが、バンフィールド家が採用している機体色ではない。

所属も不明。

だが、識別は味方を示していた。

「アンノーンが機動騎士を出撃させました。こ、これは!?」

オペレーターが状況を伝える前に、大佐はモニターで見てしまう。

「黒いネヴァンだと」

その背にロケットブースターを背負った黒いネヴァンが、宇宙海賊の艦隊に突撃したと思ったら爆発が起きる。

一つ、二つ、と海賊船が爆発して消えていく。

そして先程の声が聞こえてくる。

『――繊細すぎるが悪くないな』

モニターには、海賊船のブリッジを潰した黒いネヴァンの姿が映し出されていた。

燃え上がる海賊船に立つその姿に、大佐たちは息を呑《の》む。

◇◆◇◆◇

先行して出撃したグラーフ・ネヴァンを追いかけるため、ロイヤルガードたちは出撃準備を進めていた。

エセルは先行したリアムを心配していた。

「予定では出撃を合わせるはずだったのだが」

ロイヤルガードたちの出撃が遅れているのではなく、我慢できなかったリアムが独断専行をしてしまった結果である。

出撃準備が大急ぎで行われる格納庫では、ロイヤルガード仕様のネヴァンのコックピットにてエセルが部下たちの顔を表示している。

『隊長、準備ができた機体を先行させますか？』

『このままリアム様だけに単独行動はさせられません』

『第三、第六の二小隊が出撃可能です』

部下たちはリアムを守るために、出撃準備を終えた小隊を先行させようと提案してくる。

バンフィールド家を——リアムを守るために集められた忠誠心の高い騎士たちは、エセルが望んだ提案をしてくれた。

「いいでしょう。二小隊を先行させなさい」

二小隊が先行して出撃すると、エセルは部下たちを前に念を押す。

「お前たち、今回の作戦をリアム様の気まぐれだと思うなよ」

発端はリアムの気まぐれにすぎないが、ロイヤルガードたちにとっては大きな意味がある作戦だった。

部下たちの表情が引き締まるのを見て、エセルは心配する必要はなかったと安堵《あんど》しながらも続ける。

「騎士団の阿呆共《あほう》はリアム様の信頼を何度も裏切り、我々の顔に何度も泥を塗って来た」

この阿呆共、とはクリスティアナとマリーのことだ。

二人は行き過ぎた忠誠心により、何度もリアムを困らせて来た。

騎士団の二大派閥を率いて来た中心人物であり、これまで表立って抗議する騎士たちも現われなかった。

だが、不満に思わない騎士ばかりではない。

「我々はリアム様の信頼を勝ち取り、バンフィールド家の騎士は頼りになると示さなければならない」

二人がやらかす度に、エセルは苦々しい気分にさせられてきた。

バンフィールド家のために帝国騎士の資格を得るため領地を離れ、時には本星を離れて長期任務をこなしていた。

かつてはクリスティアナの部下として、上官を信頼していた。

しかし、クリスティアナが失敗を繰り返す度に、歯がゆくて仕方がなかった。

いつしか尊敬は憎しみに変わった。

（リアム様の優しさに救われているだけの無能共――私は絶対に許さない）

自分たちを助けてくれたリアムに迷惑をかけるばかりか、信頼まで裏切った時は殺してやろうとすら思った。

クリスティアナも、そしてマリーも、エセルにすれば憎い敵だ。

（リアム様のおそばにいながら、騎士団の信頼に泥を塗り続けた愚か者共。いつまでも騎士団にお前たちの居場所があるとは思うなよ）

あの二人を騎士団から追い出し、リアムの信頼を取り戻す。

それがエセルの目標である。

「リアム様の前で実力を示せ。それが我らの存在意義だ」

◇◆◇◆◇

グラーフ・ネヴァンに乗って出撃してみたが、感触は悪くなかった。

多少無茶な操縦にもついてこられるし、何よりもアヴィドとは違う機動騎士の操縦は新鮮だった。

「さて、遊ばせてもらおうか」

グラーフ・ネヴァンが両手を後ろに回すと、腰の後ろにマウントされているホルスターから拳銃を抜いた。

二丁の拳銃を両手に握り、襲いかかってくる宇宙海賊たちの機動騎士へ銃口を向けた。

黒く重々しいハンドガンのデザインは、リボルバー式の拳銃に似ていた。

ただし、似ているのは見た目だけだ。

弾数も威力もハンドガンというレベルではなかった。

操縦桿《そうじゅうかん》のトリガーを引けば、グラーフ・ネヴァンを左右から挟み込むように迫って来た敵機動騎士たちの頭部を撃ち抜いた。

次に振り返って引き金を引けば、後ろから襲いかかってこようとした敵機のコックピットを撃ち抜く。

「拳銃も悪くないな」

この機体の開発経緯は詳しく知らないが、誰かを意識して開発されたのは仕様から伝わってくる。

顕著に表れているのが武装だ。

戦闘スタイルで二丁拳銃は珍しいからな。

群がる敵機に向かって銃口を向け、引き金を引く。

それだけでは対処しきれず、接近を許した機体には――。

『ここまで接近すれば！』

「勝てると思ったか？」

――グラーフ・ネヴァンが回し蹴りを放てば、敵機の胴体を両断した。

脚部の膝と踵《かかと》には飾りと思われるブレードが取り付けられているのだが、これらはレーザーブレードを展開できるようになっていた。

「悪くないギミックだ」

二丁拳銃で戦いつつ、至近距離では足技で戦うとは何とも珍しいスタイルだ。

「さて、コイツの性能を引き出してみるか」

その場で跳び上がり加速すれば、敵機が追いかけてくる。

しかし、グラーフ・ネヴァンの加速力——スピードにはついてこられない。

「追いかけっこは追い回す方が好きでね。逃げ回るのは性に合わないんだ」

敵機を振り切って向かった先は、宇宙海賊たちのど真ん中だ。

機動騎士を迎撃するため、レーザーが照射される。

照射されたレーザーの合間を縫って飛びながら、この機体の扱いについてあれこれと考えていた。

「さすがに一閃《いっせん》を使えば自壊しそうだな。そうなると——二刀流を試してみるか」

二丁拳銃をホルダーに収納すると、サイドスカートが展開してレーザーブレードの柄《つか》が姿を見せた。

引き抜いた柄には、フィンガーガードが取り付けられている。

ブレードを展開すると、高出力のレーザーブレードが出現した。

グラーフ・ネヴァンが二本のブレードを構えながら戦場を飛ぶ。

「風華《ふうか》に二刀流のコツを聞いておくべきだったな。――まぁ、今回は我流でいいか」

普段は一本の刀で事足りるため、二刀流に手を出した経験は少ない。

お遊びで試したことがある程度だった。

二本のレーザーブレードを海賊船に近付いて振り下ろすと、その勢いで刃が延長されて両断してしまう。

凄《すさ》まじい威力というか、出力だった。

「動力炉の余剰エネルギーを転用しているのか？　素直に感心するが、こいつは量産機には向かないだろうな」

性能は申し分ないが、扱うパイロットを選ぶ機動騎士に仕上がっていた。

量産化に向けた試作機という話も聞いたから、ここからデチューンするのだろうか？

海賊船を撃破された宇宙海賊たちは、機動騎士で俺を囲んでくる。

『スピード自慢もここまでだ。囲んでしまえば逃げられないだろ！』

短絡的な宇宙海賊たちを前に、自然と笑みがこぼれた。

「囲んだ？　俺の間合いに入っただけだろ。わざわざ狩られに来たのか？」

言い終わった直後、グラーフ・ネヴァンは両腕を動かして周囲にいた敵機を五機撃破した。

伸びた刃が鞭《むち》のようにしなり、次々に敵機を破壊していく。

逃げようとする敵機が一機。

だが、現われたネヴァンによって踏みつけられ、ライフルで撃ち抜かれて爆発した。

『遅れて申し訳ありません、リアム様』

「――おい、今は違うと言っただろ」

モニターに映るのはエセルだ。

ムッとして機嫌を損ねた俺が、仮面を指で数回叩《たた》けば、自分のミスに気付いたエセルが顔を赤くしながら訂正する。

『申し訳ありません、シュバルツ・グラーフ様』

「よし」

周囲を見れば、黒いネヴァンに乗ったロイヤルガードの面々が宇宙海賊たちを屠《ほふ》っていた。

黒いネヴァンはロイヤルガード用に調整された機体であり、黒を基調として細部は金色で塗装されている。

胸元や両肩には僅かに模様が描かれ、特別感を演出していた。

もっとも、ただの色違いではない。

ロイヤルガードとして集めた精鋭たちが駆る機動騎士は、通常のネヴァンにカスタムを加えて性能を底上げしていた。

見た目は同じでも性能面では一割程度の差が生じているはずだ。

「母艦の性能も確認したい」

エセルにそれだけ伝えると、納得した顔をして部隊に命令を出す。

『砲撃を開始しろ』

すると、シュバルツフォーゲルから確認が入る。

『射線上に味方機を確認していますが？』

俺たちのいる戦場に砲撃するなど、常識があれば疑うような命令だ。

しかし、エセルは鼻で笑っていた。

『味方の砲撃で死ぬような愚か者は必要ない。攻撃を開始しろ』

随分と無慈悲に聞こえるが、実際にロイヤルガードには金がかかっている。

この程度の敵に苦戦されては困る、というのが本音だ。

シュバルツフォーゲルのクルーたちも、確認しただけで心配していないようだ。

淡々と命令を遂行しようとする。

『了解した』

母艦であるシュバルツフォーゲルが砲撃を開始すると、海賊船が次々に破壊されていく。

展開した防御フィールドが簡単に貫かれていく光景を前に、宇宙海賊たちは狼狽《ろうばい》してまとまった行動がとれずにいた。

圧倒的な性能による蹂躙《じゅうりん》だった。

「デビュー戦としては上出来だな」

『鮮烈なデビューを飾られたのは間違いありません。それから、本隊が救援に駆けつけました。我々は撤退するべき頃合いかと』

「もう来たのか？　優秀なのも問題だな」

この場に留《とど》まっていれば、バンフィールド家の本隊から派遣された艦隊に見つかり面倒になるので帰還することにした。

するとと、パトロール艦隊を率いる大佐が俺との通信回線を開いてくる。

『助けて頂いたことに感謝する。それよりも貴官の所属を――』

大佐が俺の顔を見て口をパクパクさせたので、俺は咳払《せきばら》いをしてから。

「シュバルツ・グラーフだ。そうだな――黒い稲妻とでも呼んでくれ。宇宙海賊に襲われていた君たちを見逃せず助力した。礼なら気にしなくていいぞ」

俺としては暴れられて満足しているし、何よりもこいつらから礼を貰《もら》っても意味がなかった。

こいつらが礼をするとなれば、それは俺の懐から支払われるのと同じだからな。

『いえ、あの――リア』

俺の名前を呼びそうだったので通信を切って帰還する。

「よし、撤収！」

『はっ』

ロイヤルガードの連中は優秀であるため、手際よく撤収する。

シュバルツフォーゲルに帰還すると、そのまま救援部隊が来る前に撤退した。

——ふっ、今回のような活躍もありだな。

◇　◆　◇　◆　◇

パトロール艦隊が無事に戻ってくると、クラウスは心の中で頭を抱えることになった。

艦隊を率いた大佐から事情を聞いたためだ。

クラウスは無表情で呟《つぶや》く。

「黒い稲妻——シュバルツ・グラーフ、か」

報告した大佐は、何とも言えない表情をしていた。

それも仕方がないことだ。

クラウスも同じ立場であれば、同じような反応をしたはずだと思った。

大佐は未《いま》だに信じられないようだ。

「確かにそう名乗られました。ですが、アレは間違いなくリアム様です。あの強さ、見間違うはずがありません。クラウス閣下、リアム様の行動は何か意味があるのでしょうか？

極秘任務の類いでしょうか？」

どうして自分たちの主人が、仮面を着けて極秘に活動しているのか？

大佐の問い掛けに、一番困惑しているのはクラウスだった。

(出撃しないって言ったじゃないですか、リアム様!?　どうして変なことまでして、出撃したがるんですか!!　余計に現場が混乱するじゃないですか!!)

クラウスは小さなため息を吐《つ》いた。

「極秘任務の類いではない。私の方からリアム様に確認する。それで――リアム様は？」

近くにいた部下に尋ねると、すぐに確認を取り始める。

ただ、部下は頬を引きつらせていた。

「――予定ではアルゴス艦内の執務室にて業務中なのですが、確認したところ急用ができたとのことで数ヵ月留守にすると」

「――事前の連絡は？」

「ありません」

クラウスは天を仰いだ。

(また面倒なことを)

◇　◆　◇　◆　◇

「没収です、リアム様」

「それはないだろ！　まだ数回しか出撃していないんだぞ」

「その数回が大問題です」

クラウスが執務室に訪ねてくると、出撃した件を問い詰められた。

数ヵ月ほどシュバルツグラーフにてアウグル周辺を飛び回り、目に入った宇宙海賊たちを襲撃して回った。

確かに俺に非があるのは認めるが、だからと言って没収はやりすぎではなかろうか？

主人としてごり押しで回避しようとしたのだが、どうやら駄目だったらしい。

用意周到であるクラウスは、なんと天城《あまぎ》を味方に付けていた。

天城は俺に普段と変わらぬ態度で接しながらも、冷たい視線を向けてくる。

「第三兵器工場に確認を取りました。表向きはユリーシア殿の依頼で戦艦と機動騎士を用意した、と。その裏に旦那様がいるのは承知していた、との証言も得られました」

ユリーシアを間に挟んでカモフラージュしようとしたが、天城は騙《だま》せなかった。

というか、ペラペラ喋《しゃべ》った第三の奴《やつ》らが信じられない。

「あいつらお得意様の俺を裏切りやがった」

執務室に来るまでに、クラウスは念入りに調べたのだろう。

他の証拠も提出してくる。

「私や関係各署の連名で調査を行いました。リアム様がシュバルツ・グラーフを名乗られたのは明白です。それから、本星に確認して購入履歴も確認済みです」

機動騎士と戦艦を購入したのだから、とんでもない大金が動くのは当然だ。

ユリーシアには誤魔化してもらったのだが、それを調査するとはクラウスも侮れない。

天城が俺の行動に呆《あき》れている。

「ポケットマネーで戦艦の購入ですか――以前に今後は絶対にしない、と約束してくれたのは何だったのでしょうね？」

クラウスに問い詰められても主君として強引に振る舞えるが、天城が相手だと強気に出られない。

約束を破った負い目もあるため、俺は天城に懇願する。

「せめて没収はやめてくれ！　まだ数回しか使っていないんだ。もったいないだろ？」

せっかく購入したのに、数度の出撃で取り上げられるとか勘弁してほしい。

そんな俺の切実な願いを、クラウスが打ち砕いてくる。

「リアム様のポケットマネーで購入されたのですから、私に没収する権利はありません」

「だったら！」

「ですが――」

クラウスが視線を向けたのは天城だった。

赤い瞳が普段よりも強い輝きを放っている。――これは、相当に怒っているな。

俺がごくりと唾を飲み込むと、天城が淡々と責めてくる。

「旦那様にはアルゴスという超弩級《ちょうどきゅう》戦艦があり、専用の機動騎士にはアヴィドが存在します。戦艦も機動騎士も存在しており、これ以上は不要ですよね？」

「あ、天城？　さすがにそれは強引すぎないか？　ほら、俺だってたまには気分を変えたい時もあるしさ。アルゴスとアヴィドを動かすのはコストもかかるし――」

言い訳をしながら、しまった！　と後悔する。

今のは悪手だった。

俺の不用意な発言を天城は見逃さなかった。

「普段からコストを気にされているとは思いませんでした。――で、あるならば、余計にこれ以上の戦力維持は不要と思われます」

気付いたら目を見開き、椅子から腰を上げていた。

「いや、それでもコレクション的な意味で所持したいというか――」

だが、今回の天城は引き下がってくれない。

「必要ありませんよね？」

「――はい」

俺は糸が切れた操り人形のように、椅子に崩れ落ちる。

怒った天城とこれ以上争っても無益と判断し、俺は新しい玩具《おもちゃ》を没収された子供のように落ち込んでしまう。

クラウスは小さくため息を吐いた。

「今回の件はこれにて終わります。――ただ、私共がリアム様に窮屈な思いをさせたのも事実です。出撃は許可できませんが、地上に降りることは関係各署に認めさせます」

それを聞いて俺は顔を上げ天城を見る。

「いいのか!?」

俺を閉じ込めている方が、かえって悪さをすると判断した天城は渋々という感じで言う。

「はい。旦那様のご希望通り、惑星アウグルに降下して頂いて構いません。その際は最小限の護衛を連れてください。それ以上は望みませんので」

グラーフ・ネヴァンは取り上げられてしまったが、これでアウグルの地上に降りて悪代官プレイを楽しめそうだ。

俺の邪魔をするクラウスには腹も立ったが、今回の件はチャラにしてやろう。

「それならすぐに降りるぞ」

天城が俺に一礼する。

「すぐにシャトルを用意させます」

◇　◆　◇　◆　◇

惑星アウグルに降りた俺は、身分を隠して視察を行っていた。

代官である俺は、惑星アウグルの王族たちよりも偉い存在だ。

そんな俺が極秘裏に視察に来ているなどとは、誰も思っていないだろう。

「ふふっ、こういう時を待っていたんだ」

周囲が俺をチラチラ見てくるが、気にせず現地人たちが暮らしている場所を視察する。

俺の影から声がする。

「リアム様ご自身が視察をされるのは意味がないと思われますが？」

声の主は暗部――ククリの部下である【クナイ】のものだ。

今回の護衛として選ばれ、俺と行動を共にしている。

周囲からは俺が一人で歩いているだけに見えるだろうが、最低限の護衛付だ。

クナイだけではなく、至る所に護衛が潜んでいた。

「自分の目で見て確かめたいのさ。それに、何かしら面白い出来事もあるかもしれないだろ？」

俺が代官とは知らずに喧嘩《けんか》を売るような馬鹿がいたら、身分を明かして不敬罪で捕らえる遊びを思い浮かべていた。

まさに悪代官らしい振る舞いだろう。

以前に自領で同じ遊びをしようとしたが、結局失敗に終わってしまった。

だが、この惑星アウグルならば問題ないはずだ。

文明レベルを抑制された星だから、俺に喧嘩を売ってくる馬鹿もいるだろう。

いっそ身分を明かして横柄に振る舞うのもありだろうか？

金と娘を差し出せ～とか？

いや、駄目だ。

そもそも、俺を満足させるだけの財宝をこの星の連中は出せないし、娘を寄越《よこ》せと言ったら後が面倒だ。

天城やブライアンの耳に入れば、すぐに責任を取るべき！　と言い出すに決まっている。

ブライアンなど、小躍りしながら側室に迎える準備をすると言い出すはずだ。

俺は腕を組み、悪代官らしい振る舞いについて考えていると、クナイが恐る恐る質問してくる。

「一つ質問をしても宜《よろ》しいでしょうか？」

「何だ？」

「変装は理解しているのですが、どうしてそのような目立つ仮面を着けているのでしょうか？　私からすると悪目立ちをしているように見えまして」

お気に入りの仮面がクナイには不評だった。

気に入っているのだが、クナイの言う通り目立って仕方がない。

俺が外そうか悩んでいると、何やら言い争う声が聞こえてくる。

それは女性と男性の声であるのだが、女性の方は一人だった。

対して、男性側は三人だ。

見ればバスケットを持った金髪碧眼《へきがん》の女の子が、男性たちに囲まれている。

囲んでいるのは――派遣軍の軍人たちだった。

「君可愛《かわい》いね。俺たちが遊んであげようか？」

「神の使いと遊べるなんて光栄だろ？」

「そう、俺たちは神の使いだ。代官様の部下だからな」

下卑た顔をして女性を囲んでいる軍人たちは、帝国から派遣された軍人たちだった。

正確に説明するなら代官の部下ではない。

間違いを訂正してやるつもりはないし、ナンパ程度ならば見逃してやるつもりでいた。

だが——神の使いを名乗るというのが度し難い。

女性は俯《うつむ》いて涙声だ。

「許してください。私はこの先に用があるんです」

抵抗する女性は現地人であり、軍人たちは見下していた相手に逆らわれて不機嫌となる。

「原始人が逆らってんじゃねーぞ！」

軍人の一人が女性の腕を摑《つか》んで持ち上げる。

肉体を強化された軍人ならば、女性一人を持ち上げるなど容易《たやす》い。

「痛っ！　やめてください。お願いします！」

周囲が何かを言おうとするが、軍人たちが睨《にら》み付けると顔を逸《そ》らしていた。

天から来た神の使いを名乗る者たちは、自分たちよりも強く、そして進んだ科学技術を持っている。

現地人たちにすれば、逆らえない相手だろう。

——気付いたら、俺は軍人たちに歩み寄っていた。

「神の使いを名乗る馬鹿共が出ないようきつく注意をしてきたが——まさか、派遣軍が悪さをしているとは思わなかった」

軍人の一人が、俺に手を伸ばしてくる。

「何だこのガキ？　変な仮面を着けやがって」

「触るな」

次の瞬間には、俺に触れようとした軍人の腕を握って強引に力業で投げ飛ばした。

木造の建物にぶち当たり、軍人は何が起きたのか理解できない様子だった。

「鍛え方が足りないな。派遣される連中の質などこの程度か」

俺の言葉に、残った二人が顔を歪《ゆが》めて武器を抜こうとした。

その動きを見た俺は、自然と笑っていたような気がする。

「クナイ」

――名を呼ぶと、俺の影から一本の刀が飛び出てくる。

それを握って振るえば、軍人たちの両腕が斬り飛ばされた。

一瞬の出来事に、周囲ばかりか、軍人たちまで目を丸くしていたのが印象的だった。

投げ飛ばした軍人が俺の後ろで拳銃を抜いていたが、そちらはクナイが取り押さえる。

腕を失った軍人たちが、その場に座り込んで泣きながら呻《うめ》いていた。

その姿を見下ろしながら、俺はニヤリと笑う。

「誰が神の使いだって？　代官が馬鹿なことはするなと釘《くぎ》を刺したはずだよな？　お前たちの頭は飾りか？」

刀の刃を首筋に当ててやると、軍人たちは少なくとも俺が騎士だと理解したのだろう。

バンフィールド家の騎士に見つかった、と思って慌てたようだ。

「す、すまない。冗談のつもりだったんだ」

「――冗談で神の使いを騙《かた》ったのか？　余計に許せないよな」

俺がニヤニヤしていると、殺されると思った軍人たちが地面に額を押し付けた。

「どうか！　どうかお許しを！」

その姿を見た俺は、刀をクナイに投げ渡した。

「――馬鹿共が」

俺が去ろうとすると、助けた女性が声をかけてくる。

「あ、あの！　助けて頂きありがとうございました」

惨状に青い顔をしながらも礼を言う女性を、俺はどこかで見たような気がした。

――思い出せない。

女性は軍人たちに視線を向けながら、これから大変であると思ったようだ。

「えっと、あの方たちの手当が先でしょうか？」

うずくまる軍人たちの手当をしようと言うのはいいのだが、この惑星の医療技術では余計なことをする可能性も高い。

放置した方が、軍人たちにとっても安心だろう。

「心配する必要はない。すぐに馬鹿共の上司たちが駆けつけてくるはずだ」

「え、えっと」

それでも心配そうにする女性に、俺は小さくため息を吐《つ》いた。

「お前が責められることはない。むしろ、この馬鹿共が責任を取らされるからな」

うずくまる軍人を足で小突いてやると、ひっ！　と喉から声を出して怯《おび》えていた。

「そ、そうですか」

ようやく安堵《あんど》した女性を前に、俺はどこで見かけたのか思い出せず困っていた。

普段から生身の女に興味がなさすぎるせいだろうか？

困っている俺に、女性が提案してくる。

「それでしたら、宜しければお礼をさせてください。寄りたい場所があるので、その後になってしまうのですけど」

「お礼？」

お礼がしたいというなら、受け取っておくとしよう。

あと、素直に誰なのか知りたかった。

このまま別れて思い出せないままとか、気になって仕方がないからな。

◇　◆　◇　◆　◇

俺は目の前の光景が信じられなかった。

信じたくなかった。

「——何だこれは」

女性に連れられてやって来たのは、大通の噴水のある広場だった。

人通りも多く、城下町の中心地といえる場所だった。

だが、噴水は小さく、石畳は割れやら破損が目立っていた。

俺から見ればみすぼらしい限りだが、そんなことはどうでもいい。

問題は噴水に設置された像だった。

先程助けた女性が、手を組んで像に祈りを捧《ささ》げていた。

無垢《むく》な乙女が真摯に祈る姿は絵になるし、実際に俺以外には神々しく見えるだろう。

周囲を見れば、同じことをしている現地人たちの姿がある。

女性が祈りを終えると、振り返って微笑《ほほえ》む。

「ここにあるのは遠き場所より来られ、私たちを見守ってくださる神様の像です。私は毎日、ここにお祈りをしに来るんですよ」

瞳を輝かせながら微笑む女性の顔は、何も知らない者であれば見惚《みと》れていただろう。

だが、その笑顔は俺にとっては恐ろしく見えていた。

そして、目の前の女性が誰なのかを思い出す。

彼女は立派な白髭《しらひげ》を持つ王が差し出してきた娘——この惑星の姫だった。

「か、神!?」

俺は神の像とやらを見て、震えてしまった。

そこにあるのは、不格好だが俺としか思えない像だったからだ。

噴水の中央で台座に立ち、何かのポーズを取っていた。

平和とか慈愛とか、その辺の意味でもあるのだろう。

姫は満面の笑みで答える。

「はい！　リアム・セラ・バンフィールド様です。これまで私たちを苦しめた悪神から解放してくださったばかりか、守護してくれるお方ですよ」

俺は気付いたら膝から崩れ落ちていた。

あれほど神ではないと言っておいたのに、どうして現地で俺を崇《あが》めているのか？

神の使いを名乗るよりも、よっぽど質《たち》が悪いではないか。

姫が俺を心配して駆け寄ってくると、背中をさする。

その優しさは人としては美徳だろうが、俺を神と崇めるヤベぇ女であるのは間違いない。

「大丈夫ですか!?　もしかして怪我《けが》をされたのですか!?　すぐに手当をしなければ！」

周囲が騒がしくなる中、俺は仮面の下で涙が一滴こぼれた。

――ちょっと待て？　こいつらが俺を神だと崇めているとなると、この惑星に移住させた俺の元領民たちはどうなっている？

普段から何をやらかすかわからない突飛な領民たちだ。

俺は恐ろしくなってしまい、急いで確認することにした。

◇　◆　◇　◆　◇

バンフィールド家の元領民たちが移住した土地は、現地人との交流を制限されていたため壁に囲まれていた。

それでも交流がゼロではないため、現地人の様子も彼らには伝わっている。

先程までののどかな光景とは違って、移住地は重機や作業用に改修された機動騎士が動き回って開発が進められていた。

そんな場所に乗り込んできた俺は、居住エリアを歩いていた作業員らしき集団を見つけて声をかけた。

「話が聞きたい」

唐突な俺の質問に、休憩中と思われる作業員たちは驚いた顔をしていた。

「え、いや——はい。というか、えっと——」

仮面を着けている俺を警戒しているようだった。

「シュバルツだ。シュバルツ・グラーフ！　それよりも俺の質問に答えてくれるか？」

男たちは数秒の間を空けてから、何度も頷《うなず》いた。

戸惑いながらも俺の質問には答えてくれるらしい。

「現地人が代官を崇めているのは知っているか？」

俺の質問に作業員たちが顔を見合わせると、年長の男が代表して答える。

「あぁ、知っている——いますぜ。リアム様の像を作って崇めていた、って知り合いが言っていましたからね。現地人にとっては神様みたいなお人でしょうから」

やはり移住地にも伝わっていたか。

「それで、ここではやっていないよな？」

同じように俺の像を用意していたら、刀で粉々に砕いてやろうと思っていた。

しかし、男はかぶりを振る。

「やろうとした連中はいたみたいですが、許可が出なかったと聞いています。まったく、現地人が羨ましい限りですよ」

規制されていない現地人を羨んだ発言をしているが、本心からそうは思っていないような印象を受けた。

「——話は出たのか？」

「えぇ」

「くそっ！　邪魔したな」

悪態をつきつつ、俺は急いでアルゴスへと戻ることにした。

◇　◆　◇　◆　◇

リアムが立ち去った後。

作業員たちは仮面を着けたリアムについて話し合っていた。

「今のってリアム様だよな？　何で変な仮面を着けているんだ？」

「俺が知るかよ」

「シュバルツ・グラーフって偽名かな？」

どうして自分たちの元領主が、仮面を着けて視察に来ているのだろうか？

頭を悩ませる男たち。

だが、考えても答えは出ないので、切り替えることにした。

「それより、リアム様を崇めるのは禁止されていても、シュバルツ・グラーフの仮面さんは禁止されていないよな？」

「お前!?――賢いな！」

「これで像を用意しても怒られないな！」

シュバルツ・グラーフという偽名を名乗ったのだから、今のはリアム様ではない！　という強引な結論に達してしまった。

第十三話　惑星アウグル

「糞馬鹿野郎《くそばかやろう》がぁぁぁ!!」

アルゴスの艦内にある執務室で叫んだ俺は、地上からの報告に悩まされていた。

報告を行っているのは、あれだけ嫌がっていた地上生活を満喫しているウォーレスだ。

最初の方こそ色々と文句を言っていたが、思っていた以上に適応能力が高いのか惑星アウグルを楽しんでいた。

そんなウォーレスからの報告は、俺が聞きたくない内容ばかりである。

『みんなに崇められて良かったじゃないか』

「誰が神のように崇めろと言った？　それに俺は生け贄《いけにえ》なんて求めてないんだよ！　誰がいつ、生け贄を出せって言ったよ!?」

惑星アウグルに代官として赴任した俺は、王族たちに宣言した通り行動していた。

足りない物があれば与え、そして惑星アウグルを守っている。

悪代官プレイを楽しもうと思ったが、俺が神として崇められている光景を見て――全てが萎えてしまった。

今は宇宙で大人しく仕事をしているのだが、地上に降りなくても問題ばかり舞い込んでくる。

その一つが生け贄だ。

『新しい神に供物を捧げよ、だってさ。リアムのカリスマ性には脱帽するよ』

アウグル産の紅茶を飲みながら、優雅に報告してくるウォーレスの顔に拳を全力で叩《たた》き込んでやりたい。

――戻ってきたら一発ぶん殴るとして、今は問題解決が先だ。

「生け贄なんてやめさせろ！　大体、なんで生け贄なんて話になったんだ？」

『彼らが言うには供物だね。前領主が供物を捧げるよう何度も求めた影響じゃないかな？』

惑星アウグルを統治していた前領主だが、そいつは供物と称して若く美しい男女を捧げさせていた。

実に悪趣味だが、俺も同じ事をしているので責められない。

だが、いくら俺でも自ら神を名乗って供物――生け贄を捧げさせるような真似《まね》はしない。

悪党だろうと、守るべき一線というものがある。

そもそも案内人に失礼だ。

俺の統治を邪魔する前領主――男爵が憎い！

そんな男爵は既に処分済みだが、帝国貴族とは本当にろくでもない奴《やつ》らが多すぎる。

――俺もその中に含まれているけどな。

『ところでリアム』

「何だ？」

他の作業は順調なのに、男爵の残した負の遺産だけが俺を苦しめていた。

そう思っていたのに。

『君の元領民たち。移住者たちだけどね。現地人の姿を見て感化されたのか、自分たちも負けていられないから、リアムを崇める祭りをするって申請をしてきたよ。面白そうだから許可を出しちゃった』

悪びれもせずにそんな事を言い出すウォーレスは、きっとこんな場所に連れてきた俺への意趣返しがしたかったのだろう。

俺を崇める祭りを想像すると、案内人に対する不敬な気持ちと羞恥心が入り交じって表情筋が強張《こわば》った。

腹立たしいのは俺の元領民たち――移住者たちが、現地人と張り合っていることだ。

話には聞いていたが、予想よりも声が大きくて嫌になる。

お前たちはどうしてそんなに馬鹿なの？

何でこんな辺境に連れて来られて、競って俺を崇めようとするの？　そんなところで張り合うとか、本当に何なの？

「却下、却下！　全部却下だ！　歪《いびつ》な宗教観はこの時点で一掃する！　何が貴族は神だ。虫唾《むしず》が走る！」

『私としては許可を出した方がいいと思うけどね。でないと――』

「そんなの知るか！　俺が法律だ！　俺がルールだ！」

ウォーレスとの通信を切った俺は、深いため息を吐《つ》いた。

神とはもっと――たとえるならば、案内人のような存在だ。

俺を転生させて、このような幸せな人生をプレゼントしてくれた。

少し胡散臭《うさんくさ》い雰囲気はあるが、今も俺を見守ってくれる優しい奴である。

そんな案内人と俺を同列に考えるとか、不敬にも程がある。

「あ～、最悪だ。他が順調なだけに、余計に腹が立ってくる」

通信が終わったこともあり、静かに待機していた天城《あまぎ》が話しかけてくる。

「旦那様、惑星アウグルは順調に開発が進んでおります。ですが、住人たちの教育は時間を必要としています」

あまりに急激な変化が起これば、ついて行けずに現地人が混乱してしまう。

急ぎすぎて失敗するくらいなら、教育の問題は時間をかけた方がいいだろう。

「そうだな。俺が代官をしている間に、あいつらの価値観は変わらないだろうな。まぁ、時間がかかっても俺は関係ないさ。どうせすぐに首都星に戻るからな」

現地人相手に遊ぶ悪代官プレイは失敗してしまったが、もう一つの目的はしっかり達成するとしよう。

そのために、わざわざ俺の領民たちを移住までさせたのだから。

彼らには頑張ってもらわないとね。

そのために最大限の支援はするつもりだ。

——でも、俺を崇《あが》める祭りは絶対に許さないけどな。

教育の件に関して話が終わると、天城が次の話題を振ってくる。

それは惑星アウグルの現状についてだった。

「旦那様、宇宙港の建造ですが予定通り進んでおります。地上の軍事基地の建造も問題ありません」

「宇宙海賊共の残骸が役に立ったな」

俺が右手に持つのは金色の立方体——錬金箱だ。

物質を変換することが可能なとんでもない道具である。

こいつでかき集めたデブリを資材へと返還し、基地の建造に使用していた。

ちなみに、これは案内人のプレゼントだ。

ただし、順調な話ばかりではない。

天城が俺に警告してくる。

「惑星アウグルの開発状況に注目が集まっております。——異常な開発速度を危険視している貴族もおられます」

机の上に惑星アウグルを中心とした地図が表示される。

長距離ワープが可能な航路を線で繋《つな》ぎ、惑星やら基地同士が結ばれた地図だ。

それは不格好な3Dモデリングを見せられている気分になる。

「うちの発展が、面白くないご近所さんたちがいるようだな」

「はい。覇王国との戦争中であるため仕掛けては来ませんが、こちらの宙域への不法侵入を繰り返す艦隊を何度も発見していると報告が上がっております」

戦争中だから仕掛けて来ないだけだろう。

俺が立ち去った後は、下手をすれば海賊に扮《ふん》して略奪行為を行うかもしれない。

襲われる度に助けるのは現実的ではないし、面倒なのでごめんだ。

ではどうするか？――簡単だ。

「そろそろ挨拶に向かうとしようか」

挨拶と聞いて、天城が無表情で首を傾《かし》げた。

この行動を怖い、と言う奴らもいるのだが――どう見ても不思議そうにしているだけなので、むしろ可愛《かわい》いだろうに。

「挨拶？　どちらにでしょうか？」

「――後輩の実家だ」

◇　◆　◇　◆　◇

第七兵器工場のニアスに連絡すると、眠そうな顔がモニターに映し出された。

眼鏡の位置は微妙だし、寝癖がついた髪はそのまま。

慌てて通信に応えたのだろうが――もう少し恰好《かっこう》を気にするべきだと思ったね。

「何て恰好だよ」

寝起きの姿を見られたニアスは、恥ずかしさもあるのだろうが、それ以上に叩き起こされたのが不快らしい。

『こっちは気持ちよく熟睡していたんですよ！　むしろ、すぐに通信に出た私を褒めてくださいよ！』

叩き起こしたのは申し訳ないのだが、第七兵器工場の時間を確認すればお昼だった。

お昼なら起きていると思ったのに、眠っていたとは驚きである。

「お前、夜勤だったのか？　それとも徹夜続きか？」

忙しい時に連絡されれば腹も立つ。

多少の不敬は許してやろうと思ったのだが、目が覚めてきたニアスはけろりと言う。

『いえ、さっきまで趣味で設計図を用意していまして』

「趣味かよ」

『設計図と睨《にら》み合っていたら三日が過ぎていまして、これはそろそろ寝ないと駄目だな～って』

てへっ、と片目をつむって舌を出したニアスを見て、悪気が一切ないのを察した。

そう、ニアスとはこんな女だ。

才能と実力は本物なのだが、どこか抜けている残念な奴だった。

「徹夜せずに寝ろよ」

『だから寝ていたんですよ！　それなのに、リアム様が呼び出すから』

ぶつくさ文句を言っているが、俺は第七兵器工場のお得意様である。

また、ニアスは俺専用とも言える担当者だ。

普段使っている金額を考えれば、俺が連絡をすれば休日だろうと応える義務がある。

――というか、その分の報酬だって俺が支払っている。

こいつの休日出勤手当を出していると思うと、何だか妙に腹立たしくなってくるな。

ただ、眠っていたというだけあって、モニターに映るニアスは生活感に溢《あふ》れた恰好をしている。

隙間からスポーティーな下着が見えるパジャマ姿に、ちょっと興奮した。

そんな俺を側《そば》にいた天城がジッと見ていたので、慌てて咳払《せきばら》いをした。

「っん！――そんなことより、商談の話がしたい」

『商談？っ！　それは新しくうちの商品を購入してくださるって話ですよね？　ね！』

金が動く話になると、ニアスの頭は完全に目覚めたらしい。

眼鏡の位置を整えて、真剣な顔付きになる。

目の色が変わるとはこのことか。

出会った頃と変わらず現金な奴だ。

「新型の艦艇と機動騎士、その他諸々《もろもろ》だな。急ぎで送れ。――どうせ在庫が余っているだろ？」

『酷《ひど》い言い方をしないでくださいよ。ちょっと倉庫で眠らせているだけですから』

「お前のところは相変わらずだな」

どうせ在庫があるのなら、有効活用してやろうというのが今回の話だ。

ただ、ニアスは不思議そうな顔をしている。

バンフィールド家が艦艇や機動騎士を求めているのが、不可解といった顔だ。

『うちの商品を購入してくださるのは嬉《うれ》しいですけど、バンフィールド家がそれだけ消耗したとは聞いていませんよ？　もしかして、覇王国絡みですか？』

俺が惑星アウグルに代官として赴任しているのは、さすがのニアスも把握しているようだ。

だが、俺の艦隊が消耗した話は聞こえてこないため、ならばどうして戦力の補充を考えているのか気になったのだろう。

「覇王国絡みだが、使うのは俺じゃない」

口角を持ち上げて笑ってみせると、ニアスは少し考えてから――降参する。

小さくため息を吐いていた。

『また何を考えているんです？』

「ただのプレゼントだよ。覇王国との戦争で苦しむ貴族たちに、最新鋭の兵器をプレゼントするのがおかしな話か？」

『ただの支援が目的ならありふれた話ですけどね。それで、数はどの程度をお考えで？』

数までは考えていなかった俺は、視線を上に向けて試算する。

だが、面倒になってきたので計算をやめた。

「とりあえず、一万隻くらいかな？」

その数を聞いて、ニアスは口をポカーンと開けてしばらく動かなかった。

◇　◆　◇　◆　◇

覇王国との最前線。

帝国軍の総司令官であるカルヴァンは、部下からの報告を受けて目をむいていた。

軍人たちが揃《そろ》った大会議室で、覇王国に対抗するための作戦会議の最中だった。

駆け込んできた貴族が、息も絶え絶えに報告した内容はカルヴァンを驚愕《きょうがく》させるには十分すぎた。

「リアム君が我々の後方にいるだと!?」

カルヴァンが驚いた理由は、そもそもリアムが後方に来るなどと思っていなかったから。

それは派閥の貴族、そして軍人たちも同じだった。

カルヴァンたちには、今はリアムと争っている余裕がないからだ。

その余裕のなさから、カルヴァンは声が大きくなってしまう。

「一体誰の差し金だ！」

カルヴァンがリアムを戦場に呼び出すことはない。

何故《なぜ》なら、戦場はリアムが最も得意とする場所だ。

覇王国だけでも手を焼いているのに、後方にリアムが現われたのは悪夢であった。

狼狽《うろた》えるカルヴァンの姿を見て、若い貴族が自信満々に挙手をして席を立った。

失った戦力を補充した際に、送られてきた若者だ。

「皇太子殿下、いっそリアムをこの戦場で叩《たた》きのめしましょう。覇王国を後方へと通し、リアムにぶつけてしまえばいいのです」

その意見に周囲も賛成――できなかった。

軍人たちばかりか、貴族たちまで反対する。

「馬鹿な！　そうなれば覇王国を帝国領内に通すことになる！」

「これだから若造は駄目なのだ」

「リアムに勝っても、覇王国に負けて殿下の評判が落ちては意味がない」

不評ばかりとあって、若者は不満げな顔をする。

納得できていないようだが、カルヴァンは周囲の反応を見て安堵《あんど》した。

ちゃんと意思統一は取れているようだ、と。

実力に不安のある若者たちが加入したが、それでも主力は不用意な行動を取らない頼りになる貴族たちだ。

カルヴァンは気を引き締める。

「今は覇王国に全力で対処する。後方へも目を光らせておくが、手出しは無用だ。この状況で、我々に二正面作戦などする余裕はない」

戦場でリアムと争うという状況は、絶対に避けたいと思うカルヴァンだった。

◇　◆　◇　◆　◇

会議が終わると、若い貴族たちがラウンジで愚痴をこぼしていた。

「皇太子殿下はリアムを恐れすぎている」

「あれでは勝機を逃してしまうぞ」

「アルグランド帝国の皇太子ともあろうお人が、あのような弱気な態度でどうするのか」

ラウンジは若い貴族たちの関係者で固められており、この場は好き勝手に愚痴がこぼせる場所だった。

彼らは実家の跡取りが戦死しており、後釜を狙っている若者たちだ。

覇王国との戦争で、多くの跡取りや有望な若者が戦死した結果である。

戦争で手柄を立てたいと意気込む若い貴族たち。

しかし、実際はカルヴァンも大貴族の当主たちも、覇王国との戦いでは防戦一方である。

派手な活躍を望む彼らが思う展開は、起きそうにもない。

そんな様子をカウンターに座って眺めていたのは――案内人だった。

「愚かな若者たちというのは、何と素晴らしい存在なのでしょうね。自分たちの愚かしさを理解していないのもグッドですよ」

カウンターから降りた案内人は、両手を広げる。

黒い靄《もや》が広がり、それを若者たちが呼吸をする際に吸い込んでいく。

彼らの目は充血し始め、徐々に発言が過激になっていく。

「こうなれば、我々だけでやってしまわないか？」

「――それがいい。命令に逆らったところで、リアムを殺せばお咎《とが》めなどあるものか」

「リアムの糞野郎《くそやろう》を殺せるのが楽しみだ」

いきすぎた発言をしながら、乾杯する若者たち。

案内人は、彼らの背中を軽く押してやったに過ぎない。

それでも、最大限の効果を発揮した。

「ふふっ、仕込みとしては十分でしょうね。この程度の力しか残っていないのは残念ですが、今はこれで満足するとしましょうか」

戦場で負の感情を吸収しつつ、回復はするものの完全な状態ではない。

そんな案内人だが、最近では少ない力を効果的に利用する方法を覚えつつあった。

――完全な状態であれば、習得しなかっただろう技術だ。

「忌々しいリアム――お前の吐き気を催す感謝の気持ちとももうすぐお別れだ」

第十四話 ▼ グドワール覇王国

帝国領に侵攻した覇王国の艦艇は三百万隻。

対するアルグランド帝国は、五百万もの艦艇を投入した。

覇王国の総旗艦――要塞級の司令室では、イゼルが戦場全体を簡略化した地図を眺めていた。

「カルヴァンもよく粘る」

イゼルの周りには、勇敢な戦士たちが並んでいる。

彼らの多くがイゼルに敗北し、その後に従った者たちだ。

強敵と書いて友と呼ぶ、そんな強者《つわもの》たちが揃っている。

参謀たちですら、筋肉質の強そうな見た目をしている。

そんな参謀に見えない部下の一人が、イゼルに進言する。

「防御に徹して隠れているだけの皇子ですよ。しかし、帝国にも強者たちがいます。その者たちに味方が苦戦しているのも事実ですな」

イゼルは苦戦をしていると聞いても驚かない。

そもそも、敵は数で二百万も上回っているのだから。

「しかし、どうにもチグハグだな。カルヴァンの周りには精鋭がいるとは思うが、他は寄せ集めにしか見えない」

イゼルが腕を組んで敵の艦隊のデータを見るが、カルヴァンの周囲にいる艦隊は最新鋭の戦艦を揃えている。

だが、全体で言えば四割近くはかき集めたようにしか見えない旧式の艦艇ばかりだ。

対して、覇王国の艦隊に旧式艦は存在しない。

力こそが全ての覇王国にあって、戦争とは神聖なものである。

使う道具に手を抜くなどあってはならないため、軍の装備更新は帝国よりも厳格に行われていた。

イゼルが右手を前に伸ばす。

「いつまでもカルヴァンの相手をしていられない。そろそろ本気で勝負を決めるとするか」

イゼルが率いる覇王国の艦隊が、カルヴァンの艦隊へと攻め込む動きを取った。

◇◆◇◆◇

戦士たちが盛り上がっているブリッジ。

その中には案内人の姿もあった。

(どこまでも力こそが全て、ですか。まったく、理解に苦しみますね)

チラリと視線を隣に向ければ、そこにはグドワールの姿がある。

案内人は、グドワールに対して下手に出る。

「いや～、それにしても頼もしい手駒たちですね。あのイゼルという青年は、グドワールのお気に入りだけあって実に頼もしい！」

おべっかを使う案内人を、グドワールが睨《にら》み付ける。

「――どういうことだ？　血湧き肉躍るような戦士たちの戦いが見られると期待したのに、どいつもこいつも期待外れだ！」

グドワールはたこである頭部を赤くすると、口から蒸気を吐いた。

不満が限界に達しようとしている。

「敵は防戦ばかりで消極的！　艦隊戦は遠くからチマチマ撃ち合うばかりで面白くもない！」

カルヴァンの戦い方が、気に入らないのだろう。

案内人が落ち着かせようと必死になだめる。

「もうすぐ戦場に動きが出ますよ。そのために、私が仕込みをしてきましたからね」

グドワールと案内人が、リアムを戦場に引き寄せた。

これで戦いに参加すると思っていたら、本人は後方で代官になってしまった。

これには二人とも驚いた。

特にグドワールは、噂《うわさ》の一閃《いっせん》流が見られずに日に日に怒りを募らせている。

戦場にいるため気は紛れているらしいが、それでも消極的なカルヴァンの戦い方が気に入らないと文句を言う。

そして、ついに我慢の限界が来てしまったようだ。

「俺様はリアムを見たいんだ！　俺様のイゼルが、リアムを殺すところを間近で見たいんだよ!!」

興奮しているグドワールは、たこ足で案内人の頬を叩いていた。

「い、痛い。や、やめてください、グドワール」

(この野郎！　私が力を失ってさえいなければ、お前など簡単に消してやれるのに！)

グドワールに往復ビンタをされ、更に案内人は胸倉を摑《つか》み上げられた。

「さっさと連れて来い」

「え？」

「リアムをさっさと戦場に連れて来い！　俺のイゼルと戦わせろ！」

「む、無茶を言わないでください！　今の私が近付いたら消えてしまいますよ！　それに、仕込みは済ませましたし」

「いいからやれよ！」

興奮したグドワールを恐れた案内人は、今は何を言っても無駄と判断して渋々従うことにする。

「わかりました。わかりましたよ！」

「最初からそう言え、馬鹿！」

腹を立てているグドワールを前にして、案内人は手を握りしめる。

（この私を馬鹿扱い――リアムが片付いたら、次はお前の番だ）

今は我慢の時だと自分に言い聞かせ、案内人は姿を消した。

◇　◆　◇　◆　◇

覇王国が動きを見せた頃。

マリオンが惑星アウグルへとやって来た。

惑星アウグルの宇宙港に入港する宇宙船の船内で、大型モニターを前に腕を組んでいた。

モニターに映し出されているのは、建設途中の宇宙港だ。

現時点でも十二分にその役割を果たしているのに、建造途中とあれば今後も大きくなっていくのだろう。

短期間で巨大な宇宙港を建造したリアムの手腕に、マリオンは冷や汗を流す。

「――噂通りの怪物だな。短期間でこれだけの宇宙港を用意されたら、仕事を理由に責められないか」

マリオンが惑星アウグルに来た理由は監査だ。

リアムが代官として役目を果たしているか？

それを調べるためにやって来たのだが――それは表向きの理由であり、本当はクレオやアナベル夫人のために、リアムを追い落とすためにやって来た。

最初からリアムを罠《わな》にはめるつもりで、この場に来ている。

「宇宙港が駄目でも、叩《たた》けば幾らでも埃《ほこり》が出てくるものさ。――なくても罪などでっち上げるけどね」

最初は味方を装いリアムに近付き、弱みを探ろうとしていた。

自分のために利用するためだ。

それからランディーやアナベル夫人、そしてクレオに出会って、マリオンの人生は大きく変化した。

「思ったよりも時間がかかったな」

マリオンは最初からリアムを利用するつもりだった。

宇宙船が港に到着すると、巨大なアームで固定された。

マリオンが歩き出して出入り口を目指せば、船内のクルーたちが道を譲る。

首都星の官僚で――監査役というマリオンの地位は、他の者たちよりも数段上だ。

それだけ帝国内で官僚という立場が強い証拠だ。

宇宙港に降り立つと、既に出迎えが来ていた。

オルグレン辺境伯に仕える騎士たちだ。

マリオンから見れば、本家筋で働いている騎士たちである。

子爵家の出迎えがないことに、マリオンは少し違和感を覚えた。

「君たちが出迎えとは何かあったのかな？」

「辺境伯より丁寧に出迎えよ、と命令を受けております」

周囲を騎士たちに囲まれるが、マリオンから見れば彼らは味方だ。

少々物々しい警備くらいの認識で、特に気にしなかった。

「本家のご当主様の意向？」

マリオンが怪しいと感じた時には手遅れだった。

騎士の一人が微笑《ほほえ》んでいる。

「マリオン様がバンフィールド伯爵から支援を引き出してくれたおかげですよ。辺境伯は大変お喜びです」

あり得ない！　マリオンがそう思った時には、騎士たちは武器を手にしていた。

屈強な騎士たちに囲まれては、貴族として肉体を強化したマリオンも太刀打ちできない。

唾を飲み込み、冷や汗が流れる。

「――何の真似《まね》だい？」

騎士たちから笑みが消え、代わりに殺気が放たれる。動けば攻撃するという強い意思を感じ取り、マリオンはゆっくりと両手を上げた。

その姿を見て、騎士の一人が無表情で言う。

「バンフィールド伯爵がお待ちですよ」

「リアム――先輩が？」

（どうなっている？　どうしてリアム先輩の名前が出てくる？　僕は本家にリアム先輩を紹介なんてしていないぞ）

元々リアムを利用するつもりでいたため、本家には知らせていなかった。

知らせるにしても利用できるようになってから――しかし、切り捨てる計画に変更してからは、伝える意味もなくなった。

困惑するマリオンに、騎士たちが暗い笑みを浮かべる。

「お召し物を着替えましょうか。こちらで伯爵好みの服装をご用意いたしました」

「や、やめろ！」

マリオンが目を見開いて抵抗しようとするが、騎士たちがマリオンを取り押さえた。

そのまま連れ去ってしまう。

◇　◆　◇　◆　◇

宇宙港建造が一段落したので、やるべき事がある。

もちろんパーティーだ。

戦場で味方が戦っていようが、後方にいる俺には関係ない。

それに、今日のために特別なゲストも呼んでいる。

主催者の俺も楽しませてもらうとしよう。

「それにしても不思議な光景だな」

立食パーティー形式なのだが、無重力を利用して天井や壁にも人が立っている。

不思議な光景ではあるが、宇宙では珍しくもない。

床だけではなく、壁や天井まで使えるから収容率が高いのが利点だ。

ちなみに、パーティーの準備は全てウォーレスに丸投げした。

本人は不満そうにしている。

「最前線では今もカルヴァン兄上たちが戦っているのに、後方ではパーティーとは恐れ入るよ。もしかして、カルヴァン兄上にプレッシャーでもかけているつもりかい？」

その意図がないとは言わない。

ただ、俺としては単純にパーティーを開きたかっただけだ。

「俺としてはもっと派手に開催したかったけどな」

「これ以上派手に開催すれば、戦場にいる連中に恨まれるぞ」

「構わないな。戦っているのは俺にとって政敵ばかりだ」

「同じ帝国軍同士だろ。それに、カルヴァン兄上たちが戦っているから、ここが安全でいられるんだよ」

「──そう思うと、カルヴァンも運がないよな。まぁ、ここが戦場になるなら俺は逃げるだけだ」

有利な立場からカルヴァンを見下ろせるとは、実に気分がいい。

手に持ったグラスに視線を向けた。

グラスに入る液体は、無重力でも飛んでいかないようになっている。

グラスの中で揺らすと、プルプルとゼリー状のように震えていた。

それなのに、口に入れればすぐに液体に変わる。

酒を一口飲んで口の中を潤してから、俺はウォーレスに今後の話をした。

「カルヴァンは有能なのに大変だな」

「どういう意味だ？」

本人としては覇王国との戦いに専念したかっただろうに、首都星でアナベル夫人が動き出してはいい迷惑だろう。

もっとも、アナベル夫人が自分の意思で動いたとは考えにくい。

今まで後宮に引きこもっていた人物だ。

ラングラン家にしても、動き出すタイミングが微妙すぎる。

まぁ、ランディーみたいなのが跡取りだし、先見の明がないと言えばそこまでだ。

——裏に誰かがいるような気がしてならない。

「余計な邪魔が多いのは、俺もカルヴァンも同じって意味だ。今回はカルヴァンの方が運がないみたいだけどな」

「リアムはいつも余裕だね。私は帝国軍が押されていると聞いて不安な日々を送っているというのに」
俺は入り口へと視線を向けた。
「それよりも今日のメインだ。おもてなしをするからお前も来い」
護衛の女性騎士たちに囲まれた一人の女性が、会場に入ってくる。
可愛《かわい》らしいドレスを着用しているが、スカートが短いので綺麗《きれい》な細い足が見えていた。
ドレスと言ってもアイドルが着るような可愛らしい衣装だ。
普段はパンツスタイルの彼女のために用意してやった。
そんな女性を見て、ウォーレスが首をかしげる。
「どこかで見た気がするな」
当然だ。
俺たち二人が近付くと、その女性は露骨に眉間にしわを寄せて不快感を示した。
スカートが短いのが落ち着かないのか、手で握って押さえている。
普段目立たない胸まで手で隠し、羞恥心と怒りに染まった顔をしていた。
俺はそんなお前の顔が見たかったんだよ。
「久しぶりだな、マリオン。その恰好《かっこう》の方が似合っているじゃないか」
マリオンは女性だった。
俺から声をかけると、女性――マリオンは悔しさから声を震わせていた。
強引に言わされているのか、ぎこちなく感謝を述べてくる。

「しょ、招待して頂き、感謝いたします――リアム殿」

「あぁ、楽しんでくれ」

マリオンが悔しそうに俺から顔を背けたので、その隣にいたオルグレン辺境伯にフレンドリーに話しかける。

「お久しぶりですね、辺境伯。国境を守る辺境伯に来て頂ければ、この宇宙港も箔《はく》が付きますよ」

「バンフィールド伯爵には多大な支援をして頂いたのですから、招待に応えるのは当然ですよ」

互いに世辞を言って「仲良しでーす！」と周囲にアピールをする。

バンフィールド家はオルグレン辺境伯と協力関係にある、と見せていた。

だが、俺個人としては、辺境伯との関係をマリオンに見せつけていた。

――お前の本家と俺は仲良しだ、とね。

辺境伯は俺が贈った兵器について話をする。

「支援して頂いた最新鋭の兵器ですが、数ヶ月もあれば実戦に投入できます。これで我々も安心できるというものです」

「それは良かった」

俺と辺境伯が会話をしていると、横で聞いているマリオンが最初は唖然《あぜん》としていた。

だが、すぐに怒りで体を震わせる。

そんなマリオンを見る辺境伯の視線は冷たい。

「――マリオンが首都星でもお世話になったそうですね」

「えぇ、首都星では仲良くしていましたよ。そうだな、マリオン？」

俺が笑顔を向けてやると、マリオンは顔を背けて見ようともしない。

パーティー会場に、可愛らしい恰好で登場させたのを屈辱と感じているのだろう。

または、俺がマリオンの計画を見抜いていたのが悔しいのか？

辺境伯が愚痴をこぼす。

「マリオンには、首都星で支援を集める役割を与えていました。それなのに、余計なことに手を出して役目を忘れて好き勝手に動く――迷惑な娘ですよ」

オルグレン辺境伯、そしてオルグレン子爵家――二つの家の関係者が、マリオンに向ける視線は冷たかった。

理由は、マリオンが個人的な理由で動いていたから。

有力貴族からの支援を引き出せるように交渉してくれ、という本家や実家からの命令を無視していた。

命令というより、首都星で官僚になるなら支援を引き出せる家を見つけてほしい、という頼みだったのではないだろうか？

それなのに、マリオンがやっていたのは――オルグレン子爵家の乗っ取りだ。

自らが当主となるため首都星で活動していたと聞けば、辺境伯も、そして子爵も面白くないだろう。

「俺が何も気付いていないと、本気で思っていたのか？　お前にも可愛らしいところがあるじゃないか」

自身の計画を見抜かれていたと知り、マリオンは悔しさを顔に滲《にじ》ませながら睨《にら》んでくる。

「罠《わな》にはめられたのは、俺じゃなくてお前だよ。気分良く乗り込んできて、追い落とされた気分はどうだ？　是非とも聞かせてくれよ」

「このっ！」

マリオンが右手を振り上げ、俺に平手打ちをしようとした瞬間――辺境伯の騎士たちが動き出していた。

隠れている暗部――ククリの部下たちも動き出していた。

このままでは、マリオンが取り押さえられて連れて行かれてしまう。

そのまま闇に葬られては、お楽しみが半減してしまうではないか。

俺はマリオンの右手を摑《つか》むと、握りしめてやった。

ギチギチと音がするほど握りしめられ、マリオンは顔を歪《ゆが》める。

「っ!?　は、放せよ！　この外道！　変態！」

「仕掛けてきておいてよく言う。だが、お前の滑稽な姿は楽しめたよ。小者にしてはいい活躍だったじゃないか」

「お、お前に何が！」

激高するマリオンを手放し、突き飛ばすと女性騎士たちが受け止めた。

俺は辺境伯に顔を向ける。

「それでは、俺はこれで失礼しますよ」

「うちの関係者が申し訳ない。リアム殿が納得するように処罰しよう」

「いえ、結構です。それよりも、俺に預けてくれませんか？　辺境伯に悪いようにはしませんよ」

辺境伯は少し思案した後に、俺の申し出を受け入れた。

そして、マリオンに視線だけを向ける。

「リアム殿のご厚意を無駄にしないことだ」

俺はウォーレスを連れてその場を後にする。最後にマリオンに声をかけておこう。

「マリオン、その姿は可愛かったぞ」

すると、マリオンが大きく目を見開き、羞恥心で顔ばかりか耳まで赤くして涙を堪《こら》えるような顔になった。

「リアムは本当に酷《ひど》い男だね」

マリオンの扱いを見て、ウォーレスが同情しているらしい。

「俺を利用しようとした奴《やつ》だぞ。この程度で済ませてやるんだから、むしろ優しいだろ？」

マリオンのやったことを考えれば、この程度の仕返しは温《ぬる》いくらいだ。

パーティー会場。

ドレスを着せられたマリオンは、顔を歪めて不快感を示していた。

「――やってくれたな、リアム」

普段の中性的な印象は消えて、今は綺麗な女性としてこの場にいる。

可愛らしいドレスはリアムが用意したものだ。

マリオンの趣味ではないし、そもそもスカートもあまりはかない。

普段スーツ姿なのは好みでもあるからだ。

パーティー会場では、リアムが招待した客たちと談笑をしている。

口々に立派な宇宙港を建設したことを褒められ、上機嫌のリアムを見ていると腹立たしかった。

(ようやく当主の地位に手が届きそうだったのに)

この状況では、辺境伯も自分が子爵になるのは認めないだろう、とマリオンは理解していた。

この時点で、マリオンの計画は潰《つい》えてしまっていた。

辺境伯がマリオンを見ずに話をする。

その態度は、視界に入れるのも嫌という拒絶だ。

「本当に余計なことをしてくれた。首都星の後継者争いになど関わりおって」

当初、有力貴族から支援を引き出すのがマリオンの仕事だった。

しかし、マリオンが欲を出してしまった。

「は、反省しています」

クレオ派閥に近付いたことを、辺境伯に責められる。

「分不相応な夢を抱くから道を踏み外す。おかげで、バンフィールド家から多大な支援を受ける羽目になった。――この借りは高く付くぞ」

リアムから支援を受けた辺境伯だが、その表情は素直に喜んでいなかった。

相手が善意だけで支援しているとは思っておらず、何かしらの見返りを要求されると考えているからだ。

しかも――オルグレン家の関係者が、リアムを相手に策謀を巡らせていたのだ。

喧嘩《けんか》を売った相手に助けられた。

パーティーに参加した惑星アウグル周辺の貴族たちの目には、そのリアムの行動が大変慈悲深く映っただろう。

国境貴族たちの恩人、と。

周辺貴族たちをまとめる辺境伯は、求心力を増すリアムを素直に喜べずにいた。

それもこれも、マリオンに原因がある。

「お前はあの男を利用するつもりだったらしいな？　だが、利用されたのはお前の方だ」

「──リアムに利用された？」

「今の奴は国境貴族たちの信頼を勝ち取っている。リアムを代官として派遣したのは、今になって思えば失敗だったな」

最初は何を言われているのかわからなかったが、徐々に現状が飲み込めてくる。

恥ずかしい恰好《かっこう》をさせられ、羞恥心で思考が鈍っていたが──何もかも利用されていたと気付かされ、マリオンは目を覚ました。

「あの男！」

激怒するマリオンに、辺境伯は無表情になっていた。

「お前とあの男では格が違う。戦う相手を──いや、手を組む相手を間違えたな」

自分の判断を間違いだったと言われ、マリオンは手を握りしめた。

その時、リアムが会場を出て行く姿が目に入った。

気付いたら、マリオンは駆け出していた。

◇　◆　◇　◆　◇

これ見よがしに会場を出て廊下で待っていると、ドレス姿のマリオンが慌てて飛び出してきた。

俺が待っていることに気が付き、驚きつつも平静を装う。

「――リアム先輩、話があります」

壁に背中を預けた俺は、クツクッと笑ってマリオンの話を当ててやる。

「今度は俺と手を組むつもりか？」

図星だったのか、マリオンは僅かに内心を見抜かれたのが悔しそうな顔をした。

だが、すぐに笑みを浮かべて俺を称《たた》えてくる。

「さすがですね。ランディーとは大違いですよ。最初からあなたと手を結ぶべきでした」

「そうだな。最初から俺に尻尾を振れば、もう少し違った結末になったんじゃないか？」

すり寄ってこられたら、それはそれで気持ち悪いけどな。

俺を利用しようと近付いてきたマリオンだからこそ、興味を持ったのだから。

教えてやる義理もないので、今は黙っていよう。

「僕と手を結びませんか？」

「俺には何の利益もないな」

ニヤニヤして言うと、マリオンは俺の態度から交渉の余地があると思ったらしい。

からかっているだけなのだが、本人は慣れない恰好と、追い詰められた状況もあって、視野が狭くなっている。

単純に追い詰められて焦っており、自分に都合の良い情報しか入ってこないのだろう。

「利益ならありますよ。僕が誰の命令で動いていたと思います？」

俺は腕を組み、そしてマリオンの答えを待つ。

さて――誰の名前を出すのかな？

マリオンは僅かに間を置いてから、もったいぶりながら名を告げる。

「クレオ殿下ですよ。あの方はあなたを追い落とそうとしています。僕と手を結べば、クレオ殿下の情報を届ける二重スパイとして利用できると――」

「アウトだ、マリオン」

「――え？」

マリオンが言い終わらない内に、かぶせるようにアウト宣言をしてやった。

「大人しくランディーやアナベル夫人の名前を出しておけば、もう少しマシな未来を迎えただろうに」

俺の言葉が引き金となり、天井、壁、床から黒い影たちが飛び出てきた。

暗器を持ったククリたちの登場に、マリオンは徐々に血の気が引いていく。

「あ、暗部」

暗部の登場が何を意味するのか知っているマリオンは、小刻みに体を震わせていた。

天井からククリが降り立つと、大きな手をワキワキと動かす。

マリオンを囲んだ暗部たちは、まるで新しい玩具《おもちゃ》を手に入れた子供のように興奮していた。

「ヒヒヒッ！――おっと、失礼いたしました。この愚か者を見ていると、どうにも加虐心が刺激されてしまいます。リアム様、この者はどういたしましょう？」

尋ねられたので答えようとするが、マリオンが叫ぶように俺に問い掛けてくる。

「どうして！　黒幕の正体を教えてやったのに！」

青ざめ、震えている可哀想《かわいそう》なマリオンを見ている俺は、小さくため息を吐《つ》く。

このまま騒がれても迷惑なので、事実を教えてやることにした。

「お前たちの行動を俺に教えたのは、クレオ殿下だよ」

「――なん、で？」

信じられないという顔をするクレオに、間違いを教えてやる。

「そもそも、代官になるのを引き受けたのは俺の意思だ。事前に相談も受けていたからな。お前たちの話は筒抜けだったぞ」

マリオンが複雑な表情のまま、その場に座り込んでしまう。

俺はクレオ殿下から預かった言葉を伝える。

「お前がクレオ殿下の名前を出したら、伝えて欲しいと頼まれていた伝言がある。――わかり合えると思っていたのに残念だ、だそうだ」

それを聞いたマリオンが、俯《うつむ》こうとするので歩み寄って手を伸ばしてアゴを優しく摑《つか》んだ。

軽く持ち上げて、顔を上げてやると涙を流しながら言う。

「男なんてどいつもこいつも外道だ。僕を散々利用しておいて――」

「利用しようとした奴の台詞《せりふ》じゃないな。だが、俺はお前を許してやるよ。望んでいた子爵の地位すら手に入らず、実家にも戻れず、首都星に居場所もない。そんなお前をこれ以上追い詰めたら可哀想だからな」

ケラケラ笑ってやれば、マリオンは眉根を寄せるが――何もかも失ったことに気が付き、涙をポロポロと流した。

「僕をどうする――つもり――ですか」

暗部に引き渡されるのだけは、嫌という顔をしていた。

――泣き顔を見ていると萎えてしまったので、俺は手を放してやる。

「俺に従え。そうしたら、生かしておいてやる」

◇　◆　◇　◆　◇

丁度その頃。

カルヴァンたちのもとに、リアム率いる艦隊の陣容が伝えられた。

ただ、問題はリアムよりもその配下だった。

カルヴァンが目を細める。

「クラウス!?　リアム君の右腕が来ているのか」

カルヴァンに評価されているクラウスだが、それも仕方がなかった。

連合王国との大規模な戦争の際、実質的な総司令官がクラウスだったからだ。

あの戦争に参加しなかった人間からは、クラウスがリアムやクレオの代わりに指揮を執ったと考えられていた。

カルヴァン派の貴族たちに動揺が走る。

「連合王国を短期間で追い詰めた男だぞ」

「無慈悲に、そして徹底的に叩《たた》いたと聞いている」

「そのような男を連れてきたとなれば、本気で我々を狙うつもりか？」

クラウスの名は、カルヴァン派にも伝わっていた。

連合王国を短期間に退けた名将であると同時に、策謀も得意とするリアムの右腕だ、と。

カルヴァンは、クラウスが後方にいることに冷や汗をかく。

（後方にとんでもない策士が控えているとなれば、我々は本気で戦えない）

クラウスほどの策士ならば、どんな手を打ってくるのかカルヴァンにも予想できない。

何しろ、長引くと思われた戦争を短期間で勝利に導いた男だ。

その際にカルヴァン派の貴族たちを戦場で処理している。

カルヴァンたちにとって、クラウスとはとても危険な騎士だった。

また、有能だからと自派閥に引き抜きもできない。

カルヴァン派の貴族が大勢殺されており、派閥が仲間に引き入れるのを許さないからである。

カルヴァンたちが後方への警戒を強めることで意見をまとめていると、会議室に緊急通信が入った。

◇　◆　◇　◆　◇

『この程度か帝国軍!!』

帝国軍総旗艦のブリッジにて、総司令官の席に座るカルヴァンは目を見開いていた。

あまりにあり得ない光景に、ここが戦場であることを忘れてしまうほどだった。

「――あり得ない」

出てきた言葉は現実逃避するものだったが、それを周囲は責められなかった。

何故《なぜ》ならば、目の前には覇王国軍の本隊が迫っている。

数十万という艦艇が押し寄せる光景に、恐怖した――という話ではない。

モニターに映し出されるのは、一機の機動騎士だった。

その機動騎士は多腕だった。

二十四メートル級の大型に分類される機動騎士は、人の筋肉を再現した装甲板に覆われている。

メインカラーは薄茶色であり、腰部周りは赤く塗装されていた。

赤い腰巻きを巻いた裸体の男性を思わせる姿なのだが、背中が特徴的だった。

背中に背負っているのは、六本の腕だ。

本体の二本の腕を加えれば、八本の腕を持つ。

背負った六本の腕には、それぞれ違う武装を持たせている。

機動騎士のシステムなのか、背後には金色の魔法陣のようなものが浮かんでいた。

神々しくも見えるその姿。

だが、カルヴァンが驚いたのは機動騎士の構造ではなく、その強さだった。

「たった一機の機動騎士に、何隻撃破された!?」

カルヴァンは叫ばずにはいられなかった。

その機動騎士一機に、帝国軍の艦艇が次々に撃破されていく。

帝国軍もその機動騎士に攻撃を集中させるのだが――。

「敵機動騎士に向けて一斉射!」

カルヴァンを補佐する将軍が、数千の艦艇に一斉射を命令した。

艦艇の光学兵器が、たった一機の機動騎士に襲いかかる。

『この俺を狙うか!――だが、国家の名を冠する俺の機動騎士を破壊するには足りん!』

――敵パイロットの言葉通り、戦艦の主砲が全く通じなかった。

レーザー、ビーム、それらは敵機動騎士に命中する前に曲げられてしまった。

カルヴァンが右手で口元を押さえる。

「たった一機の機動騎士に――しかも、乗っているパイロットは――」

敵機のパイロットが、全周囲に通信を行うように宣言する。

『このイゼル・バランディンと戦える猛者はいないのか!!』

パイロットは、まさかの王太子——敵総司令官本人だった。

カルヴァンは撤退を決断する。

「——撤退だ」

◇　◆　◇　◆　◇

グドワール覇王国要塞級ブリッジ。

帝国軍本隊を退けたイゼルは、帰還するが不満そうな顔をしていた。

「——カルヴァンを逃がしたか」

帝国軍本隊に大打撃を与えたものの、カルヴァンには逃げられてしまった。

だが、そのことを悔やんでいるのではない。

イゼルが不満そうなのは、自分を熱くさせる猛者と戦えなかったからだ。

その様子を眺めているのは、イゼルを可愛《かわい》がっているグドワールだった。

八本の脚をくねらせつつ、グドワールはイゼルに同情する。

「俺様のイゼルが猛者と戦えずに可哀想だ。——案内人の野郎、いつになったらリアムを戦場に連れてくるんだ？」

望む働きをしない案内人に腹を立てていると、軍人たちが騒ぎ始める。

何事かと思ってグドワールが様子を見れば、どうやら敵の情報を得たらしい。

その中に、戦士たちを興奮させる名前があったようだ。

不満顔だったイゼルまでもが、今は興奮して笑みを浮かべている。

「クラウス？　クラウス・セラ・モント殿がこの戦場にいるのか!?」

イゼルにまで名前を覚えられていたクラウスだが、その情報は帝国からではなく連合王国経由で手に入れたものだ。

そんなクラウスが、この戦場にいると聞いて周囲の人間たちも興奮している。

「連合王国を叩き潰した猛者だったか？」

「いや、策士と聞いている」

「どちらでもいい。そのような男ならば、部下には強者《つわもの》たちがいるはずだ！」

連合王国を完膚なきまでに叩いた男――クラウス。

ネームドの登場に、イゼルは先程の不満が吹き飛んでいた。

「カルヴァンの首では物足りないと思っていたが、そのような大物がいるなら話は別だ。胸が熱くなってくるな！　それで、クラウス殿はどこにいる？」

興奮する周囲とは違い、報告する軍人は少しばかり残念そうにする。

「前線に配置されておりません。後方にて、建設途中の基地にいるとのことです」

イゼルはその情報に驚く。

「前線にいない？　何故だ？　クラウス殿ほどの騎士ならば、最前線に出すのが普通だろう？」

覇王国の感覚からすれば、総司令官はカルヴァンよりもクラウスが相応《ふさわ》しい。

クラウスが艦隊を率いないことが信じられない。

軍人がクラウスのいる惑星をモニターに映す。

「理由は不明です。しかし、クラウス殿がいる惑星は、帝国軍の守りが異様に薄い後方にあるようです」

名将が後方にいて、守りが薄い——イゼルはそれらの情報から、結論を導き出す。

「——そういうことか。我々をおびき出して叩くつもりだな！」

わざと覇王国の艦隊をおびき寄せて、内側へと誘い込む。

参謀の男が首を鳴らした。

「おびき出された場所に待っているのは、連合王国を倒したクラウス殿ですか。——悪くはない作戦ですね。イゼル様、どうされますか？」

イゼルは目をつむって微笑《ほほえ》み、それから目を大きく開いた。

右手を前に出す。

「決まっている！　罠《わな》ならば食い破ればいい！」

作戦などない！　と言わんばかりに、突撃を指示するイゼルに周囲は大盛り上がりを見せた。

ブリッジの様子を眺めていたグドワールも、たこの足をウネウネさせて喜ぶ。

「ふふっ――ふふふ！　そんなに強い男がいたのか。リアムに、クラウス――帝国にもいっぱい強い奴《やつ》がいるな。楽しみだな～」

イゼルがこれからリアムやクラウスと戦うと思うと、グドワールは興奮するのだった。

「この戦いで数千万、いや数億の命が戦いの中に消えるだろうな～。楽しみだな～。本当に楽しみだ～」

人の命が簡単に消えていく。

それが、グドワールにはたまらなく待ち遠しかった。

◇　◆　◇　◆　◇

惑星アウグル宇宙港。

執務室で仕事をするクラウスは、妙な寒気を感じた。

「最近妙に寒気が続くな。疲れているのか？」

リアムの無茶ぶりに苦しめられるクラウスだが、基本的に普段は真面目に仕事をして終わることが多い。

その日も、平凡な一日が終わろうとしていた。

「最前線に近い惑星に赴任したから、心労の類いか？　早く家に戻りたいな」

本当なら筆頭騎士になどなりたくなかったクラウスは、何事もない平和な日々が続くことを祈っていた。

そもそも、自分には突出した能力がないと自覚している。

戦いが好きというわけでもなく、能力も平凡な自分が、バンフィールド家で筆頭騎士をしているのが今も信じられない。

「リアム様の代官として赴任期間が終われば戻れる。あと二年だけ何事もなければ、無事に戻れるな」

リアムが辺境に行くと言い出した時はどうなるかと思ったが、クラウスは今回こそ平和に終わりそうだと安堵《あんど》した。

最前線で戦う帝国軍には申し訳ない気持ちもあるが、そもそも自分たちは戦争に参加しに来たのではない。

リアムのお手伝いで来ているに過ぎない。

それなのに、ここ最近は嫌な予感が続いていた。

クラウスは気持ちを紛らわせるために、手元の電子書類に視線を向ける。

「――仕事をするか」

仕事を終わらせて定時に上がろうと考えていたら、部下から緊急連絡が入った。

返事をする前に回線が開き、部下が慌てて報告してくる。

『クラウス閣下、覇王国の艦隊が動きました！　ここ惑星アウグルを目指し、大艦隊で向かっているとのことです！』
クラウスは遠い目をする。
（あ、嫌な気配はこれかぁ）
その態度が、部下には冷静沈着な筆頭騎士に見えたようだ。
大艦隊が向かってくるのに、落ち着いている筆頭騎士凄ぇ！　という顔をしていた。
焦っていた部下は落ち着きを取り戻し、クラウスの言葉を待っていた。
「リアム様には私から報告をする。軍の出撃準備を急がせろ」
『はっ！』
内心では凄《すご》く落ち込みつつも、仕事だけはするクラウスだった。

第十六話 ▼ 悪代官リアム

惑星アウグルの宇宙港に、地上からやって来たシャトルが入港した。

そのシャトルに乗っていたのは、地上の王族たち――若者たちだ。

以前に俺が教育すると言っていたが、ようやく受け入れとなった。

「リアム様、お久しゅうございます」

こちらが用意した青いスーツを着用した姫が、丁寧なお辞儀をしてくる。

瞳を輝かせ、期待に胸を膨らませる可愛らしい姫の姿をしている。

そんな彼女だが、地上では俺の像に祈りを捧《ささ》げているヤバイ奴だ。

「ここで色々と学び、今後に活《い》かすといい。とりあえず、世話役を用意したから、今後は何かあれば――」

若者たちを出迎え、今後について説明しているとクラウスから通信が入った。

「何だ？」

『リアム様、覇王国の艦隊が惑星アウグルに向けて進軍中です』

「覇王国が？」

不穏な知らせに受け入れた若者たちが顔を見合わせ、俺の側《そば》にいた者たちも驚きを隠せずにいた。

「アルゴスに戻る。話はその後だ」

『はっ』

通信を終えると、姫が俺に話しかけてくる。

「リアム様？　あの、戦争でも起きているのでしょうか？」

惑星アウグルの外の事情は、これから説明する段階だった。

姫たちは何も知らされていないので、状況が理解できていない。

「心配しなくていい」

それだけ言って背を向けると、姫が声をかけてくる。

「はい！　リアム様が私共を守ってくれると信じております」

——確かに言ったけどさ。細かい訂正をするのも面倒になり、俺はそのままアルゴスに向けて移動する。

◇　◆　◇　◆　◇

惑星アウグルの宇宙港には、次々に味方の艦艇が集結していた。

その様子をアルゴスのブリッジから眺める俺は、覇王国からの宣戦布告？　と思われる電報に少しだけ嫉妬していた。

「クラウス・セラ・モント殿、貴君の策は見事なり。この上は、正面突破にて食い破らせ

て頂く——グドワール覇王国王太子イゼル。——クラウス、随分と高く評価されている
じゃないか。俺以上の有名人だな」

嫉妬しているのは、俺よりもクラウスが目立っているからだ。

連合王国との大戦争で活躍したこともあり、クラウスは帝国の有名人になっていた。

覇王国でも同様らしい。

——どうして俺ではなく、クラウスが有名になっているのか？　しかも、カルヴァンよりも価値がある！　みたいな敵の反応に腹が立つ。

カルヴァンを無視して、クラウスを狙うとか覇王国は馬鹿なのだろうか？

狙われた本人——クラウスはどこか遠くを見ていた。

「過大評価です。間違った情報が伝わったのでしょう」

「お前は謙虚だな」

クラウスと話していると、常識人ってやっぱり大事だと理解させられる。

これがティアやマリーならば、喧嘩《けんか》を売ってきた覇王国に「リアム様を無視した連中はぶっ殺してやりますよ！」などと騒ぎ出しただろう。

筆頭騎士をクラウスにしたのは正解だった。

「さて、覇王国が攻めてくるとなれば一大事だ。とりあえず、周辺に救援要請を出せ」

俺が命令を出したのに、周囲の反応はおかしかった。

クラウスを始め、軍人たちが困惑した表情をしている。

訝《いぶ》かしむ俺に、クラウスが皆の気持ちを代弁する。

「――撤退を進言いたします」

「何を言っている？」

「覇王国軍の規模は推定三十万。一方の我が軍は三万であり、派遣艦隊三千隻は出撃を拒否して独自の判断で撤退しました」

「どうりで少将を見ないわけだ」

代官である俺に報告もなく逃げるとは、それだけ焦っていたのだろう。

惑星アウグルに敵本隊が攻め込んでくるが、そもそも俺は代官だ。

正式に戦争に参加しているわけでもなく、支援目的でこの場にいる。

首都星に逃げても宰相は責めないだろう。

ランディーやアナベル夫人あたりは騒ぎそうだけどな。

「リアム様の目的はこの星に帝国軍の支援基地を建造することです。帝国軍が後退している今の状況では、その目的を果たせません。首都星の判断を仰ぎ、すぐにでも撤退するべきです」

そもそも、惑星アウグルなど見捨ててもいいのである。

クラウスの正論に、周囲の連中も頷《うなず》いていた。

勇猛果敢な騎士や軍人たちだが、彼らが戦いたがらないのには理由がある。

ここは惑星アウグル――自分たちが命を賭けてまで守る場所ではないからだ。

これがバンフィールド家の本星ならば、彼らは命がけで戦っただろう。

だが、この場は数年もすれば去るだけの惑星だ。

俺たちには何も残らない。

卑劣な男爵から救った現地人たちも、わざわざ移住させた俺の元領民たちも、いずれは俺の手を離れるだけの存在に過ぎない。

そんな惑星のために、命を賭けて戦う必要はない――彼らの顔がそう語っていた。

俺もその意見には賛成だ。

そもそも、戦争になったのなら、こんな惑星はさっさと見捨てて逃げるつもりでいた。

大体、逃げて何が悪いのか？　俺はこの惑星を守るだけの理由がない。

現地人たちも俺を崇《あが》める馬鹿野郎たちであり、元領民たちは相変わらず突飛な行動を繰り返す。

あいつらを見捨てたところで――俺は何とも思わない。

だが――だが！

一つだけどうしても気に入らないことがある。

――どうして俺が覇王国に背を向けて逃げなければならないのか？

この俺が――リアム・セラ・バンフィールドが、覇王国の連中に奪われなければならないのか？

「首都星の判断ね。その通りだな。さっさと逃げようか」

撤退を告げると周囲が安堵した表情をするが、俺は眉根を寄せて不機嫌であると周囲に見せつけてやる。

お前らの上司は腹を立てていると見せつけてやった。

ざわつく周囲を前に、俺は腹立たしさを隠さず言う。

「――お前たちの主人は、いつから首都星の連中になった？　お前たちが遵守するのは、この俺の言葉だ」

声を低くしてやると、周囲に緊張が走った。

俺が撤退を嫌がっていると察したのか、軍人の一人が俺に進言してくる。

「ここはリアム様の惑星ではありません！　命を賭けて戦う理由はありませんよ！」

その言葉に俺は即答する。

「あるに決まっているだろうが!!」

惑星アウグルの連中は、俺を神と崇める大馬鹿野郎たちだ。

移住した元領民たちも、一緒になって祭りをするとか言い出す馬鹿共ばかり。

そんな問題児だらけの惑星だが、俺が手をかけて開発した星だぞ。

――どうして敵に好き勝手にされなければならない？

俺は前世では、奪われるだけの人生だった。

だから、今度は奪う側に回った。

――それなのに、また奪われようとしている。

奪わせてなるものか。

この俺に逆らったことを後悔させてやる！

「いいか、ここは俺が代官として赴任している惑星だ。俺が手をかけ、ここまで開発した惑星だぞ。——覇王国の奴《やつ》らに奪われていい理由があるのか？」

「で、ですが」

まだ納得しない奴らに向けて、俺は逃げ道を用意してやる。

「逃げたければ逃げればいい。か弱い民を見捨てて、本星に戻って仕方がなかったと言い訳をしていろ。——俺は戦うけどな」

軍人たちが俯《うつむ》き、中には歯を食いしばって手を握りしめている者もいた。

義理、義憤、正義——どれも俺が大嫌いな言葉だが、こいつらにとっては大事なものらしい。

そこを刺激してやれば、反論しなくなる。

黙り込む軍人たちの様子を見かねたクラウスが、俺に意思を確認してくる。

「本気なのですね、リアム様？」

「当然だ。数の差はこれまで何度も跳ね返してきた。また同じ事をするだけだろ？」

そう同じことだ。

違うのは覇王国の軍隊が、帝国軍が恐れるほど精強であることくらいである。

クラウスは目を閉じる。

「覇王国の艦隊は帝国軍の精鋭艦隊を破っています。これまでの敵と同列には語れません」

「だったら、お前も逃げるか？」

カルヴァン率いる帝国軍本隊を退けたらしいから、覇王国の艦隊は相当な実力を持っているだろう。

そんな敵にさすがのクラウスも臆したかと思っていると。

「主君を見捨てて逃げられません。これでも、一応は騎士ですからね」

目を開いて少しも恐れた様子を見せないクラウスを見て、周囲が落ち着くのが見えた。

「頼りになる筆頭騎士を持てて俺は幸せだ」

「――ご冗談を。頼りになる騎士ならば、もっと他にもいるでしょうに。それはともかく、戦うならば相応の準備をしなければなりません。無策では覇王国の艦隊から惑星アウグルを守れませんからね」

「敵戦力はおおよそ三十万だったか？　前線の帝国軍はどうなっている？」

軍人たち――参謀たちが周囲にデータやらマップを投影し、現在収集した情報から状況を推測する。

「本隊の撤退を知らされ混乱しているようです」

「惑星アウグルに抜けるルート上の艦隊が少ないですね」

「集めれば六万程度になりますが、艦隊の内容が酷《ひど》い」

惑星アウグルを守る場所にいる艦隊は、揃《そろ》いも揃って寄せ集めの旧式艦で編制されていた。

数も少なく、悪意あっての配置に見える。

単純に犯人を考えればカルヴァンなのだろうが、今の奴は失敗が許されない立場だ。

惑星アウグルまで覇王国の侵攻を許してしまうと、カルヴァンの評判は確実に落ちる。

クレオ殿下との後継者争いに、大きく差を開けられてしまう。

「カルヴァンが俺を殺すつもりなのか、はたまた別の誰かの陰謀か――」

考え込んでいると、クラウスが俺に提案してくる。

「リアム様、友軍と合流し戦力を増強するべきかと」

クラウスは、旧式艦の集まりである艦隊を引き入れるべきと提案してくる。

「任せる。お前の好きにしろ」

◇　◆　◇　◆　◇

カルヴァン指揮下の艦隊が、惑星アウグルまで後退してきた。

その数は約六万隻。

旧式の艦艇ばかりで編制された艦隊であり、役に立つのか怪しい連中だった。

だが、その心意気だけは本物のようだ。

『我々と協力して覇王国と戦うとは本当なのでしょうか？』

艦隊を率いる中将たちと、通信回線を開いて会議を行っていた。

俺の前には臨時で六万隻の艦隊を率いることになった中将がいた。

「本当だ。それよりも、よく逃げなかったな」

艦隊を見れば、惑星アウグルに派遣された艦隊と同じようにしか見えない。

それなのに、彼は残って戦うつもりでいる。

中将は残る理由を冗談交じりに説明する。

『ここで逃げれば敵前逃亡でしょう？　結局死ぬことに代わりはありませんよ』

その少ない選択肢が、俺と協力して覇王国の本隊と戦うことなのだから大変だ。

「帝国軍本隊からの連絡は？」

中将の表情が曇ったので、芳しくないのだろうと察した。

『――連絡が取れない状況です。他は命令を受けているという話も聞きますが、全軍が浮き足立っているのは間違いないでしょう』

「連絡が取れない？　カルヴァンは無事と聞いたが？」

不可解に思った俺に、中将が裏事情を話してくれる。

『我々は数を揃えるために集められまして、派閥とは無関係な立場です。おかげで、面倒な場所に配属され、まともな命令までもらえていませんよ』

「立ち回りを間違えたな。今後はうまくやることだ」

『生きていたらそうしましょう。――それで、どのような作戦をお持ちなのかな？』

冗談ばかりの中将が、真剣な顔付きになったのでクラウスに説明させる。

「普通に考えれば不利な状況にありますが、敵本隊は帝国領奥深くに侵入してくるという賭けに出ています」

マップを表示して説明しているのだが、敵本隊が帝国領の奥深くに攻め込んできている。

だが、言い換えれば孤立無援の状況になっていた。

中将は興味を示すが、問題を指摘する。

『囲んで叩《たた》くつもりかな？　周辺貴族たちが参加してくれるなら心強いのですが、バンフィールド伯爵の意見を伺っても？』

貴族のことは貴族に聞けばいい、と。

俺は素直に自分の考えを披露する。

「不利な状況に出て来る馬鹿がいると思うのか？　勝敗が決したら、意気揚々と乗り込んでくる連中ばかりだろうな」

『つまり、我々だけで戦わねばならないというわけですか』

「協力すれば、戦力差は縮まるぞ」

『覇王国を相手にするなら、せめて三倍は欲しいところですよ。ですが――バンフィールド家の艦隊が味方してくれるのなら心強い限りです』

戦う覚悟を決めた中将を見ていると、派遣艦隊の連中が情けなくなってくる。

それだけでも中将は得難い人材だ。

俺は一つ提案する。

「口は悪いが気に入った。立ち回りが下手なら、今後は俺の下に付け。面倒を減らしてやるぞ」

中将は最初にキョトンとした後に、俺が戦闘後の話をしているのが可笑《おか》しかったのか笑い出す。

『いいでしょう。生き残ったら伯爵の靴にキスでも何でもしますよ』

中将の見た目はくたびれたオッサンだった。――靴にキスをされても困る。

「気持ち悪いから結構だ。だが、約束は忘れるなよ」

◇　◆　◇　◆　◇

出撃を前に、俺は全軍に向けて演説を行うことになった。

わざわざ守らなくてもいい惑星を守るため、覇王国の本隊と戦う――軍人たちの多くは、馬鹿らしいと思っているだろう。

そんな彼らの士気を高める演説をして欲しい、とお願いされたから仕方がない。

演説を行うスタジオに来た俺は、周囲を将官クラスの軍人たちに囲まれていた。

映像は全軍が視聴している。

俺の言葉を待っている部下たちを前に、俺は前世を思い出していた。

前世の頃から、偉い奴の話は長くて聞くに堪えない。

ジョークで笑わせようとするのも嫌だ。多くが失敗するので、聞いている方は愛想笑いをしなければならず気を遣う。

演説が好きな奴からすれば、それすら心地よいのかもしれないな。

自分の権力を実感できる瞬間でもある。

何を言えば良いか、どう言えば伝わるか？　そんなことはどうでもいい。目の前にいる部下たちは、俺に愛想笑いをすればいい。

「覇王国がこの俺ではなく、クラウスを指名して攻め込んでくるそうだ。実に不愉快な連中だと思わないか？」

クラウスを見れば、無表情で俺の演説を聞いている。

こいつは少しも愛想笑いをしないな。

まぁ、筆頭騎士が愛想笑いをしているのも情けないので、問題ないだろう。

さて、俺は最初から名演説をするつもりはない。

できない、と言ってもいい。

何しろ、俺が演説に求めているのは――自分が気持ち良くなることだけだ。

俺に喧嘩《けんか》を売った覇王国の連中が腹立たしいので、その怒りをぶつけているだけだ。

聞かされる方は最悪だろうな。

「――全軍で迎え撃つぞ」

将官たちが敬礼するのを見て「あ、こいつらさっさと終わらせようとしているな」と気が付いてしまった。

俺を急《せ》かすんじゃない！

腹が立ったから無視して演説を続けてやる。意味のない話をダラダラと続けてやるよ！

「敵は覇王国！　奴らは帝国の領土に、大義もなく侵攻してきた連中だ。そんな奴らに相応《ふさわ》しい罰を与えてやれ！――全員、惑星アウグルを見ろ」

ご丁寧に惑星アウグルの縮小された立体映像が、俺の目の前に出現する。

俺は惑星アウグルを手で下から支えるような仕草をする。

惑星一つの命運を握っているような感覚になった。

「ここは俺が面倒を見た惑星だ。代官だろうと関係ない。今この瞬間、ここは俺の領地である。だったら、守り切るのが貴族だ。俺たちが守るべき惑星だ！」

嘘《うそ》である。旗色が悪くなったら我先にと逃げるのが帝国の貴族だ。

「お前らは俺の部下。俺の剣であり盾である！」

道具のようにこき使ってやるという意味を込め、軍人たちを剣と盾にたとえた。

「お前たちと共に勝利を摑《つか》む！　でなければ、この惑星が敵に蹂躙《じゆうりん》されるだろう」

こいつらはきっと、俺が代官だろうと領地を見捨てない素晴らしい領主に見えているだろう。だが、俺の本音は違う。

惑星アウグルには投資し、時間もかけてきた。それが奪われるとか、そんなことは許されない。アウグルの住民が大事とか、そんなことではない。

断じてない！　絶対にない！――本当にない。

そもそも、俺が統治した惑星を蹂躙するとか大罪だろ！

そして、俺が負けるなどあり得ない。

案内人の加護もあるが、俺は一閃《いっせん》流の剣士である。

この宇宙に、一閃流こそが最強であると知らしめる義務がある。

敗北など許されない。

「覇王国にバンフィールド家の名を知らしめろ。奴《やつ》らにここを誰が守っているのか、敗北と一緒に刻み込んでやれ！」

軍人たちが乱れもなく一斉に敬礼を行う。

騎士たちは騎士礼を行い、俺のダラダラとした演説を最高の形で締めてくれた。

途中でどうでもいい話を織り交ぜたわけだが、最後にキッチリ締めてくれたおかげで名演説をした気分になれる。

中身のない演説を聞かされた俺の部下たちは、ようやく話が終わったと瞳をキラキラさせていた。

――お前らちょっと喜びすぎじゃない？　俺の長話が終わったのが嬉《うれ》しいのは理解するが、そこはもう少し取り繕えよ。

まぁ、覇王国を相手にやる気はあるようなので、責めるのはやめてやるけどさ。

時間も押しているので、今日はここまでにするか。

右手を前に出してポーズを決めながら出撃を告げる。

「全軍出撃。覇王国の本隊を叩き潰せ」

俺の言葉で艦隊が動き出す。

◇　◆　◇　◆　◇

惑星アウグルを目指す覇王国の本隊は、進路上に配置されていたはずの艦隊がいないことを不思議に思っていた。

要塞級のブリッジでは、イゼルが腕を組んで思案している。

「手薄にしていた艦隊を下げたのか？」

ここまで無傷で接近できてしまったのは、イゼルにとって意外だった。

それはイゼルの部下たちも同じだ。

「ここに来るまで罠《わな》らしい罠もありませんでした。もしや、策など最初からなかったのではありませんか？」

罠など用意されていなかった、という意見に周囲が「こいつは何も理解していない」という不満顔をする。

「これも敵の策である可能性がある」

「敵はクラウス殿だぞ。連合王国は、クラウス殿一人にやられたと言っても過言ではない」

「この静けさ――嵐を予感させるな」

強者《つわもの》たちが、奇妙な静けさに不気味さを感じていた。

それはイゼルも同じである。

「嵐の前の静けさか――嫌いではないさ」

クラウスほどの強者の策ならば、きっと意味のないことはしないだろう――誰もがそう信じていた。

しかし。

「帝国軍の艦隊を発見しました！　こ、これは!?」

オペレーターが困惑していると、イゼルが声を大きくする。

「狼狽《うろた》えるな！」

「は、はい！　帝国軍の艦隊が布陣しています。その数は推定六万隻です」

六万隻の艦隊が艦列を整えて、覇王国の艦隊を待ち受けていた。

しかし、その編制には首を傾《かし》げたくなる。

旧式艦ばかりを集めた六万隻の艦隊は、自分たち三十万の軍勢と戦うには頼りなさすぎるからだ。

「これも策か、あるいはただの前哨戦《ぜんしょうせん》か――構わん、押し通れ！」

イゼルが命令すると、三十万隻の覇王国の艦隊が敵に向かって直進する。

◇　◆　◇　◆　◇

直進してくる覇王国の艦隊を前に、中将は冷や汗をかく。

「普通、三十万で攻めてくるか？　適切なのは十万くらいだろうに」

敵は目視できる距離にはいないが、既に交戦可能距離に迫っていた。

敵の数は三十万。

対する中将が率いるのは、寄せ集めの艦艇が六万隻。

「敵も惑星アウグルなんて攻めないだろう、って配置されたのが運の尽きかな？　お貴族様たちの派閥争いに巻き込まれちまったかな」

中将は、カルヴァンがリアムを殺すために自分たちを捨て駒にしたと考えていた。

自分たちはカルヴァン派の軍人でなかったため、失っても痛くないと思われているのは肌で感じていた。

「それにしても、カルヴァン殿下の首ではなく、本気でクラウス殿の首狙いか。覇王国の連中は何を考えているのやら」

リアムの右腕にして、連合王国に鮮やかに勝利したクラウスは帝国軍でも有名だ。

その手腕は学ぶべきとされ、クラウスの名前は帝国軍で広がりつつあった。

中将は手勢の六万隻で、どこまで粘れるかを考える。

側《そば》にいた副官が震えていた。

「これだけの規模の艦隊が動いていながら、本隊は救援も出してくれませんね」

中将は肩をすくめる。

「ノイズが酷《ひど》くてまともに連絡も取れないからな。——意図的なものを感じてしまうけどね」

「やはり、派閥争いですか？」

カルヴァンとリアムが争っているのは軍人たちも知っており、そのために政争に巻き込まれたと気付く。

オペレーターが叫ぶ。

「交戦距離に入ります！」

中将はすぐさま、敵の動きを見て判断する。

「有効射程に入るまで待機だ。エネルギーは節約しないと、防御フィールドに回るエネルギーがなくなるぞ」

最初から勝とうとは思っていない。

だが、負けるつもりもない。

「敵艦隊攻撃を開始！」

着弾まで僅かな時間があったので、中将は作戦を再度説明する。

「全艦、防御に専念しつつ後退。無人艦艇を前へ！」

予《あらかじ》め無人にしていた艦艇を前に出し、防御フィールドを展開させて盾にする。

エネルギーは全て防御に回しており、敵艦隊の猛攻撃にも耐えられる――はずだった。

覇王国の猛攻を受け、中将の乗る戦艦が激しく揺れた。

肘置きを握りしめ、モニターの向こうに映る敵艦隊を睨《にら》む。

「防御に徹してもこの威力か!?」

側にいた副官は、味方の被害状況を確認していた。

「今の攻撃で三十隻の無人艦艇が撃破されました！」

「まともに戦っていたら、今頃は何百隻も撃破されていたな」

防御を優先していても、中には耐えられない旧式艦もあった。

それでも、この戦い方ならば時間が稼げる。

「後は味方を信じるだけだ」

中将の言葉に、副官が顔をしかめる。

「本当に来てくれるのでしょうか。相手は貴族です。我々を囮《おとり》にして逃げ出している可能性だってあります」

「それ以上は言わないでくれ。疑いだしたら戦えなくなる」

「――そうですね」

後退しつつ、守りを固める帝国軍。

下がり続ける帝国軍に、敵艦隊は勝負を焦ったのか行動に変化が起きる。

副官が敵艦隊の動きに気が付く。

「敵艦隊が距離を詰めてきます。こちらを至近距離から叩《たた》くつもりです」

冷や汗をかく副官は、覇王国の艦艇と至近距離で撃ち合えば自分たちが負けると理解していた。

中将も同じだが、そこまでは計算済みである。

オペレーターが歓喜の声を上げる。

「味方艦隊がワープアウトしてきます！」

来ると信じていなかった味方のワープアウト反応に、ブリッジクルーたちも喜びの声を上げていた。

次々に戦場にワープアウトする味方艦には、バンフィールド家の家紋が描かれていた。

モニターにリアムの姿が映ると、中将が驚いてシートから腰を浮かせてしまった。

「は、伯爵!?」

『敵の陣形をよく乱してくれた。後は任せろ』

リアムがそう言って通信を切るのだが、ブリッジクルーたち全員が唖然《あぜん》としていた。

副官が最初に口を開く。

「どうして伯爵は、機動騎士のコックピットから通信を行ったのでしょうか？　ま、まさか、出撃するつもりではないですよね？」

副官の問い掛けに、中将は何も答えられなかった。

◇　◆　◇　◆　◇

超弩級《ちようどきゆう》戦艦――アルゴスのアヴィド専用格納庫。

出撃準備が進められるアヴィドの周囲には、技術者だけではなく魔法使いたちの姿もある。

彼らが空間魔法を開き、そこに武装が収納されていく。

周囲が慌ただしく出撃準備を整えていく。

「空間使用率が限界に到達しました」

「残りは直接持たせればいいんだよ！」

「護衛機の出撃準備はどうなっている！」

冷静に報告してくるオペレーターと、声を張り上げ出撃準備を急がせる整備兵たち。

開いたハッチから、天城《あまぎ》が乗り込んできた。

クラシカルなメイド服のスカートがふわりと広がっており、普段はあまり見えない膝上までが露出していた。

その姿に眉をひそめたのは、他の奴《やつ》らに天城の素肌を見せたくないからだ。

「人目も多いのに大胆だな。俺はもっとお淑《しと》やかな方が好みだぞ」

冗談を交えながら注意するが、天城の表情は険しい。

俺の小言が不満なのかと思ったが、どうやら違うらしい。

「先陣を切るのはおやめください」

覇王国を相手に、俺が突撃するのをやめさせたいらしい。

戦争に関してだけはガチ！　と評判の覇王国だから、俺の身を案じての提案だろう。

俺から見ても覇王国の強さは異常だった。

しかし、勝つためなら出撃だってする。

「出撃した方が結果的に被害も少なくなる。切り札のグリフィンもあるんだ。心配はいらないさ」

グリフィン――戦艦を機動騎士にするというコンセプトで開発されたお馬鹿兵器だ。

かつてバークリーファミリーとの戦いで活躍し、以降は出番がなかった。

強力な兵器なのだが、天城は意見を変える気がないらしい。

「海賊貴族を名乗っていた連中と一緒にしないでください。敵は精鋭であり、質も量もこちらを上回っています」

六万隻の友軍を吸収したおかげで、今やうちの質と量の平均が下がっている。

バンフィールド家だけならば、覇王国とも十分に張り合える質を維持していた。

問題は量――三十万隻の相手は厳しすぎる。

「だからアヴィドで出るんだろ？　そろそろ出撃だ」

俺の意思が変わらないと判断した天城は、コックピットを出て行く。

同時にハッチが閉じると、天城はアヴィドから離れた位置で浮いたままカーテシーというお辞儀をした。

『どうかご無事で戻られますように』

通信回線を開いて音声を伝えてきたのだろう。

「ちゃんと戻ってくるさ。――アヴィドを出すぞ」

◇　◆　◇　◆　◇

アルゴスのブリッジでは、総司令官の席にクラウスが座らされていた。

リアムが出撃すると言い出し、艦隊指揮をクラウスに丸投げしてしまった。

クラウスはズンッ、と重くなった胃の不快感に耐えつつも、艦隊に命令を出す。

「これより覇王国の艦隊に突撃をかける」

クラウスの作戦はシンプルだ。

味方が囮となり敵艦隊の陣形を崩したところに、バンフィールド家の艦隊が突撃を仕掛ける。これだけだ。

その他は準備している余裕がなかった。

「機動騎士は全機出撃用意！　ロイヤルガードには、リアム様の側を離れるなと念を押せ」

冷静に命令を出しているクラウスだが、内心は心臓が破裂しそうなほど緊張していた。

（この規模で十倍の敵艦隊に突撃するとか、どう考えても味方が溶ける!!）

三万隻で三十万隻に突撃したところで、足を止めたら囲まれて袋叩きにされてしまう。

味方が六万隻残っているのだが、牽制《けんせい》程度の役割しか果たせそうにない。

（敵艦隊を貫いて、機動騎士を輩出――その後に艦隊は再突撃くらいしか、私の頭では思い付かない）

思い付いても実行できるかは別問題なのだが、そこはバンフィールド家の精強な艦隊だ。

クラウスの注文を果たす実力を持っていた。

何しろ突撃は、バンフィールド家のお家芸である。

（というか、よりにもよってリアム様が出撃するとか駄目でしょ。一番前に出たら駄目な人でしょ！）

現状、アヴィドという戦力を遊ばせる余裕はない。

リアムが強引に出撃を決めてしまっては、クラウスも逆らえなかった。

（はぁ、こうなるんだったら遺書を書き直しておくべきだった。いざとなれば、リアム様を逃がすためにアルゴスを犠牲にする覚悟も必要か）

負けるようなことがあっても、リアムだけは逃がさなければならない。

覚悟を決めたクラウスに、オペレーターが叫ぶように状況を知らせてくる。

「敵艦隊より攻撃を確認！」

クラウスは目を閉じ、そして数秒後に告げる。

「全艦攻撃開始」

不意を突かれた覇王国の艦隊は、散発的な射撃しかしてこない。

対して、バンフィールド家は、敵艦隊に有効打を与えていく。

陣形が乱れた箇所を食い破るように、バンフィールド家の艦隊が突き抜ける。

その際、敵艦隊の隙間を通り抜けた。

両軍が視認距離ですれ違うという状況に、クラウスの胃はギリギリと締め付けられる。

（本当に敵艦隊を抜けられた!?）

成功する確率は高くないと思っていたが、クラウスの予想よりもバンフィールド家の艦隊は練度が高かった。

クラウスはすぐに状況を確認する。

「機動騎士部隊はどうなっている？」

クラウスの問い掛けに、オペレーターが答える。

「全機出撃確認しました！」

手際よく出撃を果たしたのは、クラウスの指揮下にある機動騎士部隊だった。

少し幼さを残した声がブリッジに聞こえてくる。

『アハッ!!　どれから食べちゃおうかしら?　歯ごたえのある敵ばかりで目移りしちゃう!』

──【チェンシー・セラ・トウレイ】だ。

自らの肉体を捨ててサイボーグになった彼女だが、肉体の再生治療を受けて復帰を果たしていた。

復帰しても性格までは治療できなかったのか、戦闘を前に興奮している。

ただ、今はそんなチェンシーが、味方には頼もしく見えていた。

『復帰戦一発目が覇王国だなんて──本当にバンフィールド家は最高だわ!』

チェンシーの乗るエリキウスが、嬉々《きき》として覇王国の艦隊に襲い掛かった。

◇　◆　◇　◆　◇

覇王国の艦隊は、突如現われた敵艦隊に度肝を抜かれていた。

それはイゼルとて同じであった。

「短距離ワープで出現して突撃だと!?　こんな芸当をやってのける敵がいるとは思いもしなかった!!」

驚いてはいるが、その顔は口の両端を上げて笑っていた。

猛獣のような笑みで、自分たちの艦隊を通り過ぎていく敵艦隊を見る。

艦列の合間を通っているだけだが、一歩間違えば激突して自爆になる。

それを起こさない敵の技量に、イゼルは感心して両腕を開くように掲げていた。

周囲も興奮を隠しきれずにいる。

「これがバンフィールド家か！」

「戦い方は我らに通じる。クラウス殿も戦士であったか！」

「バンフィールド家には我らと同じ匂いを感じてしまいますな！」

覇王国好みの戦い方に、イゼルも周囲も大興奮だ。

その直後、味方艦が次々に撃破されていく。

イゼルはその様子に目を細め、何が起きたのか気付くと目を見開いた。

「戦士たちを出撃させろ。クラウス殿は、とっておきの置き土産を残してくれた。迎え撃たねば覇王国は礼儀知らずと思われてしまうぞ」

覇王国の艦隊を次々に撃破していくのは、バンフィールド家の機動騎士たちだ。

そんな彼らを迎え撃たねば、失礼――という覇王国の独特な感性からの言葉だ。

イゼルは言う。

「十二天も出せ。全力で迎え撃たねば無礼になる」

強者《つわもの》との戦いに、イゼルは胸を高鳴らせた。

（さて――俺を満足させる強者がいるかどうか）

◇　◆　◇　◆　◇

アルゴスより出撃したアヴィドのコックピット。

アヴィドで戦場に出るのも久しぶりだったが、操縦桿《そうじゅうかん》を握るとしっくりくる。

グラーフ・ネヴァンも悪くなかったが、やはり長い付き合いであるアヴィドが一番だった。

「お前と暴れるのも久しぶりだな」

アヴィドに声をかけてやれば、返事をするように機械音がうなり声を上げた。

以前にマシンハートを手に入れたアヴィドは、意思を持つ機動騎士となった。

俺の声に、そして気持ちに反応を示してくれる。

「お前の全力を見せてみろ」

操縦桿を動かし、フットペダルを踏み込む。

アヴィドで敵戦艦に向かうと、周囲の護衛艦たちが迎撃のため攻撃してくる。

レーザーを連射してくるのだが、アヴィドの両肩にマウントしているシールドが前方に展開された。

光学兵器がフィールドに当たると、強い光を発する。

それらはフィールドを抜けず、アヴィドに届く前に霧散した。

一秒の間に数百、数千という光学兵器による攻撃の中を突き進み、接近するとバズーカを構えた。

操縦桿のトリガーを引けば、バズーカから発射されるのは杭《くい》だ。

敵戦艦に深々と突き刺さると、金属色の杭が赤く光って爆発する。

対艦用の武装であり、アヴィド以外の機動騎士たちも装備していた。

敵戦艦はそのまま内部を破壊され、弾《はじ》けるように爆発した。

周囲を見れば、ネヴァンが覇王国の艦艇を次々に撃破している。

「第一段階は成功だな」

突撃して敵艦隊を混乱させ、そこに機動騎士を投入する。

クラウスの作戦なのだが、思っていた以上に敵艦隊を削れている。

アヴィドを加速させ、二隻目へと狙いを定めた。

二隻目の戦艦は、どうやら周囲の艦艇を指揮しているようだ。

防御に特化したシールド艦に守られている。

「シールド艦が邪魔だな」

アヴィドが加速すると、持っていたバズーカを撃ち尽くす勢いで発射した。

敵艦に急接近して撃ち込み、また次の艦に向かう。

敵戦艦を守っていたシールド艦を四隻沈める頃には、バズーカの残弾がゼロになっていた。

バズーカを放り投げ、アヴィドが特注のレーザーブレードの柄《つか》を握る。

通常はグリップだけの形状なのだが、アヴィドのレーザーブレードは鍔《つば》が付けられている。

生み出される光の刃は、グラーフ・ネヴァンよりも大きかった。

大剣と呼べる大きさで、刃の長さはアヴィドの全長を凌駕《りょうが》していた。

敵戦艦に向かって振り下ろすと、まるで熱したナイフでバターを切るように両断してしまう。

一振りで戦艦を撃破したアヴィドの性能に、俺は感心する。

「また性能を上げたか？　ニアスが調べさせろと騒がしくなるな」

以前に乗った時よりも出力が増していた。

さて次の獲物を――と考えたところで、どうやらボーナスタイムは終了らしい。

敵艦隊は素早く混乱から立ち直ると同時に、人型兵器を出撃させてくる。

帝国とは違うデザインの機動騎士たちだ。

「もう立ち直ったのか。だが――アヴィドに勝てると思うなよ」

アヴィドのツインアイが光を放ち、その手に握ったレーザーブレードを肩に担ぐように構えた。

ブレードを構えるアヴィドを見て、敵機たちは侮っているように見えた。

そこは剣の間合いじゃないぞ、と言いたげにライフルの銃口を構えている。

「届かないと侮ったか？　だけどな――届くんだよ!!」

そのまま袈裟《けさ》斬りをするように振り下ろすと、光の刃は数キロ先まで伸びて敵機を三機は巻き込んで両断していく。

刃はアヴィドの前方にいた巡洋艦にまで届き、両断して撃破していた。

通常ならばレーザーブレードはここまで伸びないが、そこはアヴィドだ。

特機ならではのぶっ飛んだ性能のおかげである。

「覇王国に俺とお前の名を教えてやろうか。一生消えない傷として、記憶に刻み込んでやるよ」

アヴィドがレーザーブレードを振り下ろせば、その出力により光の刃は扇子が開いたように斬撃の後に続く。

敵戦艦を両断するついでに、敵機を巻き込んで撃破していた。

敵艦の爆発により、大量のデブリが発生して周辺に飛び散る。

それがアヴィドのフィールドに当たると、キラキラと輝いて見えた。

戦艦を両断したアヴィドに、覇王国の視線は釘付《くぎづ》けだった。

艦艇ばかりではない。

機動騎士たちが、アヴィドを敵と認識している。

先程のように侮っている様子はなかった。

「リアム・セラ・バンフィールドだ。相手をしてやるからかかってこい」

アヴィドが左手でかかってこいとジェスチャーをすると、敵機が次々に向かってくる。

　覇王国のパイロットたちだが、帝国軍とは気質が違った。

　よく鍛えられてはいるが、直情的すぎる。

　面白いように集まってくるため、それらを全てアヴィドがレーザーブレードで斬り裂いた。

　数十機が爆散すると、アヴィドの後方に回り込んだ敵機が襲いかかってくる。

　振り返って対処もできたが、あえてしなかった。

「遅かったな」

『申し訳ありません。少々手間取ってしまいました』

　集まってくるのは、ロイヤルガードのネヴァンたちだ。

　全機カスタム仕様で、機体色も統一されている。

　エセルがアヴィドの背中を守る配置についた。

『後ろはお任せください』

「自分たちの身を守っていればいい。さて――」

　俺はアヴィドに、前方に集まる敵機にレーザーブレードを向けさせた。

「覇王国の諸君。この俺の惑星に手を出そうとしたことを後悔させてやるよ」

　先に手を出してきたのはお前らだ。

　大人しくカルヴァンを追い回しておけば良かったのにな。

　アヴィドの後方にいくつものコンテナが出現する。

コンテナの表面に描かれるのは、空間魔法の魔法陣だ。

出現したコンテナから、光学兵器や銃火器の銃口が姿を現わした。

「アヴィドを普通の機動騎士だと思わない方がいい」

銃口が一斉に火を噴くと、周囲の敵が全て吹き飛んでいく。

——覇王国の連中を、俺の名を聞くと震え上がるようにしてやるよ。

第十七話 リアムとイゼル

アヴィドをはじめ、機動騎士たちの活躍で覇王国軍の陣形が崩れていく。

だが、全体で見ればそれは僅かな範囲の出来事だ。

三十万の軍勢に、三万の軍勢が突撃したところで物量差はどうしようもなかった。

明らかな愚策なのだが、覇王国の反応は違った。

要塞級のブリッジで戦況を見守るイゼルは、バンフィールド家の戦いぶりと活躍に心臓の鼓動が速くなっていた。

「クラウス殿は知将だと思っていたのだが、どうやら猛将の気質も兼ね備えているらしい。いい——実にいいぞ」

イゼルたち覇王国軍の目的はクラウスだった。

カルヴァンでもなく、リアムでもなく、クラウスだ。

それはクラウスが帝国でも名のある騎士であるために、討ち取れば名を上げられるからだ。

何故《なぜ》か？

個人的な功績に固執しているようにも感じられるが、イゼルには別の狙いもある。

クラウスを失った場合、帝国は人材面で大きな損失が発生する、と考えていた。

クラウスのように何百万の艦艇を指揮する騎士は貴重だ。

騎士であり名将——替えの利かない人材である。

そんなクラウスを討ち取れるチャンスが来たのだから、イゼルは興奮せずにいられない。

目をギラギラと輝かせ、クラウスという騎士が気になって仕方がない。

たった三万隻で打って出てくるその度胸に、更に戦場では主君すら手駒とする冷酷さに、イゼルは全身に電流が流れたような衝撃が走った。

「加えて主君すら手駒にして勝利をもぎ取るその姿勢も気に入った！　帝国にはもったいない騎士、いや——戦士だ！」

——イゼルはクラウスが欲しくなった。

（連合王国を撃ち破るような戦士が、バンフィールド家の陪臣とは嘆かわしい。強者には強者に相応《ふさわ》しい地位がある。——クラウス殿は、帝国には勿体《もったい》ない御仁だ）

イゼルは持論から、クラウスを覇王国に迎えられないものかと思案を巡らせる。

その最中に、部下から報告がある。

「その主君であるバンフィールド伯爵ですが、機動騎士で先陣を切って我が軍に多大なる損害を与えています」

リアムの活躍を聞いても、イゼルはさほど驚かなかった。

だが、自ら戦場に出て来るその気概には敬意を払う。

「クラウス殿と比べては物足りないが、敵の大将も見事な戦士だな。我が軍の相手にとって不足なし！　バンフィールド家の名は、俺の心に刻もう」

リアムの扱いは強い戦士止まりだった。

だが、次々に予想外の報告が舞い込んでくる。

「イゼル様！　イゼル様直轄の十二天の一人、メーテ・ハジ様が討ち死にしました！」

その報告を聞いて、イゼルは目を見開いた。

「何だと？」

最初は報告が信じられなかった。

何故ならば、十二天とはイゼルが集めた選《え》りすぐりの戦士たちである。

共に戦場を駆け抜けた猛者たちだった。

イゼルの軍勢では中核を務めており、これまでにも多くの敵を屠《ほふ》ってきた一流の戦士たちだ。彼らには覇王国が造り出した最新鋭の人型兵器が与えられており、簡単に負けるような者たちではない。

だから――イゼルは口角を上げた。

友が死んだと聞かされたのに、笑みを浮かべていた。

「誰が討ち取った？」

「リアム・セラ・バンフィールドです！」

イゼルの周りにいる者たちが、顔を見合わせて――そして同様に笑みを浮かべる。

「強いな」

「伯爵にしておくのがもったいない」

「わしがもっと若ければ、自ら討ち取りに行くものを」

強者《つわもの》が現われて興奮する一同——これが覇王国の戦士たちである。

戦士が戦場で死ぬのは当然であり、殺した敵を尊ぶのは当たり前だった。

イゼルが両手を広げる。

「クハハハッ！　ここまでの強敵とは思わなかった。それでは、俺自ら相手をしてやるのが礼儀だな！」

まさかの総司令官の出撃宣言に、ブリッジのクルーたちが歓声を上げた。

止める者は一人もいない。

「イゼル様が出撃されるぞ！」

「覇王国最強の戦士が出撃だ！」

「全軍に通達せよ！」

盛り上がる覇王国軍。

モニターに映し出されるアヴィドは、覇王国軍の人型兵器を次々に撃破していた。

◇　◆　◇　◆　◇

アヴィドに乗って戦場を駆け回っているが、一つ気が付いたことがある。

戦場で恐れを知らず向かってくる――そのことが、どれだけ異常なのかを実感させられていた。

覇王国の連中だが、帝国では島津《しまづ》や鎌倉武士のような扱いをしていた。

「こいつら正気か？」

アヴィドが左手で敵機の頭部を掴《つか》み、握り潰して投げ付ける。

すると、次々に敵が群がってくる。

それらをブレードで斬り裂き撃破していっても、まだ群がってくる。

圧倒的な性能差を見せつけても、覇王国軍の機動騎士たちは向かってくる。

向かってきた機動騎士の頭を踏みつけるように蹴り、左手に持っていたライフルでコッ

クピットを撃ち抜いてやった。

常にアヴィドの周りでは敵が撃破され爆発が起きているのに、それでも群がってくる。

宇宙海賊たちならば、とっくに逃げ出している頃だ。

それなのに、覇王国の連中は嬉々《きき》として押し寄せてくるから質《たち》が悪い。

「こいつらには恐怖心がないのか？　少しは実力差を理解しろよ！」

近付いてきた機動騎士をレーザーブレードで両断し、その場を離れた。

敵機の群れをアヴィドが引き離していくと、戦場の様子を見て目を細める。

「そろそろ厳しいか」

混乱に乗じて敵艦隊に大打撃を与えたものの、いつまでも優勢ではいられない。

物量に差があるのだから、いずれは押し負けてしまう。

バンフィールド家の機動騎士たちが奮戦しているが、押され始めていた。

「切り札を切るべきかどうか――」

ここで切り札を切るべきか悩んでいると、離れた場所から何か気配を感じた。

「――厄介なのがいるな」

◇◆◇◆◇

「周りを見れば敵ばかりなんて最高の環境よね!!」

チェンシーが乗るエリキウスは、基本フレームがむき出しになっているのが特徴的だった。

装甲板は最小限まで減らされ、攻撃力に偏重した機動騎士である。

好んで乗るのはチェンシーくらいだろう。

そんなエリキウスは、機体の各所にビームの発射口が用意されている。

射撃も近接戦も行える万能仕様だが、その構造には防御が薄くなるという欠点もあった。

乱戦の中、チェンシーは敵の攻撃を避けながら進む。

敵機が近付けば、全身からビームで作られたニードルを発生させてハリネズミのように武装した。

「邪魔よ」

その場で踊るような動きをすると、敵機が斬り刻まれて爆発する。

爆発の中から脱出したエリキウスは、次々に襲いかかってくる敵機や艦艇を相手に戦っていた。

だが、さすがのチェンシーにも疲れが見える。

コックピットの中では、汗だくになって呼吸も乱れていた。

「はぁ――はぁ――もう少し遊びたいのだけれど、エネルギーの方が心許《こころもと》ないわね」

エリキウスの欠点は、ハリネズミのような武装を持つことだ。

エネルギー消費が激しい機体であるため、空間魔法を用いてエネルギータンクの補給も可能にはなっている。

しかし、覇王国の戦士たちは強者揃《ぞろ》い。

エネルギーの消費も激しく、エネルギータンクは使い切ってしまった。

「せめて大物は仕留めたいわね」

チェンシーが狙いを定めているのは、モニターで拡大しなければ見えない覇王国の要塞級だった。

その配置から、チェンシーは感覚で敵の大将がいるのを察知していた。

今のままでは届く前に、エリキウスがエネルギー切れを起こしてしまう。

諦めようかと思っていると、チェンシーは紅を塗った唇を舌で舐《な》める。

「面白そうなのが出て来たわね。私が相手をしてあげるわ」

出撃した独特なデザインの人型兵器は、八本の多腕が特徴だった。

エリキウスを無視して、どこかを目指している。

「私を無視するなんて気に入らないわね！」

スルーされたエリキウスが、大腿部《だいたいぶ》の装甲を展開して拡散ビーム砲を露出させた。

細いビームが何本も発射され、曲がりくねって多腕の人型兵器に襲いかかる。

だが、敵機は右手に持っていた錫杖《しゃくじょう》のような武器を振るってビームをかき消してしまう。

『悪いが時間をかけている暇はない。バンフィールド伯爵が待っているのでね』

リアムの名を出す相手に、チェンシーは白い歯をむき出しにして笑みを作った。

「あなたが相手をする必要はないのよ。だってここで死ぬのだからね！」

エリキウスが敵機に襲いかかる。

多腕の敵機は、周囲にいた護衛機らしい者たちを下がらせた。

『貴殿も強者であるとは思うが、俺の相手ではないな』

エリキウスの両手には、鋭い爪が装備されている。

手刀を作って突き出す——加速したエリキウスの突きは、錫杖で簡単に受け止められてしまった。

「っ!?」

チェンシーは距離を取ろうとするが、敵機が追いかけてくる。

『もう終わりか？』

「強いのね。――ゾクゾクしちゃうわ！」

エリキウスがニードルを全て展開すると、敵機に襲いかかった。

接近しすぎた敵機は、チェンシーの得意とする間合いに入り込んでいた。

「さぁ、踊りなさい！」

全身からニードルを出したエリキウス――しかし、敵機は錫杖でビームニードルを打ち払った。

「――は？」

いとも簡単に打ち払われ、チェンシーも啞然《あぜん》とする。

その時には、敵機がエリキウスに迫っていた。

敵機の錫杖で、エリキウスは左腕、両脚を払われ切断された。

一瞬の出来事だった。

『終わりだ』

無慈悲に敵の攻撃がコックピットに向けられた瞬間――チェンシーは微笑《ほほえ》みを浮かべていた。

「ここで終わるのも悪くはないのだけれどね。――いいタイミングだわ、クラウス」

エリキウスに敵機の攻撃が迫ると、二機の間にビームの光が通り抜けた。

敵機が距離を取ると、エリキウスは腕を伸ばして右手から分銅のような何かを撃ち出した。分銅は戦場に現われた戦艦の装甲にくっつく。

分銅はワイヤーで本体と繋《つな》がっており、エリキウスは戦艦と一緒にこの場を去る。

周囲を見れば、突如現われた艦隊の攻撃により、人型兵器と敵艦艇が攻撃を受け爆散していた。

敵機はエリキウスを追いかけようとするが、既に距離が離れすぎたので諦めたらしい。

エリキウスが摑んだのは、バンフィールド家の総旗艦であるアルゴスだった。

敵艦隊に向けて、二度目の突撃を行っていた。

バンフィールド家の艦隊が、敵艦隊の陣形を崩し、穴を開ける。

『無事か、チェンシー？』

クラウスの顔がモニターに表示されると、チェンシーは肩をすくめてみせた。

「死ぬかと思ったわ。それよりも、かなり強いのがいるわよ」

『お前がそこまで言う敵か？　いったい誰だ？』

「さぁ？」

微笑みながら返事をするチェンシーに、クラウスはこれ以上問い掛けても無駄だと思ったのか通信を終えた。

チェンシーは呟《つぶや》く。

「――クラウスに借りができちゃった」

◇　◆　◇　◆　◇

バンフィールド家の艦隊が、二度目の突撃を成功させた。

覇王国の艦隊は陣形が乱れ、再び混乱へと陥っていた。

「また成功させたのかよ！」

コックピットの中で、俺は驚きと興奮を味わっていた。

自然と獰猛《どうもう》な笑みになっているのを実感しながら、クラウスの力量を見誤っていたと痛感させられる。

ただの突撃ならば、俺が命令するだけでバンフィールド家の艦隊は実行するだろう。

だが、覇王国の艦隊に普通に突撃すれば、こちらが物量で負ける。

クラウスが行ったのは、艦と艦の隙間——隙間と言っても、ここは宇宙だ。艦艇同士の間隔は数千メートル以上もある。

クラウスはその隙間を通り抜け、敵陣を突破したのだ。

「うちの艦隊の練度でも至難の業だと思っていたが、それを二度も成功させるとはやってくれるじゃないか」

同時に、俺はクラウスに対して嫉妬心を抱いた。

「——だが、部下が活躍しすぎては俺が目立たないな」

このまま戦争が終われば、覇王国の連中は俺ではなくクラウスの活躍を広めるだろう。

右手で額を押さえ、そのまま前髪を後ろに流す。

「クラウスが敵を混乱させた今が好機だ。アヴィド――グリフィンを出せ」

グリフィンという単語に反応して、アヴィドの動きが変化する。

音声ナビが指導する。

『空間魔法最大出力――亜空間ドックはロック解除――グリフィン起動』

アヴィドの後方十キロメートル先に、巨大な魔法陣が展開された。

そこから姿を見せるのは、巨大戦艦の艦首である。

敵もアヴィドが何かをしようとしていると察知したのだろう。

艦艇は攻撃を魔法陣に集中させ、人型兵器はアヴィドに襲いかかってくる。

『敵機確認。迎撃を開始します』

魔法陣から徐々に姿を見せる巨大戦艦は、全体を見せきらない状態のまま迎撃を開始する。

敵艦隊の攻撃はフィールドに弾《はじ》かれ、逆に巨大戦艦が迎撃のために発射したビームやミサイルに襲われる。

ミサイルのロケットエンジンが、赤い光を発光させているため戦場に幾つも尾を引いていた。

着弾して爆発が起きると、敵艦艇や人型兵器が巻き込まれていく。

巨大戦艦――グリフィンがその姿を見せた。

『合体変形を開始します』
「なるべく早くな」
『善処します』
巨大戦艦であるグリフィンが、変形を開始すると人型になっていく。
それを隙だと思ったのか、敵が攻撃を開始する。
アヴィドにも敵機が斬りかかってきた。
『戦場で何をのんきな！』
レーザーブレードで受け止めつつ、相手との間に開いた通信回線に答えてやる。
「のんき？　違うな。余裕って言うんだよ」
アヴィドが敵機を両断すると、振り返ってグリフィンの様子を確認した。
変形を終えたグリフィンは、両手を広げて周囲に攻撃を開始している。
指一本一本から放たれるのは、極太のビームだ。
その一撃は敵機と敵戦艦を何機も、何隻も巻き込んでいく。
それが合計して十本もあるのだ。
周囲の敵には大打撃を与えていた。
アヴィドがグリフィンの頭部に向かうと、受け入れるためにハッチが開く。
そのままアヴィドが乗り込むと、機体各所がアームで固定された。
『グリフィンとコネクトを開始します』

アヴィドとグリフィンのツインアイが同時に輝き、そしてコントロール可能となる。

モニターはグリフィンの視界へと切り替えられた。

「戦艦が小さく見えるな——全部吹き飛ばせ！」

かつてバークリーファミリーに止《とど》めを刺したグリフィンは、戦力兵器と呼んでもおかしくない巨大戦艦——いや、巨大機動騎士だ。

機体各所の砲塔が動き出し、全周囲に向けて攻撃を開始する。

ミサイルも発射され、押し寄せてくる敵機には迎撃兵器が応対する。

グリフィンを中心に、敵艦隊には大打撃を与えた。

「凄《すご》いだろ？　これが最強の機動騎士ってやつらしいぞ」

機動騎士に戦艦並みの性能を持たせようとした結果——第七兵器工場が行き着いた結論は、戦艦を機動騎士にしてしまえばいい、という逆転の発想だった。

——馬鹿かよ！　そう思ったが、俺もそんな馬鹿が嫌いじゃない。

周囲の敵を一掃したグリフィンが、敵艦隊の中央に向かって前進する。

迎え撃とうと、敵艦艇がグリフィンの前に集まり、一斉射を行ってきた。

「本当に動きがいい。——だが、こいつの前では無意味だよ」

グリフィンが手刀を作ると、ビーム発射口から巨大なブレードが出現する。

前方の敵艦隊に向かって振り抜けば、全てを巻き込んで——周辺の敵艦まで巻き込んで斬り裂いた。

ノイズ交じりに、敵艦隊の通信が聞こえてくる。

『あのでかい人型を何としても止めろ！　他を無視して奴《やつ》を囲め！』

敵艦艇たちの動きが変化した。

グリフィンを三百六十度――全周囲を囲んで一斉攻撃を始める。

「悪くない判断だぞ」

集中砲火を受けるグリフィンだったが、装甲材はレアメタルだ。

内部に使用されている部品にもふんだんに希少性の高い金属を使用しており、言ってしまえばアヴィドを巨大化したようなものである。

この世界だろうと、レアメタル――ゲームに登場するようなオリハルコンやアダマンタイトのようなレアメタルは希少性が高く高価な素材だ。

簡単に言えば物が違う。

何百、何千、何万隻の攻撃に晒《さら》されても、グリフィンは耐え抜いていた。

それればかりか、全身に用意された武装により、周囲の敵を屠《ほふ》っていく。

チラリと戦況を確認すれば、簡易マップ上では敵艦隊の陣形が崩れていた。

グリンフィンを相手にするために、陣形を解いた影響だろう。

「既に一割以上の被害を出しているのに退《ひ》く気配がないな」

覇王国の特徴の一つに、味方の被害を気にしないというものがある。

通常は戦力を二割も失えば全滅扱いだ。

だが、覇王国は違う。

二割を超えても撤退などせず、戦い続ける連中だ。

前世の後輩である新田《にった》君が言っていた。

戦国時代の島津《しまづ》や、鎌倉時代の武士はバーサーカーだった、と。

まさしく、この世界のバーサーカーは覇王国の連中だろう。

「お前らに負けてやるつもりはない。そんなに死にたいなら、俺の手であの世に送ってやる」

グリフィンの胸部装甲が開き、そこにエネルギーが収束していく。

充填率が上昇し、俺は撃てる状態になると迷わずトリガーを引いた。

「吹き飛ばせ」

胸部から放たれた巨大な光は、覇王国の艦隊を飲み込んでいく。

戦場に光の柱が出現し、そのままグリフィンの角度を変えれば、放たれた光の柱が箒《ほうき》で
ゴミを払うように敵艦隊を飲み込んでいく。

圧倒的な火力――グリフィンは、覇王国の艦隊を相手に性能差を見せつけていた。

「理解したか、覇王国？　これが強者というものだ！」

俺に戦いを挑むなど十年早い！――違った、この世界の感覚だと百年くらいか？

とにかく、お前たちは喧嘩《けんか》を売る相手を間違えた。

「さぁ、どうする？　尻尾を巻いて逃げるか？」

コックピットの中で高笑いをしていると、圧倒的なグリフィンに向かってくる人型兵器が存在した。

グリフィンから放たれるビームやレーザー、そして実弾兵器を避けて向かってくる。

無茶苦茶な軌道は、光の尾を残して宇宙に絵を描いているようだった。

「――何だ？」

その線が複雑で絡まりそうだという感想を抱いている間に、敵はグリフィンにたどり着いてしまった。

急速に接近してきたその人型兵器は、オープン回線で名乗りを上げる。

『我こそはグドワール覇王国王太子イゼル・バランディン！　リアム・セラ・バンフィールド伯爵に、一騎討ちを申し込む！』

青髪を逆立てた若い男が、嬉々《きき》として俺に一騎打ちを挑んできた。

名乗りが本当であれば、目の前の男は覇王国軍の総司令官であるはずだ。

絶好の機会の到来と感じるよりも先に、疑わしく思えた。

王太子が俺の前に出てくる？

本来であれば、総司令官は戦場でも後方にいて命令を出すべき立場だ。

それなのに、総司令官自ら一騎打ちを申し込む？

馬鹿と呆《あき》れるしかないのだが、一周回ってギャグに思えてきた。

「コメディアンか？　笑えない冗談は嫌いだ。さっさと消えろ」

内心、敵の馬鹿さ加減に恐怖していた。

グリフィンの性能を目の当たりにしながら、人型兵器で挑んでくるのは阿呆《あほう》である。

覇王国に、ここまで常識が通用しないとは思わなかった。

『認めてくれないのだな。であれば実力を示すのみ！』

イゼルの人型兵器が、武器を持ち替えてランスを構える。

鋭い円錐《えんすい》状の武器である。

それを振り回し、ポーズを決めた。

『貴公ならば俺の全力を出すに相応《ふさわ》しい！　これが俺の――』

「黙れ」

イゼルの口上を遮って、グリフィンが攻撃を開始する。

切り札を使用してエネルギーが低下したグリフィンだが、指先からビームを撃つくらいの余裕はあった。

「世間知らずに教えてやる。戦場で名乗りを上げるのは、格下相手だけにするんだな」

やっぱり、覇王国って駄目だわ。

そんな感想を抱いていると、グリフィンの放ったビームの中から人型兵器が飛び出してきた。

何とか逃げ出した――という様子ではなく、イゼルの人型兵器は無傷だった。

『人の口上を邪魔するとは器量の小さい男だ』

「あ？」

器量が小さいと言われて腹を立てていると、イゼルは聞いてもいないのに余裕のある声で説明してくる。

『覇王国の王は最強。そして、王太子は最強の座に就くに相応しい戦士に許された称号だ』

何を言い出すのかと思っていたら、自分が二番目に強いと言い出した。

「覇王国の中の話だろう？　最強は一閃流《いっせんりゅう》——俺の師である安士《やすし》師匠だ」

世の中の広さを知らないイゼルに、師匠の名を教えてやったのは冥土の土産のつもりだった。

『一閃流の噂《うわさ》は聞いたことがある。だが、最強だと言うのなら——この場で証明することだ！』

イゼルの乗り込んだ人型兵器は、先程よりも加速力を増していた。

巨大なグリフィンでは小回りが利かず、素早く動けないので分が悪い。

「こいつ!?」

アヴィドが攻撃を行えば——どれもイゼルの機動騎士に当たらなかった。

巨大な両手で蝿《はえ》を払うように叩《たた》き落とそうとするが、簡単に避けられてしまった。

『ふははは！　俺の愛機は最強なのさ！　この機体は覇王国の名を冠している！　グドワール——覇王国最強の機体だ！』

イゼルの持つ八本の武器それぞれが、強力な攻撃を放ってくる。スピアは投げれば回転して貫通力を高め、そのままグリフィンの装甲を貫いた。

「レアメタルの装甲を容易に貫いた？」

希少金属の装甲を貫かれるとは思ってもいなかった。

イゼルの人型兵器の背中の腕の一本が持っていたチャクラムを投げた。

投げ輪のような武器であるのだが、放たれた瞬間に数を増やした。

回転速度を上げると、ビームをまとって巨大な刃を作り出す。

数百のチャクラムが、グリフィンの装甲を斬り刻んで破壊していく。

各所に設置された砲台やミサイル発射台――光学兵器を放つレンズまでもが潰された。

コックピット内にアラームが鳴り響く。

「やってくれたな！」

『俺の愛機が持つ武器は、どれも古代の兵器だ。そして、俺の乗る愛機も同様に、古代の進んだ技術で生み出された人型兵器だよ』

現在では製造不可能な古代技術の塊である、という自慢話を聞いた俺は眉根を寄せた。

◇　◆　◇　◆　◇

リアムとイゼルの戦いを観戦していた案内人は、喜びのあまり涙を流していた。

「現代の技術では建造不可能な古代の兵器とは、実に素晴らしいですね。アヴィド以上の性能を持っているのは間違いない！」

アヴィドは機動騎士として見れば規格外の存在だが、イゼルの乗る人型兵器はそれ以上だ。

人工知能たちが反乱を起こすよりも前に、人類が到達した英知の結晶だ。

案内人と一緒に観戦していたグドワールも、喜びに震えていた。

これからお気に入りのイゼルが強者《つわもの》と戦う姿を見られることに、たまらなく興奮するのだろう。

「あれは、この俺様がイゼルのために用意した機体だ。イゼルが乗れば、この世界に敵など存在しない！」

グドワールの最高傑作――最強の駒。

イゼルを生み出すために、グドワールはこれまで何千、何万、何億、何百億という命を消費してきたに違いない。

イゼルを生み、育てる環境。

イゼルのために用意した戦場と好敵手たち。

イゼル一人を用意するために、多くの命が犠牲になってきた。

グドワールにしてみれば、我が子同然の存在である。

その寵愛《ちょうあい》ぶりは凄《すさ》まじかった。

「この戦いにイゼルが勝利したら、未来永劫《みらいえいごう》俺様の側《そば》に置く。完成された最強の戦士として、ずっと俺様と一緒に過ごすんだ」

グドワールは、イゼルを自分たちのような存在にするつもりでいた。

案内人はグドワールのイゼルに対する偏愛に、拍手をもって応える。

「素晴らしい！　多くの命を犠牲に、たった一人の戦士を生み出すその所業はまさに――」

案内人は視界の隅で、グリフィンがボロボロになっていく姿を見ていた。

愉快でたまらず、テンションも高くなっていた。

グドワールを褒めつつ、リアムが追い詰められている姿を見て最高潮を迎える。

「――エクセレェエントッ！　ついにリアムもここでおしまいですね！」

ボロボロになったグリフィンを見るグドワールは、どこにあるのかわからないアゴをなでながらリアムを評価し始める。

「あいつも悪くない戦士だった。イゼルを完成させるための仕上げに貢献した偉大なる戦士だった」

評価はしても、それはイゼルのオマケ程度だ。

リアムがここから巻き返すとは、グドワールも想像していない。

案内人は笑いながらリアムに向かって叫ぶ。――本人には聞こえていないと知りながら。

「どうだ、リアム！　相手は真の強者で、古代兵器の完全体だ！　お前とアヴィドでは太刀打ちできまい！」

案内人とグドワールが眺める戦場で、グリフィンはズタズタに破壊されていく。

◇　◆　◇　◆　◇

総旗艦アルゴスのブリッジは、騒然となっていた。

『グリフィンのダメージレベルはレッド！　これ以上は危険です！』

『機動騎士部隊は、活動限界ばかりで救助に向かえません！』

『敵艦隊、なおもこちらを攻撃してきます！』

これまで一度としてリアムは苦戦してこなかった。

アヴィド――グリフィンに対する絶対的な信頼を持っていた軍人たちは、破壊されていく姿に動揺を隠し切れない。

それはクラウスも同じだったが、リアムの代理として艦隊を率いている身だ。

すぐに指示を出す。

「これよりリアム様の救助に向かう。リアム様を回収後、当艦は殿《しんがり》として戦場に残る」

殿――リアムを逃がすために、クラウスたちは残って覇王国を足止めするという意味だ。

ブリッジクルーたちが、クラウスの命令に様々な表情を見せた。

動揺する者。

震える者。

多くは、軍人として生きているのだから死ぬこともある——と覚悟を決めた顔をしていた。

アルゴスのクルーは選《え》りすぐりの軍人たちであり、動揺は少なかった。

クラウスは言う。

「すまないがここで私と共に命を捨ててもらう」

当然ながらクラウスも殿として残り、艦隊を指揮するつもりでいた。

単純な忠誠心からの行動ではない。

(ここでリアム様を失えば、バンフィールド家は終わる)

クラウスの頭の中には、前回の光景がありありと浮かんでいた。

リアムを失ったバンフィールド家は、機能不全を起こした。

それだけではなく、リアムは皇帝の後継者争いにも関わっている。

リアムを失った場合、クレオは窮地に立たされるだろう。

再び後継者争いが激しくなり、帝国全体が騒がしくなるだろう。

リアム一人の命で、今後に大きな影響が出ることにクラウスは気付いていた。

(リアム様さえ生き残ればいい。何としても生き残って頂く)

自分が戦死しても、バンフィールド家には優秀な人材が揃《そろ》っている。

ティアもマリーも、その手綱さえ握っていれば優秀な人材だ。

極端に言えば、自分の代わりは存在しても、リアムの代わりは存在しなかった。

「リアム様に繋《つな》げ。これより作戦の説明を――」

すると、イゼルのオープン回線からリアムの声が聞こえてくる。

『――やってくれたな世間知らずの王子様。そこまで調子に乗るなら、この俺が本気で相手をしてやるよ』

頭に血が上ったリアムは、イゼルとまだ戦う気でいる。

「な、なっ!? リアム様！　いけません。すぐに脱出を！」

リアムがまだ戦闘を継続するつもりであると知り、クラウスも慌ててしまう。

そんなクラウスの気持ちも知らないで、リアムはイゼルに言い放つ。

『捕まえて帝国に引き渡してやるつもりだったが、お前はここで殺してやる』

リアムの殺すという宣言を受けて、イゼルの方は歓喜していた。

『嬉《うれ》しいぞ、バンフィールド！　俺の本気を見て、なおそのような態度を見せたのはお前が初めてだ！　俺はお前のような強者を求めていたんだ！』

こうして、リアムとイゼルの第二ラウンドが始まる。

第十八話 ▶ 声援

戦いたいという理由だけで、俺の惑星に手を出したイゼルが許せなかった。

嬉々《きき》として強者と戦うなどと言う阿呆《あほう》に、俺は殺意がわいた。

たったそれだけの理由で、惑星アウグルに手を出そうとしたのか？

反吐《へど》が出る！——イゼルはここで殺す。

そう心に決めた俺は、見るも無惨な状況になったグリフィンの状態を確認する。

装甲はボロボロで、左腕を失っていた。

何度も内部を貫かれ、穴が開いている場所もある。

内部では爆発も起きており、何とかギリギリ動いている状態だ。

今もコックピット内部でレッドアラートが鳴り響き、各部が危険状態であると報告されていた。自動修復機能が作動しているのに、間に合っていなかった。

このまま戦っても、イゼルには勝てないのは明白だった。

「安い機体じゃないんだけどな」

グリフィン一隻の維持費は莫大《ばくだい》で、その額で艦隊を維持できた。

開発費や建造費も馬鹿みたいに高額であり、浪漫《ろまん》がなければ用意しなかっただろう。

希少金属を使った変形機構を持つ巨大戦艦だ。

ここまで壊れたら、修理は数年がかりになるだろう。

アヴィドのエンジンが、まるで怒るように唸《うな》りを上げた。

同時に、モニター画面に許可を求める項目が次々に出現してくる。

その内容に、俺は片眉を上げた。

「マシンハートのおかげか？――自分でグリフィンの仇《かたき》が討ちたいと？　好きにしろ、アヴィド」

激怒しているのはアヴィドも同じであった。

グリフィンをいたぶり、そして自分の愛機を古代兵器などと言って自慢され腹を立てたのだろう。

自分が俺の愛機として劣っていないと、証明したいらしい。

許可を出してやれば、アヴィドが巨大戦艦との結合部分をパージする。

モニターがグリフィン視点から、アヴィド視点に切り替わった。

アヴィドがアームを腕で払いのけて、開いたハッチから外へと飛び出す。

そこには、今もグリフィンを破壊するイゼルの姿があった。

俺たちが出て来たのを確認して、イゼルはこちらに向き直る。

『ようやく出て来たか。さぁ、リアム伯爵、一騎打ちの時間だ!!』

随分と楽しそうなのが忌々しい。

俺の大事な玩具《おもちゃ》を破壊するなど許されない。

アヴィドの動力炉は普段よりもエネルギーを生み出し、余剰エネルギーが関節から放出されてバチバチと放電していた。

「悪いが相手はアヴィドにしてもらう。お前に腹を立てているようだからな」

俺の物言いにイゼルは困惑する。

『何を言っている？ サブパイロットか？ 俺は貴殿と戦いたいのだが？』

確かにサブパイロットと言っても間違いないだろう。

「そうだな。今回はアヴィドがメインで、サブは俺になるか？」

『――逃げるのか』

挑発的な言葉に失笑する。

「お前が強い奴《やつ》なら最初から逃げている。俺がこの場にいて、お前の相手をしている理由をよく考えろ。――勝てるからに決まっているだろうが」

俺は勝利を約束され、全てを与えられた存在だ。

案内人の加護を受けている。

そして――俺は勝つためにあらゆる準備を怠らない。

惑星アウグルに来てからもパイロット訓練は続けているし、一閃《いっせん》流の修行に関しては一日として休んでいない。

操縦《そうじゅうかん》桿を握りしめてやると、アヴィドの装甲にひびが入った。

割れた場所から赤い光が漏れて、今にもバラバラに吹き飛びそうだった。

「三分だ。アヴィド、三分だけ時間をやる」

モニターにタイマーを仕掛け、タイムリミットは三分と表示させた。

返事をするようにアヴィドが唸ると、イゼルは人型兵器の持っていた武器の一つをアヴィドに向けた。

手に握られている球体からは、レーザーを放ってくる。それも数百のレーザーで、追従機能まで備えていた。

避けようとするアヴィドの装甲にレーザーが当たるが、そこが赤くなるだけでたいしたダメージはない。

ただ、防御フィールドを突き破ってダメージを与えるだけでも褒めてやっていい。

『この程度では落ちないか。それでこそ俺の好敵手だな！』

――こいつ一閃で首を斬り飛ばしてやろうか？

突撃してくるイゼルの勘違いを正してやろう。

「図に乗るな。お前が俺の好敵手になれると思うなよ」

アヴィドの右手に魔法陣が出現すると、そこから柄《つか》が姿を現わす。手に握り、引き抜いたのはアヴィドのために用意された刀だった。

レーザーブレードではなく、刀を選んだアヴィドは本気である。

イゼルは八本の腕を持つ人型兵器に構えさせ、アヴィドを前に二つの武器を向けてくる。

右手には錫杖《しやくじよう》、そして左手には古風な剣――グラディウスだろうか？

『ならば、俺が貴殿の好敵手であると認めさせるだけだ！　あらゆるフィールドを無効化するこの剣で斬り刻み、軍団を操る錫杖がお前を圧殺する！』

イゼルの握った剣の刃が輝き、アヴィドを包んでいた防御フィールドが霧散する。

そして、周囲に漂っていた敵の人型兵器と、味方の機動騎士が再稼働する。

まるでゾンビのようなその姿に、目を細めずにはいられなかった。

全てを斬り裂く剣。

そして、破壊された機動騎士たちを無理矢理動かす錫杖。

どれも確かに凄《すご》い武器だが——全て無駄だ。

アヴィドが刀を振れば斬撃が飛んで、集まった人型兵器や機動騎士たちがバラバラに吹き飛んだ。

それを見たイゼルが驚いた。

『一撃で全て粉々にしたのか？』

「武器自慢は終わりか？　さっさと全力を出せ。まだ武器は残っているんだろう？」

イゼルもようやく本気になったのだろう。

八つの武器を構えて俺に向かってくる。

アヴィドとの距離を一瞬で詰めてくるイゼルの人型兵器は、アヴィドと同じ大きさだ。

巨体ながらよく動くイゼルの人型兵器は、素早く剣を振り下ろしてくる。

アヴィドは敵の攻撃を紙一重で避け、そのまま刀を振るった。

イゼルはアヴィドの攻撃を錫杖で弾《はじ》いた。

『俺の攻撃を先読みしているのか？　だが、こちらは――』

「機体が未来予測？　それとも予知の類いか？」

イゼルの機体は高度な計算能力でアヴィドの動きを先読みしているようだ。

もしくは、もっと魔法的な方法で行っているのだろう。

互いに先読みをして戦う中、俺はイゼルを挑発する。

「その程度で俺の好敵手を名乗っていたのか？　随分と弱い連中と戦ってきたんだな」

相手の動きを予想するのは、一閃流の基本である。

アヴィドがイゼルの突き出してきたランスを蹴り飛ばし、刀で他の武器を斬る。

しかし、斬り飛ばされた部位は液状化すると、本体に戻って元の形になった。

「自己再生か」

『そうだ。俺の機体はどれだけ斬り刻まれても再生する。生半可な攻撃では傷一つ付けられない！』

機体も武器も、斬り刻んだところで液状化して元の姿に戻る。

古代の兵器の性能は実に魅力的だ。

いくらアヴィドがパワーを上げてイゼルの機体を蹴り飛ばし、斬りつけても勝負は敵側が有利だろう。

イゼルの機体は、アヴィドに胴体を斬り裂かれてもすぐに再生した。

コックピットを斬り裂いた感覚はあった。

当然イゼルにも攻撃が届いたと感じたが――どうやら、本人も再生されるらしい。

『ははっ！　今のは少し驚いたぞ！』

機動騎士の刃で切断されたというのに、イゼルはすぐに再生して復活していた。

俺はその姿に不快感を覚える。

「――お前、取り込まれたな」

古代の兵器か知らないが、パイロットを取り込むとは嫌な感じだ。

イゼルの機動騎士がポーズを決める。

それはまるで、多腕の神聖な彫刻を想像させる姿だった。

『違う。俺が取り込んだのだ。この機体は、これまで多くのパイロットたちを取り込み、殺してきた。だが、俺はこの機体を屈服させることに成功した。だからここにいる！』

パイロットまでもが、斬られても撃たれても再生するとは厄介だ。

どう言い訳をしようとも、既に機体の一部――パーツでしかない。

本人は喜んでいるようだが、俺ならごめんだな。

アヴィドの方は、関係ないと言わんばかりにイゼルの人型兵器を斬り刻む。

上から下の唐竹割り、下から上への逆風――あらゆる手段で斬り刻む。

アヴィドのパワーとスピードに、イゼルの人型兵器も押されていく。

『これは凄い！　帝国にもこのような人型兵器があったのか！』

「こっちでは機動騎士って言うんだよ」

チラリとタイマーを見ると——タイムリミットまで、残り二分を切った。

◇　◆　◇　◆　◇

古代兵器を操るイゼルの活躍に、案内人は両手を振り回して応援している。

「いけ！　そこだ！　止《とど》めを刺せ！」

隣でもグドワールがたこ足を振り回して応援していた。二人揃《そろ》って、格闘技の試合を観戦しているおっさんの雰囲気を出している。

「イゼルゥゥゥ！　もっと出力を上げろ！」

グドワールがイゼルのためにその力を貸し、イゼルの人型兵器が更に出力を上げていく。

先程までアヴィドに押されていたイゼルの機体は、パワーやスピードでもアヴィドを圧倒している。

アヴィドがパワー負けして徐々に下がっていくと、イゼルが興奮していた。

『今日の俺は今までで一番強い！　強敵を前に心躍るとはこのことか！』

ハイテンションになっているイゼルは、本来持つ能力を超えた力を発揮していた。

だが、それでもアヴィドを倒すにはまだ足りない。

案内人が手に汗を握る。

「あと少し！　あと少しでリアムの命に手が届くんだ！　こんなところで諦められるかぁぁぁ!!　頼む、お前だけが頼りだ、イゼル！」

案内人はイゼルに手を貸すために残り僅かな自身の力を与える。

その力がイゼルの機体を変化させた。

増幅されたエネルギーが機体を一回りも大きくし、出力が向上していく。

多腕の機体は神々しさを放ち、手に持った古代兵器は限界を超えた性能を発揮した。

リアムを助けようと駆けつけた機動騎士たちは弾き飛ばされ、バンフィールド家の艦隊からの攻撃は届く前に全て霧散する。

アヴィドとイゼルの機体の戦いに誰もが介入できず、見守ることしかできない。

イゼルは人を超え、一段階上の存在へと片足を踏み入れる。

グドワールも大興奮だ。

「来たぁぁ!!　俺の手駒から人を超えた存在が誕生するぞぉぉぉ!!」

その瞬間に立ち会えることに喜び、案内人はリアムを葬ってくれるなら何でもいいと声が嗄《か》れるまで応援する。

「頼む！　リアムに止めをぉぉぉ!!」

二人の声援がイゼルの力となり、人型兵器はこれまでにない力を発揮した。

それはアヴィドを圧倒しており、最初とは立場が逆転する。

『今の俺に敵はない!!』

イゼルがアヴィドに剣を振り下ろし、リアムの命を奪おうとした瞬間だった。

アヴィドの動きが変化すると、イゼルの人型兵器が蹴り飛ばされる。

『時間切れだ。交代だ、アヴィド』

◇　◆　◇　◆　◇

総旗艦アルゴスの艦内にあるリアムの私室にて、天城《あまぎ》は戦場の様子を見ていた。

量産型のメイドロボたち三人は天城を囲むように立ち、戦場の解析を行っている。

周囲に幾つもの映像を浮かべているのだが、それらを確認する天城の表情は曇っていた。

「覇王国の人型兵器が一回り大きくなった？　古代兵器にそのような性能があるという情報は存在しなかったはず」

人工知能が人類の文明を滅ぼす前、人々が造り出した人型兵器は現代よりも高性能だった。

天城も情報だけは持っていたが、イゼルの乗る人型兵器のように巨大化するという記述はなかった。

アヴィドのように合体で巨大化するなら理解もできた。

しかし、イゼルの乗る人型兵器は異常だ。

天城は情報を集め、処理しているメイドロボ――塩見《しおみ》に視線を向け意見を求める。

「解析結果から何か判明しましたか？」

塩見は立ち尽くしているだけに見えるが、その頭脳は処理を続けていた。

「――不明です」

天城が眉根を寄せて、目を細める。

「新たな観測機を用意する必要がありますね。――どうして、旦那様は不思議な現象に何度も遭遇するのでしょうね」

解析を続ける荒島《あらしま》が、天城の独り言に答える。

「何か関わりがあると判断いたします。旦那様の言動には、これまでの現象に理由があると納得している節《ふし》があります」

天城もそれは理解していた。

時折、リアムとの会話に不自然なワードが出て来る。

最初は単純に生物故の言葉選びの間違いだと思っていた。

時に理解不能な行動をするのが人という生き物である以上、人工知能からすれば不自然な言動も仕方がないと受け入れた。

しかし、今になって解析をし直すと、見えてくるものがある。

「旦那様が不可解な現象に関わっている可能性は大でしょう。どうして――」

言葉を続ける前に、白根《しらね》が天城に言う。

「アヴィドの自動操縦から旦那様の手動操縦に切り替わりました」

天城はアヴィドが映し出されている映像に手を伸ばす。

「どうして、旦那様は自ら辛《つら》い道を歩むのでしょう」

自ら戦う必要はないはずなのに、それでも戦場に出る自分の主人を案じる天城だった。

◇　◆　◇　◆　◇

アルゴスの格納庫内。

外では激しい戦闘が続いている中、片目に包帯を巻いたエセルが出撃しようとする。

包帯の上から眼鏡をかけた彼女を押し止めるのは、整備兵たちだった。

「無茶だ！　機体だって整備と補給が終わっていないんだぞ！　それに、あんただってその怪我《けが》で出撃できないだろ！」

エセルの左腕として義手が取り付けられていた。

戦場で被弾し、部下たちにアルゴスまで運んでもらったのである。

それをエセルは恥じていた。

「リアム様は戦われている。ロイヤルガードの私が、お側《そば》にいないなど職務怠慢だ」

「その怪我で職務怠慢なんて言う奴《やつ》なんていないって！」

「私が！　私を許せない。──私の機体が駄目なら、予備機を用意しろ」

エセルの覚悟を決めた瞳を見て、整備兵たちがたじろぐ。

すると、格納庫にロイヤルガードのネヴァンが次々に帰還してくる。

黒いネヴァンたちは傷付き、弱々しい姿となっていた。

その姿を見て、エセルは目を見開いた。

「お前たち、何をしている!? リアム様の護衛はどうした!!」

部下たちのネヴァンもボロボロだった。

一名がコックピットを出ると、敬礼をしてリアムの命令を伝えてくる。

「リアム様より邪魔だから帰還しろ、とのご命令です」

邪魔、と言われたエセルは、その場で脱力して宙に浮かぶ。

涙を流していた。

「――不甲斐《ふがい》ない。私はどうしてこんなにも不甲斐ないのか」

エセルの泣く姿を見て、整備兵たちは顔を背け仕事に戻った。

ロイヤルガードの部下たちも沈痛な面持ちだ。

「隊長だけの責任ではありません」

エセルは言う。

「私もあの馬鹿共と同じで恩返しすらできないのか」

厄介事を起こす二人の下では働けぬ、とエセルは違う道を選んだ。

それなのに護衛すら果たせないと、さめざめと泣き続ける。

◇　◆　◇　◆　◇

「交代だ、アヴィド」

時間切れを伝えるのだが、アヴィドは抵抗する。

モニターに拒否という文字を幾つも表示させていた。

まだ戦えると言いたいのだろうが、俺は怒気を強めて言う。

「代われと言った。二度も言わせるな」

少し声を低くして伝えれば、アヴィドは素直に俺に操縦の全てを預けてくる。

モニターから邪魔な表示が消え、イゼルの姿が見えた。

「さて、ここからは俺が相手をしてやる」

目の前の古代兵器とやらは、神々しい輝きを放っていた。

『無駄だ。今更本気を出しても遅い。今の俺は人を超えた存在――人外に足を踏み入れた』

俺の目の前で思い出したくない過去を量産しているイゼルだが、よく考えると未来がないのでいくら恥をかいても問題ない状態だ。

今だけは存分に粋がるといい。

だが、俺は当然のように反論もする。

「人が人を超える？　お前は馬鹿か？　人を超えて何になるつもりだ？」

イゼルの機体が姿を消した瞬間に後方へと下がり、刀を横に振るうとランスとぶつかって火花を散らした。

アヴィドの持っていた刀が粉々に砕けたが、すぐに鍔《つば》から新しい刃が伸びる。

カッターのように次々に刀身が用意される仕組みだ。

イゼルからは興奮――いや、感情が消えて抑揚のない声で答える。

『人を超え、武神になる。それこそが俺の望みだ』

その言葉にゲラゲラと笑ってやった。

「武神!? お前が? お前程度が武神!? 武神の地位も星間国家規模だと低くなるのか?」

イゼルは俺の挑発に表情を変えなかったが、代わりに絶え間なく攻撃が降り注ぐ。

それらを避け、斬り、全て処理してアヴィドの両手を広げてやった。

「俺程度を超えられないお前が、武神を名乗るのは許されない」

俺は身の程を知っている。

悪徳領主である俺だが、普段から案内人の加護に感謝している。

最強である安士《やすし》師匠が存在している事実を知っている。

俺の実力などでは、最強に届きすらしない。

だからこそ日々鍛えるのだ。

強者から奪われないように、少しでも強くなろうと――そんな俺すら倒せないイゼルが、武神を名乗るのは許されない。

いや、俺が許さない。

『俺は既にお前を超えている。パイロットとしての技量も、そして機体性能もこちらが上だ。負ける要素が一つもない』

その勘違いを正すために、アヴィドの肩に刀を担がせる。

隙だらけの姿をさらした俺に、イゼルは僅かに戸惑い――そして落胆した。

『負けを認めるのか？　最後まで諦めない姿を見たかったよ』

こいつは人の話を聞かないのか？

覇王国の連中はもう少し落ち着きを持つべきだ。

「今の話の流れでそう思うのか？　そもそも、お前に武神の地位は相応《ふさわ》しくないな。強い機体に取り込まれただけの部品が偉そうにするなよ」

確かに古代兵器の性能は素晴らしい。

だが、欲しがるほどでもない。

パイロットを取り込んで、部品にするようなヤバイ機体はいらない。

『俺はグドワールを屈服させて従えたのだ。取り込まれてなどいない』

「何とでも言えばいい。だが、お前は終わりだ」

次の瞬間、イゼルの乗った機体の多腕が全てズタズタに引き裂かれて散らばって液体に変化した。それらが集まって再生を開始する。

その間に、アヴィドに刀を構えさせる。

「楽しめたぞ、覇王国の王子様。アヴィドの性能テストの役に立った」

これまでアヴィドで一閃《いっせん》は放って来なかった。

機動騎士による一閃の再現は負担が大きく、内部から自壊するためだ。

だが、今のアヴィドなら問題ないはずだ。

「耐えてくれると信じているぞ、アヴィド」

アヴィドが唸《うな》る。それはまるで、全力で放ってくれていいと言われている気がした。

イゼルは再生途中の状態で、俺に襲いかかってくる。

『させんよ！』

人型兵器の攻撃が、アヴィドに触れるかどうかの瞬間だった。

「――一閃」

呟《つぶや》いた直後に、イゼルの機体が歪《ゆが》む。

僅かに空間が歪み、その歪みに機体が巻き込まれる。

歪《いびつ》に歪んだ機体は、姿を維持できずに弾《はじ》けて液体となった。

だが、歪んだ状態で再生しようとしてもうまくいかない。

再生するそばから弾けて液状化し、それでも元に戻ろうとするから歪な姿になっていく。

『ぎっ！　がっ⁉』

それはパイロットのイゼルも同様で、何度も弾けては再生を繰り返していた。

もがき苦しむその様子は、強さを求めて機械に飲み込まれた憐《あわ》れな姿に見えてしまう。

「武人を名乗った者の末路がこれか」

だが、こちらも無事ではない。

アヴィドの関節が悲鳴を上げている。

マシンハートが自己修復を開始しているが、間に合っていないようだ。

「一撃でこれか。いや、一撃でも再現できたと喜ぶべきか？」

機動騎士による一閃の再現。

今のアヴィドでも一撃が限界だった。

イゼルの方は、何度も歪に再生を繰り返した果てに人型ですらなくなっていた。

モニターに小窓が出現し、血を吐いたイゼルと思われる男がこちらを見ている。

『――見事だ。俺の負けだ。最後に話をしたい』

「好きにしろ」

周囲を確認すれば、総司令官を失った覇王国の艦隊が攻撃をやめてこちらの指示に従っていた。

抵抗する者は残っておらず、驚くほどに潔かった。

『宇宙は――広い――お前のような強者《つわもの》がまだいる――なんて』

「当たり前だ。俺の師匠はもっと強いぞ」

イゼルはもっと強い男がいると聞いて、嬉《うれ》しそうな、そして悲しそうな顔をする。

『――それはいいな。一度お目に――かかりたかった。かはっ！』

血を吐き、咳《せ》き込むイゼルの姿を見て、その望みは叶《かな》わないと確信する。

機体が破壊されれば、運命を共にするようだ。

『ど、どうして、最初から本気を出さなかった？　合体などせずとも、その姿で戦った方が強かっただろう？』

グリフィンと合体せずとも、アヴィドのまま戦っていれば十分だったのではないか？

その問い掛けに俺は呆《あき》れてしまう。

「戦争だぞ。数を減らすにはグリフィンの方が最適だと判断しただけだ」

グリフィンは多数を相手にする際に、その真価を発揮する。

アヴィドは確かに強いが、あの場では最適解だった。

『戦争――そう――だったな。戦いが楽しくて忘れていたよ。――こんなに――楽しかったのはいつ以来だ？　また――戦いたい――な』

イゼルが事切れると、機体が液体になって周囲に散らばった。

最後まで戦いたかったとは、こいつは人生を何だと思っているのか？

俺は戦争ばかりの人生なんてごめんだね。

悪徳領主として、この世界で人を踏みにじる人生を楽しむと決めている。

ただ、イゼルに関しては戦いの果てに敗れ、戦場で命を落としたのは本望なのだろう。

「――迷惑な連中だ」

だが、イゼルは最後まで自分の意思でわがままを貫いた。

悪徳領主として評価はしている。

動くのがやっとのアヴィドは、ギチギチと動きながら刀を掲げる。

「敵総司令官のイゼル・バランディンは、このリアム・セラ・バンフィールドが討ち取った！」

形式的に勝利を宣言すると、通信越しにバンフィールド家から歓声が上がった。

ただ、気になるのは覇王国の艦隊だ。

『貴殿の活躍に覇王国は敬意を表する。リアム・セラ・バンフィールド様、そしてクラウス・セラ・モント殿は再び戦う時まで壮健であれ』

数の上では勝っている覇王国の艦隊は、撤退を開始した。

追撃したいところだが、俺の艦隊は疲弊しているので無茶をさせられない。

いつの間にか、ロイヤルガードのネヴァンたちがアヴィドを囲んでいた。

『リアム様、ご無事ですか！』

「俺よりもアヴィドの方が心配だ。それから、イゼルの機体——今は液体だが、全て回収して第七に回して解析させろ」

『は、はい！』

壊してしまったが、ニアスに任せれば何かしら情報は引き出せるだろう。

古代兵器の残骸だと言えば、喜んで調べてくれるはずだ。

◇　◆　◇　◆　◇

イゼルが敗れた姿を見たグドワールは、放心状態だ。

案内人も力を使い果たして、いつの間にか帽子だけの状態に逆戻りしていた。

案内人がプルプルと震えている。

「次元を歪めるとか、そんなの卑怯《ひきょう》だろうが。何が理由で時空を歪めた？　理屈を誰か説明しろよ！」

次元を歪める斬撃で、古代兵器を倒しました！　という、あまりにも酷《ひど》い結末に、案内人は我慢できなかった。

イゼルは間違いなく最強格の人間だった。

パイロットとしての技量も高く、搭乗していた機体もアヴィド以上の性能だった。

それなのに、リアムに敗北してしまった。

「どうすればリアムを倒せるんだ！」

むせび泣く案内人に、グドワールはたこ足で帽子の案内人を掴《つか》み、そして締め上げる。

「ぐ、ぐるじい!?」

グドワールは激高しているのか、頭が熱を持って赤く染まり、湯気まで出している。

「おい――あいつは何だ？」

「な、何だとは、どういう意味ですか？」

「あれをどうやって育てた⁉」

グドワールは、リアムを案内人が育てたと思い込んでいるらしい。

案内人は必死に誤解を解こうとする。

「ど、どうと尋ねられても、どうしてこんなことになっているのか、私としても説明を求めたい立場でして」

グドワールが案内人を投げ捨てると、帽子がくしゃりと歪んだ。

「ひ、酷い！」

グドワールはたこ足を激しく動かし激怒する。

「殺す。あいつはこの俺様が殺してやる！　お気に入りのイゼルを殺した報いを受けさせてやる！　必ず！」

グドワールが本気でリアムの命を狙う。

それを見て、案内人はニヤリと――帽子の状態では無理だが、気持ちではニヤけている。

（ふふふ、今回は失敗しましたが、グドワールが本気になりましたね。これで、リアムの命もありませんよ）

リアムはグドワールに感謝しておらず、おまけに認識すらしていない。

案内人のように、リアムの感謝を受ける心配がないグドワールは――リアムにとっては強敵になるだろう。

第十九話　真の勝者

バンフィールド家の艦隊が惑星アウグルに帰還すると、行われるのは葬式だ。
覇王国との戦いで、バンフィールド家は数千隻の艦艇と多くの機動騎士を失った。
クルーやパイロットが大勢死んだのだ。
喪服姿の俺は、慰霊碑の前に黙って立っていた。
側《そば》にいたクラウスは、俺に尋ねてくる。
「慰霊碑の前で何を考えているのですか?」
慰霊碑を眺めている俺を不審に思ったのだろう。
普段は悪徳領主の癖に、人の死を悼むのか、と。
だが、俺にとっては死人こそ信じられる存在だ。
彼、そして彼女たちは俺のために戦って死んだ。
それは忠誠心が本物だった、という証拠である。
きっと俺のことが嫌いだった奴《やつ》もいるだろうが、それでも命令に従い戦ってくれた。
彼らには俺を罵る権利があるし、恨んでもいい。
そんな彼らの死を弔うのは当然だ。
「何でもないさ」

こんな俺が「死者のために祈っている」と言っても信じないだろうし、死んでいった奴らからすれば今更という話だ。

弔うのは俺の自己満足。

「――遺族には十分に報いるぞ」

「はい」

慰霊碑に背を向けて歩き出せば、クラウスやロイヤルガードの騎士たちが俺に付き従う。

そこに、喪服姿のウォーレスが駆け寄ってくる。

「リアム、大変だ！」

「どうした？」

落ち着きのないウォーレスに呆れていると、本人は気にせず焦っている理由を話す。

「首都星で大問題が発生した！　ほら、リアムがいた部署が汚職を告発されて取り潰しが決まったんだよ！」

ウォーレスが端末を操作して、俺に首都星で起きた汚職事件の記事を見せてくる。

俺が代官として派遣される前にいた職場だ。

「あ～、そのことか。そろそろ修行期間も終わるからな」

「いや、どういう意味だよ？　リアムのいた職場が取り潰されて一大事だよ。下手をすれば、帝国の調査官たちがここに乗り込んでくる。リアムも取り調べの対象になるぞ」

ウォーレスは一大事だと騒いでいるが、心配はいらないので俺は歩き出す。

慌てない俺を不満に思ったウォーレスが、付いてきながら言う。

「下手をしたら罰として修行のやり直しだってあり得るんだよ。ラングラン侯爵家と敵対しているのに、のんきすぎるだろ」

俺は驚かない理由を教えてやる。

「内部告発をしたのは俺だ」

「え？」

「俺を追い出した職場が気に入らないから、汚職の証拠をまとめて提出した。定時までに終わらせるのに苦労したぞ」

内部告発してやると決めたら、モチベーションが上がって楽しくなった。

立つ鳥跡を濁さずという言葉があるが、俺は職場を潰してやった。

俺を追い出す奴らはいらないし、そもそも俺に汚職の証拠を摑まれる方が悪い。

宰相に証拠を突きつけ、代官として派遣されるのを引き受けるついでにランディーたちの処分を任せたのだ。

ウォーレスが頰を引きつらせる。

「気に入らないから潰したのか？」

「それもあるが、本命は嫌がらせだな。――ラングラン家のランディー君は、これからが大変だ」

俺と同様に修行がそろそろ終わろうとしているランディーだから、今回の一件は大変だ。

慣例なら、汚職に関われば修行のやり直しだったか？　あいつが俺に仕事を丸投げしてきた際に、それとなく仕込みもしたから――今頃はやり直しが言い渡されているかな？

この場合のやり直しは、不可能である幼年学校は省いて全てだ。

つまり――士官学校や帝国大学からのやり直しを意味する。

俺の職場にいた修行中の貴族たちは、全員揃《そろ》って修行のやり直しだろう。

ウォーレスがドン引きしている。

「君は鬼だな。ランディーの年齢を考えると、今後は貴族社会で浮くぞ」

「安心しろ。汚職で修行のやり直しを言い渡された時点で浮く」

基本的に二百歳を超えて修行が終わっていないと、周囲は「ないわ～」という雰囲気を見せる。しかも、汚職でやり直しという罰ゲームみたいな状態だ。

ただ、これは汚職をしても修行が終わっていない半人前ならば見逃されることも意味しており、帝国がどれだけ貴族に甘いのかが見て取れる。

やはり権力者は最高だな。

◇　◆　◇　◆　◇

その頃の首都星。

ランディーが修行として配属された部署は、机や椅子など全ての備品が取り払われ、もぬけの空になっていた。

殺風景になってしまった職場には、汚職に関わっていた貴族の子弟たちが集められていた。

全員、貴族としての修行が終わっていない半人前たちだ。

彼らを前に、調査官――高位貴族であり、高位官僚が罰を言い渡す。

「本来であれば、汚職など帝国貴族としてあるまじき行為です。ただし、君たちは修行を終えていない半人前。修行のやり直しをすることで、今回の一件は大目に見ましょう」

宰相直属の高位官僚を前に、ランディーは悔しさに眉間にしわを寄せていた。

「ラングラン侯爵家の跡取りである私に、修行をやり直せと言うのですか！　そんなことをすれば、私の地位が！」

その言葉を調査官は鼻で笑った。

それがランディーの神経を逆なでするが、次の言葉で気にならなくなる。

「バンフィールド伯爵から伝言ですよ。『あと少しだったのに残念だったな』だそうです。異動したバンフィールド伯爵は、皆さんと違ってしっかり修行を終えて一人前になりました。立派だと思いませんか？」

リアムからの伝言が、この場で伝えられた意味をランディーは理解した。

調査官に向けていた敵意を、この場にいないリアムに向ける。

いつの間にか、手を強く握りしめていた。

リアムは自分の修行を終わらせながら、我々を罠《わな》にはめて再修行をさせるのだ、と。

リアムが高笑いをしている光景を想像し、ランディーは顔が熱を持つのを感じる。

「あ、あの男が私を――」

握った拳が震えるランディーを見て、調査官は冷笑する。

「えぇ、バンフィールド伯爵が内部告発をしてくれましてね。見返りに、あなたたちがどんな顔をしていたか教えて欲しい、と頼まれましたよ。あ、皆さんこっちを向いてください」

内部告発の見返りにリアムが要求したのは、ランディーたちの悔しがる顔――つまり、この場の画像だけだった。

調査官が端末で画像を撮影すると、手早くリアムに送信まで済ませた。

そんなもののために、自分たちを再修行させるのかと皆が憤る。

「絶対に許さない。ラングラン侯爵家を敵に回す恐ろしさを教えてやる！」

ランディーが復讐《ふくしゅう》を誓うと、部屋に入ってくる人物がいた。

周囲を護衛の騎士たちに囲まれた女性は、リアムに代わって首都星で活動するロゼッタだった。

護衛の中には、騎士服に身を包んだティアとマリーの姿もある。

威圧感を放つ騎士たちの登場に、ランディーたちは驚きで怒りが霧散していた。

その状況でロゼッタが口を開く。

「誰を許さないのですか、ランディー殿？」

「リアムの婚約者か？」

「ロゼッタです。お見知りおきを」

ロゼッタの声が殺風景になったフロアに、妙に響いていた。

全員の視線が集まったところで、ロゼッタが端末を操作する。

「クレオ殿下からのお話があるそうですわよ」

椅子に座ったクレオの立体映像が表示されると、ランディーが慌てて姿勢を正した。

「クレオ殿下、これは――」

言い訳をする前に、クレオが右手を上げて言葉を遮った。

『ランディー、君には失望したよ』

「待ってください、殿下！　これはリアムの――」

『バンフィールド伯爵の罠だと言いたいのかな？　この程度の罠を見抜けない君が、派閥をまとめていけるわけがない。もっとも――君の年齢を考えると、今後は貴族社会で生きるのも難しそうだけどね』

クレオに失望されたと同時に、ランディーは現実に打ちのめされる。

今から修行をやり直せば、年齢が二百歳を超えてしまう。

それは貴族に甘い帝国であっても、社会的な立場の喪失を意味する。

今後、ランディーは「修行もまともに終わらせられない奴」と後ろ指をさされて生きていくことになる。

そんなランディーが跡取りのままでいられるわけもなく、すぐに廃嫡となるだろう。

——この瞬間、ランディーは自分が貴族として終わったのを察して顔から血の気が引いた。

『バンフィールド伯爵は修行が終わって首都星に戻ってくる。代役ご苦労だったね』

クレオの立体映像が消えると、ランディーが膝から崩れ落ちた。

「どうしてだ。俺は——ラングラン家の跡取りだぞ。クレオ殿下とも縁が深いラングラン家を、こうも簡単に切り捨てるのか!?」

ロゼッタはランディーを見下ろし、情けない姿を悲しそうに見ている。

「勝ち馬に乗ろうとするのを悪いとは言わないわ。けれど、相応の礼儀を持つべきだったわね」

本来なら頭を下げて派閥入りし、リアムの下につく方が無難だった。

それを、クレオの実母の実家という立場を利用したのがいけない。

最初からクレオを支えていれば——というのは、無駄な仮定だろう。

一番の問題は、ランディーがリアムに喧嘩《けんか》を売ったことだ。

ロゼッタは言う。

「あなたがバンフィールド家に喧嘩を売らず、手を取り合っていれば違う結果になったでしょうに」

しかし、ロゼッタの言葉は、ランディーには届かない。

顔を上げたランディーは、眉間に深い皺《しわ》を作ってロゼッタを睨《にら》み付ける。

「――まだだ。まだ終わっていない。必ず這《は》い上がって、リアムを追い落としてやる！」

ランディーは諦めていなかった。

「そうですか」

ロゼッタは用件が終わったので、背中を見せて部屋を出ていった。

その際、諦めの悪いランディーに、ティアとマリーが無表情で冷たい視線を向けていた。

次に何かすれば殺す――という目をしていた。

◇　◆　◇　◆　◇

ビルの外ではユリーシアがロゼッタを待っていた。

出てきたところで、近付いて話しかける。

「このビルですが、汚職があってイメージが悪いから建て直すそうですよ」

その程度の理由でビルを建て直すと聞いても、ロゼッタは興味を示せなかった。

普段ならば「ぜ、贅沢《ぜいたく》ね」と驚いていただろうに。

今は気にかけている余裕がない。

「それよりも、こちらの予定はどうなっているのかしら？」

そう言いながら、ロゼッタが視線を向けたのはかつての職場だった。

女性官僚しか働けない特殊な職場である。

ビルを眺めていると、ユリーシアが笑みを浮かべる。

「ちゃんとカルヴァン派の連中は追い出して、クレオ派閥の官僚たちを送り込んでいますよ。この調子なら、数年で完全にクレオ派閥でまとまりそうです」

——有能なユリーシアの活躍もあって、ほとんどの役職をクレオ派閥が握っていた。

ロゼッタたちが職場へと戻ろうとすると、クビになった元先輩がやって来る。

「あんたよくも！」

乱れた髪に酒の臭いをさせていた。

ロゼッタに近付く前に、マリーに遮られる。

それでも、元先輩は我慢できないのかロゼッタに絡んでくる。

「こんなことをしてただで済むと思わないでよ！　今度はあんたが追い落とされる番よ。皇太子殿下の派閥が、このまま黙っていると思わないことね！」

彼女をクビにした理由は汚職だった。

貴族たちには罪の認識すらなかったのだろうが、これまで勝手気ままに振る舞ってきたツケを支払わされただけだ。

ロゼッタからすれば、自己責任としか言えなかった。

「そうですか。私はこの職場に未練がありませんので、修行も終わったことですから退職しますけどね」

自分がこだわっていた職場には興味もなく退職すると言い出すロゼッタに、元先輩は唖《あ》然《ぜん》として――少し間を空けてから金切り声でわめき立てた。

それを騎士たちが遠ざけていくので、ロゼッタは職場へと戻る。

ユリーシアが肩をすくめていた。

「恨まれましたね」

「やったのはあなたでしょうに」

他人事《ひとごと》のユリーシアに、ロゼッタは呆《あき》れてしまう。

ユリーシアは舌を出し、てへっ、と笑ってみせる。

「本気を出せと言われたので」

普段は駄目なところが目立つユリーシアだが、やはり能力は本物だった。

つまり、普段は手を抜いている証拠である。

「今後は言われる前に本気を出してね」

「適度に手を抜くのがいいと思いますけどね。ロゼッタ様は肩に力が入りすぎですよ～」

「あなたは普段から手を抜きすぎです！」

二人がそんな会話をしていると、ティアが報告を受けていた。

耳に手を当てて、真剣な顔をしている。

ロゼッタはそんなティアの様子が気になった。

「どうかしましたか？」

ティアは耳から手を離すと、その表情は焦っているように見えた。

「──覇王国との戦争ですが、帝国軍が敗北しました。カルヴァン殿下の本軍は撤退し、軍にも大きな被害が出ています」

帝国軍が負けた──それはつまり、国境近くの惑星アウグルに派遣されたリアムにも影響が出るという意味だ。

しかも、最悪の形として。

「え？」

リアムの身を案じて、ロゼッタの顔が青ざめるとマリーが駆け寄ってきてその体を支えた。

すぐに周囲に命令する。

「ロゼッタ様をホテルへお連れしろ！」

騎士たちが慌ただしく動き始める中、ロゼッタは右手を握りしめて胸に押し当てる。

（ダーリン──無事でいて）

◇　◆　◇　◆　◇

惑星アウグルの宇宙港には、傷ついた艦艇が次々にやって来る。

近場で補給と整備を受けられるような場所を探し、さまよった艦艇たちが集結していた。

だが、予定を超えた数が集まり、宇宙港は大混雑だ。

俺の隣にいるウォーレスが、被害を受けた艦艇を見てゴクリと唾を飲み込んだ。

「どうして総司令を失った覇王国が勝つんだよ。リアムは勝ったんだぞ」

俺が戦っていた戦場は勝利したが、それ以外の戦場では帝国軍が敗北していた。

結果だけを見れば、帝国はその領地を大きく削られてしまった。

総司令官を失いながらも、目的を果たした覇王国の勝利である。

つまり——帝国は負けたのだ。

カルヴァン派の貴族たちも奮戦したようだが、覇王国軍の猛攻には抗《あらが》えず撤退を決めてしまった。

俺はこれでまた状況が動くだろうな、と思って呟《つぶや》く。

「余裕のないカルヴァンが撤退を決めたか」

次々に報《しら》せが届くのだが、その内容を確認する限り不自然な動きがあった。一部の貴族たちが、惑星アウグルに向かう覇王国軍を見逃していたようだ。

俺への嫌がらせのために、随分なことをしてくれたものだ。

勝ったからといって許してやるつもりはない——のだが、残念なことに関わったと思われる貴族たちが死んでしまっているらしい。

カルヴァンに嫌がらせをするネタにはなるかな？

色々と考えている俺に、ウォーレスがすがりついてくる。

「リアム、逃げよう！　ここは後方の支援基地じゃない。もう最前線だ！　兄上だって撤退したんだ。私たちが逃げても誰も文句は言わないよ！」

カルヴァンは優秀だったな。帝国軍の被害はそこまで多くはないが、勝てないと判断すると被害を最小限にするために撤退を決めた。

おかげで、惑星アウグルは最前線の基地になってしまったけどな。

そして、置き土産を残していった。

「無駄だ。首都星から辞令が出た」

空中に浮かんだ電子書類を表示する小窓を、手で押して移動させた。

すると、ウォーレスの顔の前で止まった。

内容を確認したウォーレスが白目をむいて気絶し、倒れてしまう。

そこに書かれていたのは、修行が終わって一人前になった俺を最前線に配置するという内容だった。

覇王国の防波堤をやれという命令だ。

「そ、そんな――どうして私がこんな目に――」

床に倒れ込むウォーレスは、そのまま動かなくなってしまった。

国境を守るように言われたのがショックだったのか？

別にお前が残る必要はないのだが――言わない方が面白そうだな。

ただ、すぐに首都星に戻れないのはちょっとばかり残念だ。

「帰ってランディーたちを煽《あお》るつもりだったのに、邪魔してくれたな」

結果だけを見れば、カルヴァンに覇王国の相手を押し付けられたようなものだな。

これからどうするかと思案していると、慌てたクラウスがやって来る。

「リアム様、覇王国から使者を送ると連絡がありました」

「覇王国から？」

「はい。停戦に向けた話し合いをしたいと」

帝国から領地を大きく削り取ったので、ここで戦争を終わらせたいということだろうか？

「それから、覇王国は王太子イゼルを討ち取ったリアム様を交渉役に指名しています」

「敵はもう戦勝国気分か？　気の早い連中だな」

この俺をご指名とは――ちょっと気分が良い。

どいつもこいつもクラウス、クラウスと五月蠅《うるさ》かったからな。

少しは俺の実力を思い知ったようだ。

「どうなさいますか？」

クラウスは普段と変わらず落ち着いた様子で確認してくる。

俺は面白そうなので交渉に参加してやることにした。

「まずは首都星に連絡をしろ」

それにしても、あれだけの激戦を戦い抜いたというのに——全体で見れば小さな勝利の一つでしかなかったわけだ。

俺だけが勝利しても、他が全て負ければ何の意味もないと実感させられた戦争だった。

カルヴァンと覇王国のおかげだな。

もっとも、カルヴァンは今後どうなるだろうか？　ここで終わるとは思えないが、苦しい立場に追いやられるのは間違いない。

「——あ、そうだ。クラウス、ウォーレスを部屋に連れて行け」

「は、はぁ、了解しました」

クラウスに抱えられてウォーレスが連れて行かれた。

第二十話　覇王国の姫

惑星アウグルに、グドワール覇王国の使節団が来たのは三ヶ月後のことだった。

宇宙港に乗り込んできた使節団は、思ったよりも普通の恰好《かっこう》だった。

もっと見た目からして修羅みたいな連中が来ると思っていただけに、肩透かしを食らった気分だ。

停戦交渉を行うのは、首都星から派遣された官僚たちだ。

俺の出番？――そんなものはない。

これは帝国と覇王国の問題であって、俺とは無関係だ。

覇王国が俺を指名したから調印式には参加するが、発言権や交渉権はない。

発言を求められても困るけどな。

俺には実害がほとんどないので、帝国の領土がどうなっても構わない。

無責任な立場であるため、官僚たちも俺の意見など求めてこなかったし、それが正しいと思っている。

発言もしない会議に連日参加させられ、派遣された役人たちが覇王国との間に三十年の停戦期間を得ることに成功したと喜ぶ姿を見せられた。

三十年と言えば長く感じるが、この世界では短い方だろう。

百年とか二百年単位の停戦期間も珍しくない。

もっとも、それを守るかどうかは別問題だけどな。

約束は破るためにある――そんなことを本気で信じている馬鹿が、この世界にもいるのだから度し難い。

その一人がこの俺だ。

俺は自分の利益のためなら、約束の一つや二つは破ってもいいと考えている。

律儀に約束を守るなど馬鹿のすることだ。

――むやみやたらに破るのもどうかと思うけどな。

交渉が終われば、次はパーティーだ。

そこだけは俺の出番というか、宇宙港を管理している俺に「パーティーの用意をするように」と命令が出ていた。

うちにはパーティーを専門とする頼りになる人物がいるため、丸投げするだけでいいので楽である。

――さて、俺もウォーレスが用意したパーティーを楽しむとするか。

◇　◆　◇　◆　◇

停戦交渉が無事に終わり、調印も済んだ後のパーティーは思っていたよりも和やかだった。

覇王国の連中は「遺恨なし！」という感じでパーティーを楽しんでいた。

帝国側の方が、僅かにピリピリした雰囲気を出しているだけだ。

官僚たちの多くが「軍人共が負けるから」という不満を隠し、パーティーには笑顔で参加していた。

覇王国の連中の方が、後腐れなく清々《すがすが》しささえ感じられた。

――もっとも、帝国領に侵攻して略奪の限りを尽くした連中だけどな。

俺はパーティー会場にマリオンを連れて参加している。

前世のアイドルのような衣装を着せ、その姿を見て笑ってやった。

マリオンの方は、ドレス姿が落ち着かないのと、俺への苛立《いらだ》ちから険しい表情をしている。

「本当に悪趣味ですね。この恰好の何が楽しいのか理解に苦しみますよ」

「そうやって嫌がるから面白いんだ。それに、女物の服装が嫌いなら性別を変えたらいいだろうに」

この世界では、性別だって自由に選べてしまう。

それをしない理由があるなら聞きたかったのだが、予想していなかった答えが返ってくる。

「僕は自分が大好きでしてね。今の性別にも不満を持ったことはありません。むしろ、誇らしく思っていますよ」

女性に生まれて良かった！　というマリオンに疑問を抱く。

「でも、お前は女が好きだろ？」

普段から「女を食い散らかしている！」と言いふらしていたから、実は男に憧れているのではないか？　と思ったが違うらしい。

「女の自分で女の子を愛したい。それが僕の願いです」

「理解できないな」

首を傾《かし》げる俺に、マリオンは鼻で笑う。

「男なんて汚らわしいだけですよ」

マリオンは自分の性別が好き。でも、女の子も好き。

だけど、男は嫌い、と。

「──クレオ殿下に随分と可愛《かわい》がってもらっただろうに」

俺が鎌をかけるような質問をしたのは、マリオンがクレオ殿下についてどこまで知っているかを調べるためだ。

マリオンは嫌なことを思い出したような顔で言う。

「弄ばれただけですよ」

その様子からは、クレオ殿下の秘密に気付いている様子は感じられなかった。

クレオ殿下は最後まで手を出さなかったのか？　それとも、マリオンを騙《だま》しきったのか？　どちらにしても構わないか。

俺は話題を変え、マリオンをからかうことにした。

「クレオ殿下を売らなければ、もしかしたら今頃は子爵家の当主になれたかもしれないのに残念だったな」

「――何もかもあんたのせいだ」

恨みがましい声を出すマリオンは、俺に罠《わな》にはめられたのが悔しくて仕方がないらしい。

ランディーたちのように、再修行させなかっただけでも温情だろうに。

「最初から負けていたのに、勝ち誇るお前は滑稽で面白かったぞ」

素直な気持ちを言ってやると、マリオンが頬を引きつらせていた。

あぁ、俺はお前のその顔が見たかったんだ。

俺を利用しようとする女は嫌いだが、手の平の上で踊らされている女は好きだ。

ついでに、利用価値のある奴《やつ》はもっと好きだ。

憂さ晴らしも済ませてスッキリした俺は、嫌な仕事の話を振る。

今後は嫌でも覇王国と関わる立場であるため、情報収集は欠かせない。

「それで覇王国の目的は？」

「いきなり仕事の話ですか？　相変わらず真面目ですね」

「俺のために働けて幸せだろ？　そのために生かしてやったんだ」

マリオンのやらかしは、暗殺されても仕方がないレベルであった。

生かしているのは、俺が利用するためだ。

俺の一存で生かされているのを知るマリオンは、言い返すのをやめたらしい。

マリオンは悔しそうに顔を逸《そ》らすのだが、頬をほんのり赤らめている。

「――本当に最低な人ですね。クレオ殿下より酷《ひど》い男じゃないか」

「俺を利用しようとしたお前が悪い。だが、今後は仲良くしたいと思っているよ。だから、親愛を込めてマリオンちゃんと呼んでやろうか？」

マリオンは耳まで赤くする。

「や、やめろぉ！　本当にやめてよぉ――恥ずかしくて死にそう――」

一度どん底まで落ちて拾い上げられただけに、プライドが折れたのか少し可愛くなった気がする。

――もう少し生意気な後輩のままでいたら良かったのに。

あぁ、新田《にった》君が思い出されて懐かしい。

マリオンと違って男で、可愛らしくはなかったけど。

ただ、俺を裏切らなかったという一点において、マリオンよりも勝っている。

「さっさと報告しろ」

交渉で発言権を与えられなかった俺は、蚊帳の外に置かれたので腹いせに色々と調べさせた。

調査員の一人はマリオンだ。

現地の人間であるマリオンには、地元ならではの伝手《つて》があったので調べさせた。

「――停戦で利益があるのは、別に帝国だけじゃありません。覇王国は王太子イゼルを失いましたからね。今後は荒れるでしょうね」

マリオンの話に俺は違和感があった。

「あん？　その後は肉親たちが軍をまとめて帝国に勝利しただろ？　随分と肉親を大事にする連中みたいだし、荒れるとは思えないぞ」

総大将が討ち死にしたのに、覇王国の軍隊はその後も戦って帝国軍を破っている。

その理由は、イゼルの肉親たちの奮戦である。

兄弟愛というやつだろうか？　そんな覇王国が、荒れるとは思えなかった。

マリオンは首を横に振る。

「覇王国を全く理解していませんね。総大将が死んだと聞いて、その下の艦隊を率いる司令官たちが何を考えたと思います？――ここで活躍して、次は自分が王太子になってやる、ですよ」

イゼルの死を悲しむことはなく、むしろ好機と考えたわけだ。

覇王国はやっぱり覇王国だな。

マリオンは何も知らない中央から派遣された官僚たちに視線を向ける。

停戦期間をもぎ取れたと浮かれているのが、腹立たしいようだ。

「僕から見れば停戦交渉は失敗ですよ。もっと覇王国の内情に詳しければ、失った惑星を幾つか取り戻せたでしょうにね」

これは官僚たちが無能という話ではない。

領地を奪われて無能に見えるが、彼らからすれば国境の領地がいくらか削られようが、覇王国相手に戦争をしない方が利益は大きい。

居住可能惑星や資源惑星を幾つか失おうとも、帝国にはまだ数多くの惑星が残っているのだから。

むしろ、今は他の星間国家との国境が気になって仕方ないだろう。

いずれ取り戻せればいい、程度の認識しか持っていないはずだ。

視線を地元の貴族たちや、国境に配置された艦隊の将官クラスに向ける。

マリオンと同じく苦々しい表情をしながら、官僚たちを見ていた。

帝国の中枢から官僚たちが出てきた以上、彼らにはほとんど発言権がない。

官僚たちを交渉下手、とでも思って怒りを募らせているようだ。

両者の溝は埋まりそうもないので、俺は覇王国の内情について話をする。

「イゼルの後釜を狙って、これからは肉親同士で内乱か」

「覇王国は、ここから血を分けた連中で骨肉の争いが始まるでしょうね」

「そのための時間稼ぎか」

「もっと欲張っても良かったと思いますよ。僕ならもっと交渉をうまくまとめる自信がありますね」

交渉の場に出ていないのにこの強気な態度だ。

「俺にいいように遊ばれた奴の台詞《せりふ》とは思えないな」

「あ、あんたは別枠だよ。敵対したのは失敗だったと反省しているさ」

それにしても覇王国もよくやる。

停戦を求めてきたのも、内輪もめに専念するため――実に覇王国らしい理由だな。

話し合っている俺たちのところに、背の高い女がやって来る。

黒のスーツはスカートではなくパンツで、歩き方からは武術をたしなんでいるのが伝わってくる。

体は女性らしいシルエットをしているが、服の下は随分と鍛え込んでいるようだ。

緩い癖のある長い赤髪と、覇気を感じる赤い瞳。

気の強そうな美女が俺たち二人のところにやって来る。

まとっている雰囲気は女王様？　だろうか？

女好きのマリオンが興味を示すかと思って視線を向けると、緊張した様子だった。

相手の女性はマリオンを気にも留めず、真《ま》っ直《す》ぐに俺だけを見つめてくる。

「俺に何か？」

「我は貴公に強い興味がある」

随分と独特な口調の女性は、それが似合うような雰囲気を持っていた。

武人という印象を感じていたが、中身も同様らしい。

帝国側の関係者ではなさそうなので、覇王国側の人間なのだろう。

「勝負でもしたいのか？」

挑発するような笑みを浮かべてやれば、女性は不敵な笑みを浮かべた。

「もちろん戦いたいとは思うが、今は別件だ」

か弱い女性を相手にするように接すれば、きっと激怒するタイプだ。

そう思って素っ気ない態度を取れば、嬉《うれ》しそうにする。

ただ、浮かべた笑みが獰猛《どうもう》な獣を想像させるのは――どうかと思うけどな。

「兄上――イゼルを殺した男をこの目で見たかった。あれは、妹の我から見ても傑物だった。兄上は我の誇りだったからな」

そんな優秀な兄を殺した俺を恨んでいるのだろう。

そのように考えたのだが、次の台詞は想像の斜め上をいく。

「感謝するぞ」

「――は？」

いきなりお礼を言われた俺は、聞き間違いを疑った。

チラリとマリオンの方を見れば、こちらも困惑しているので聞き間違いではないだろう。

女性は俺に微笑を向けてくる。

「イゼルを殺すのは我の予定だった。だが、おかげでより強い貴公という存在を知れた。兄上には感謝してもしきれないな」

兄を殺した男に感謝を言う――覇王国の人間はどうなっているんだ？

兄妹の情はないのか？

「お前、さっきは兄貴が誇りだと言わなかったか？」

「言ったな。我は今でも強かった兄上を尊敬しているし、それは今後も変わらない」

「そんな兄貴を殺した俺が憎くないのか？」

「貴公は兄上より強かった。それだけのことだろう？　負ける方が悪いのだから、殺されたところで何とも思わんな」

俺が困惑していると、女性が気付いたらしい。

「文化が違うのだったな。許せ。兄上は一騎打ちで貴公に負けたのだから、肉親として恨む気持ちは一切ない。我としては恨むよりも――」

女性の俺を見る目が熱っぽい。

僅かに緊張した様子の女性から伝わって来る。

女王様の仮面を脱ぎ捨て、女性らしい表情になった。

今にも告白してきそうな乙女の顔で宣言する。

「我は必ず這《は》い上がり、お前の前に立って勝負を挑む。その時まで壮健であれ」

「俺に勝負を挑みたいと？　いい度胸だ」

覇王国らしいな。乙女の顔で勝負を挑んでくるとか――もう慣れたよ。

そう思っていたのに、女性は続けてとんでもない爆弾発言をする。

「それから——我は貴公の遺伝子を所望する！」

パーティー会場に響き渡る声量での発言は、当然のように周囲の視線を集めた。

俺の脳が、一瞬だが理解を拒んだ。

しかし、拒んでも事実は変わらない。

「な、何を言い出すんだ？」

いきなり現われた覇王国の美女が、俺の中でティアやマリーと同じカテゴリーに分類される。どうして見た目はいいのに、残念な奴らばかり俺の周囲に集まってくるのか？

女性は顔を赤らめ、身をよじって恥ずかしそうにする。

——もっと自分の発言を恥じて欲しい。

「二度も言わせるのか？　貴公は意地が悪い。だが、もう一度言わせてもらうぞ。貴公の強い遺伝子で我が子を産みたい」

恥じらうポイントがズレている女性に、俺は真顔で答える。

「断る」

「何故《なぜ》だ？　男は出すだけでいいから楽なはずだが？」

本当に不思議そうに首をかしげる女性を前に、マリオンがわざとらしい咳払《せきばら》いをする。

ナイスだ、マリオン！

「華やかなパーティーでするような話題ではありませんね。これ以上は無粋だと思いますよ、覇王国の姫君」

マリオンの言葉に俺は驚いた。

え、こいつが覇王国の姫なの!? 確かにイゼルの妹と名乗っていたが、こんな奴《やつ》が姫様とか覇王国は大丈夫なのだろうか?

いきなり知らない男に「お前の子供を産みたい!」と言い出す姫とか、俺は嫌だぞ。

女性は何かを理解した様子で、小さくため息を吐《つ》いた。

「失礼した。しかし、我の国では普通の告白なのだが、余所《よそ》では通じないのか。これがカルチャーショックというやつだな」

「ショックを受けたのは俺の方だよ」

あまりの驚きに、素で発言してしまった。

初対面の相手に遺伝子をくれとか、どうしたらそんな思考になるのか?

女性がここではじめて名乗る。

「我は【アリューナ・バランディン】だ。帝国の勇者、リアム・セラ・バンフィールド殿、気が向いたらいつでも覇王国に来るといい。我の子宮は貴公の遺伝子で予約済みだ」

ウインクをして去って行く姿は美しかったのだが、最後の台詞が酷すぎて何もかも台無しにしていた。

酷い。酷すぎる。こんな告白をされるなんて思いもしなかった。

「絶対に行かない」

ここ最近で一番驚かされてしまった。

宇宙は広いな。いきなり遺伝子を寄越《よこ》せと言われたのははじめてだ。

知らない間に遺伝子を回収された経験はあるけどな。

マリオンが引きつった笑みを浮かべている。

「思い出しましたよ。覇王国では強者の遺伝子を欲しがるそうです」

「先に言えよ！　ビックリしただろ」

「いえ、僕も覇王国式の告白にはじめて遭遇したもので。それより、リアム先輩は今なら覇王国で大人気ですよ」

大人気だから何だと言うのか？

アリューナみたいな女に遺伝子を寄越せと言われるなら、行きたくない。

というか、俺の遺伝子を求めてくる女はろくな奴らじゃない。

ティア、マリー。

今後はそこにアリューナも加わった。

あの二人と同じ分類に食い込んでくるとか、そういう意味では逸材かもしれないな。

「興味ない」

「それは何よりです。それから、リアム先輩はいつ首都星に戻るんですか？　僕も連れて行ってくださいよ。誰かさんのせいで、実家に戻れなくなってしまったんですよ」

「お前の場合は自業自得だけどな。戻りたいならパーティーが終わったらすぐに支度を済ませておけ」

◇　◆　◇　◆　◇

首都星の後宮。

クレオが暮らしている高層ビルにやって来たのは、憤慨したアナベル夫人だった。

部屋に入ってくるなり、金切り声をあげる。

「これはどういうことなのか説明しなさい！」

アナベル夫人は、甥《おい》っ子《こ》であるランディーが修行のやり直しを言い渡されたのが不服なのだろう。

ランディー本人だけではなく、自分の醜聞にも関わるため腹を立てている。

また、ラングラン侯爵家から依頼を受けて、クレオに直談判《じかだんぱん》するために乗り込んできたのだろう。

執務室で電子書類を処理していたクレオが、手を止めて顔を上げる。

「何の用件ですか、母上？」

白々しい態度を取るクレオに、アナベル夫人は怒りで震えていた。

「しらばっくれて！　あなたの従兄弟《いとこ》であるランディーの件です！　修行のやり直しなど撤回しなさい！」

強気に出ればどうにかなると思っているアナベル夫人に、クレオは左手を軽く握りしめた。

クレオが自分の騎士であるリシテアに視線を向けると、こちらは大きなため息を吐いている。

実の娘であるリシテアなど、眼中にないという態度のアナベル夫人にクレオは静かに怒りを募らせる。

「横領は罪ですよ」

ランディーが悪いと言うが、アナベル夫人は納得しなかった。

「横領なんて誰でもしているわよ！　大げさに騒いで、それで自分の後ろ盾を失うなんて馬鹿な真似《まね》をして！」

誰もがやっていることだ、と反省しないアナベル夫人にクレオは失笑する。

「この俺が馬鹿ですか。それが母上の俺に対する評価なのですね」

クツクツと笑うクレオを見て、アナベル夫人は背筋が震えたようだ。

赤い顔が青くなる。

その様子を見て、クレオはゆっくりと説明するが——その口調は冷たい。

「ラングラン侯爵家など最初から頼るつもりはない」

「何ですって？」

「調子がいい時にすり寄ってきて、後ろ盾だと言い張る。何とも都合のいい連中だ。これまで俺になど興味も示さなかったのに」

クレオの雰囲気が変わると、アナベル夫人はしどろもどろになる。

強気の態度は消え失《う》せ、言葉を選んでいるらしい。

「ち、違うのよ、クレオ。本当はずっと気にかけていたのよ」

「あなたは昔から、俺たちのことに興味がないでしょ。セシリア姉さんが婚約したのを知っていますか？　リシテア姉さんが俺の側《そば》にいるのに、話しかけようともしない。結局、あなたはそういう人なんですよ」

自分たちを蔑《ないがし》ろにしておいて、今更母親面か？　そんなクレオの言葉に、アナベル夫人は何も言い返せなくなる。

セシリアが婚約したことも、リシテアが側にいるのも、実の母親でありながら一切興味がなかったのは図星のようだ。

「俺が喜んであんたに従うと本気で考えていたなら、随分とお目出度《めでた》い頭をしているな」

「親に向かって何て口の利き方をするの！　そもそも、お前なんか――」

アナベル夫人が言い終わる前に、リシテアが会話に割り込んでくる。

端末で来客を確認していた。

「クレオ、バンフィールド伯爵が到着した。すぐにでも面会したいそうだ」

リシテアがリアムの名前を出したことで、アナベル夫人も気が付いた。

「まさか、わたくしたちを裏切っていたの!?」

リアムがこの場にやって来ると聞き、裏切られたと反応するアナベル夫人にクレオは憐《あわ》れみのこもった視線を向ける。

「最初に俺たちを裏切ったのはそちらでしょうに。そもそも、バンフィールド伯爵は俺が辛《つら》い立場の頃より支えてくれた支援者ですよ。そんな彼と自分たちが釣り合うと、本気で考えていたのですか？」

冷笑を浮かべるクレオを見て、アナベル夫人が手を握りしめる。

「ち、血の繋《つな》がりを無視すると痛い目に遭うわよ」

血縁者を蔑ろにする者は、貴族社会で信用が得られない。

だが、それはラングラン侯爵家――アナベル夫人も同様だ。

クレオは笑わずにいられなかった。

「ハハハッ！　最初に俺たちを捨てた癖によく言いますね。――そもそも、血の繋がった者たちで殺し合っているのに、今更何を言っておられるのですか？」

皇帝の後継者争いで大勢が命を失っている。

クレオにとっては今更だった。

アナベル夫人は、最初からクレオに信用されていなかったと聞いて唖然《あぜん》とし、そして絶望した顔をする。

だが、最後の意地で不穏な発言をする。

「お前が思っているよりも帝国の闇は深いわよ。いったい誰がお前の命を狙っているのか知れば、きっと絶望するわよ」

笑い出すアナベル夫人を残し、クレオとリシテアは部屋を出ていく。

◇　◆　◇　◆　◇

「今回は助かったよ」

リアムと面会したクレオは、感謝の言葉を述べる。

テーブルを挟んで向かい合って座る二人は、紅茶とお菓子を前に世間話をするように今回の一件について話をしている。

リアムは覇王国と戦ったというのに、普段と変わらない様子で言う。

「こっちも楽しめたので問題ありません。ランディーへの悪戯《いたずら》も成功しましたからね」

職場を一つ潰してこの言い草である。

しかも、ランディーに対しての行いは悪戯、で片付けられるものではない。

「あれを悪戯と言う伯爵は恐ろしい男だな。ランディーは二度と立ち上がれないだろうね」

今後、貴族社会にランディーの居場所はない。

リアムがそこまで追い詰めたのだが、本人はそれを悪戯としか認識していなかった。

クレオは内心では、そんなリアムが羨ましくて仕方がない。

(君はいつも余裕があるな。どんなことにも動じない)

今回の一件だが、最初からクレオはリアムに相談していた。

ラングラン侯爵家も、マリオンも、全て動きをリアムに伝えていた。

「ラングラン家が俺の後ろ盾になる話をした際、君は好きにさせろと言っていたね。こうなることを予想していたのかな？」

リアムはカップを置くと、わざわざ面倒なことをした理由を説明する。

その表情はいつになく真剣だった。

「ラングラン家を裏で操っている者を探っていました。第一候補はカルヴァンでしたが、どうやら違うようです」

カルヴァンが関わっていないと知り、クレオは他の者の手助けでラングラン家が動いたのだろうと結論づける。

そして、カルヴァンについて話をする。

「カルヴァン兄上も大変だよ。戦争に負けてしまったが、君が総大将を討ち取ったから余計に立場が悪くなっている」

カルヴァンが負けただけなら何の問題もなかったが、リアムがイゼルを討ち取ってしまったために面倒になっていた。

最初からリアムを出していれば、戦争に勝てていたのではないか？

そんなことを言い出す者たちが、首都星にも増えている。

覇王国からの撤退を決めたカルヴァンは、より苦しい立場に立たされていた。

「カルヴァンは運がないですね。疫病神が側にいるのかと思うほどですよ」

リアムの冗談にクレオが笑う。

ただ、その次の言葉には笑えなかった。

「あ、そうだ。ラングラン家の後ろ盾ですが、皇帝陛下でしたよ」

「――何だと？」

「うちの暗部がしっかり調べてくれました。アナベル夫人も皇帝陛下が後ろ盾なら強気な態度を見せるわけですね」

何でもないように言うリアムを前に、クレオは驚きを隠せない。

アナベル夫人が言っていた帝国の闇を、すぐに知ることになるとは思っていなかったのもある。

だが、一番恐ろしいのは――。

「父上が俺を殺したがっているのか!?」

――アルグランド帝国皇帝が、自分を蹴落とそうとしていると知ったから。

「本当の敵が判明しましたね。真の敵は皇帝陛下でしたよ」

のんきに紅茶を飲んでいるリアムを前に、クレオは震えが止まらなかった。

「――父上が敵ならば、俺の地位など簡単に吹き飛ぶぞ」

勝てるわけがない！　そんな気持ちに支配されるクレオとは対照的に、リアムは落ち着いていてどこまでも頼もしい。

「そうさせないための俺ですよ。まぁ、今は力が足りませんからね。しっかりと勢力拡大に努めましょう」

今は力を付けるべき、と普通のことを言う。

クレオが呆気《あつけ》にとられていると、リアムが作り笑いを浮かべた。

「──それはそうと、困っている弱小貴族たちに恩を売っているそうですね」

リアムの目つきが鋭くなると、クレオはこれまで考えてきた言い訳をする。

落ち着いて、悟られないように。

「ラングラン家の目を誤魔化すためだよ。君からの支援を散財するように使い、関係が悪化しているように見せていたのさ。リシテア姉上にも今回のことは黙っていたからね。信じ込ませるための演技だよ。演技。だが、君にまで黙っていたのは謝罪しよう」

普段よりも口数が増えてしまっていたが、リアムは咎《とが》めるつもりはないらしい。

「別に構いませんよ」

弱小貴族たちに支援をしているのは、クレオの判断である。

そこには明確な理由があるのだが、リアムには教えられなかった。

ラングラン家や、リシテアの目を欺くための演技ではない。

(君は本当に強いよ。何でもできて、俺など──私などただのお飾りなのだろうね。だが、いつかは──)

クレオがラングラン家を頼らなかった理由は、リアムに勝てると思わなかったからだ。

そして、クレオは今回の一件を利用して弱小貴族たちに恩を売った。

リアムではなく、自分に恩を感じて忠誠を誓う者たちを集めるためだ。

いずれ自分の影響力を強めるために、クレオは準備に入っていた。

紅茶を飲むリアムを前にして、クレオは笑顔を向けながら腹の中では冷徹な顔をしていた。

（俺はお前のお飾りのままでは終わらないよ、リアム）

第二十一話　案内人とグドワール

グドワール覇王国では、イゼルの後釜を巡って早くも権力争いに熱が入り始めていた。

次の王太子に——次代の覇王に相応《ふさわ》しいのは誰なのか？

王族ばかりではなく、我こそは最強と名乗りを上げる貴族や平民たち。

この機に力を示して成り上がろうとする者も現われていた。

既に各地で小競り合いが起きている。

帝国との戦争後ということもあり、争いの規模は大きくはない。

だが、国内の誰もが今後荒れるだろうと予想していた。

混沌《こんとん》とする覇王国。

そんな覇王国の首都星にあるコロシアムを思わせる闘技場では、グドワールが八本の脚を伸ばして鞭《むち》のように振るっていた。

振るう相手は、帽子姿の案内人だった。

「痛い。痛いからやめて！」

叩《たた》かれている案内人は、へこみ、吹き飛び、転がって砂で汚れている。

激高しているグドワールには、案内人の言葉は届いていない。

「イゼルは俺の僕《しもべ》になれる人間だったのに！　お前のせいで、お前のせいで！」

案内人が余計なことをして育てたリアムに、イゼルが殺されてしまったのが我慢ならないらしい。

八本の脚をウネウネさせて、頭部を真っ赤にして口から蒸気を吐き出す。

その姿を見上げる案内人は思う。

（ふざけやがって。自信満々にするから期待したのに、お前のところの秘蔵っ子はリアムに勝てなかったじゃないか。何が最強だよ。肩透かしだよ）

腹立たしいが、今の自分ではグドワールに勝てないのも自覚していた。

案内人は下手《したて》に出て、何とかグドワールをなだめようとする。

「グドワール、気持ちは理解しますよ。けれど――」

「俺の気持ちがお前に理解できるものか!!　イゼルを育てるためにどれだけ俺が見守ってきたと思っている？　あいつがギリギリ達成できそうな苦難を与え、乗り切る度に興奮してきた。時に無理と思える困難もあいつは乗り切ってきたのに！　奇跡を何度も重ねて大事に育ててきたのに！」

奇跡が幾度となく重なり誕生したイゼルという存在は、グドワールとて容易に生み出せない。

案内人は何故《なぜ》か嫌な予感がしてきた。

見方を変えれば、案内人もリアムに超えられない試練を幾度も与えてきた。

それを乗り越え、育ったのがリアムである、と。

（超えられない困難を与えてきたのに、それを乗り切るリアムって何なんだ⁉　イゼル以上に厄介極まりない存在じゃないか‼）

案内人も、イゼルを育てるために、グドワールは苦労を重ねてきた。

リアムが次々に自分の罠《わな》を乗り越えるので苦労させられてきた。

超えられないはずの試練を平気な顔で乗り越え、リアムは案内人に感謝してくる。

案内人にしてみれば、恐怖以外の何物でもない。

（これは、下手に手出しをしない方が正解なのではないだろうか？）

正解に辿《たど》り着こうとする案内人だったが、グドワールのたこ足が襲いかかってへこむ。

「へあっ⁉」

変な声を出してプルプルと震える案内人に、グドワールが命令をする。

「お前にも手伝ってもらうぞ。まずは、リアムを殺すために、代わりの戦士を用意する。それから最高の兵器だ！」

イゼルを失ったグドワールは、リアムへの復讐《ふくしゅう》を考えていた。

案内人はへこんだ帽子を戻し、小さな手で砂を払う。

（そんな計画でリアムが倒せるなら苦労するかよ）

リアムが死ぬまで遠くに逃げようと考えていた案内人だが、グドワールに捕まってしまいそれも不可能になってしまった。

グドワールは空に向かって叫ぶ。

「リアムは必ず俺様が殺してやる!!」

案内人は恐る恐る聞く。それは一つの疑問だった。

「リアムのような強い者なら気に入ると思ったのですが?」

グドワールにリアムを押しつけて逃げ出したい案内人だが、それは許されなかった。

「——俺が育てた戦士じゃないから、あいつは別枠だ」

「あ、そうですか」

どうやら、自分が育てた戦士以外は認めないらしい。

グドワールがたこ足を伸ばして案内人を持ち上げる。

「お前にも協力してもらう。逃げたら——必ず追い詰めて消滅させてやるからな」

「ひっ!」

リアムにこだわったために、逃げられなくなった案内人は逆恨みをする。

(どうして私がこんな目に! これというのも、全てリアムが悪い。おのれ——おのれリアム!)

復讐の気持ちを新たに、案内人とグドワールの魔の手がリアムに伸びようとしていた。

◇　◆　◇　◆　◇

首都星に戻ってきた俺は、クレオ殿下との面会を終えてホテルに帰った。

待っていたのは、満面の笑みを浮かべるロゼッタだ。

「ダーリンお帰りなさい！」

飛び付いてきたロゼッタが、俺の首に腕を回して体を密着させてくる。

大きな胸が当たっているとか、いい匂いがするとか——そんなのはどうでもいい。

ただ、恥ずかしくて仕方がない。

打算のない好意を向けられるとムズムズする。

「は、放せ」

「ダーリン、聞いて。あのね！」

「後で聞く。それよりも部屋に行くから誰も通すなよ」

俺から離れてしょんぼりするロゼッタを見ていると、何だか忘れた罪悪感が呼び起こされてくる。

幼年学校時代の鋼の精神——あの頃の君を取り戻して欲しい。

「——すぐに終わる。三十分後に話を聞いてやるから、お茶の用意をして待っていろ」

目に見えて表情が明るくなるロゼッタは、俺に笑顔を向けてくる。

「すぐに用意するわね！」

パタパタと走り去っていくのだが、あいつは自分でお茶の用意をするつもりか？　お前、公爵夫人になる人間が、それでいいのか!?

ロゼッタが去って行くと、慌てて側付《そばづ》きのシエルが追いかけていた。

まった。

――しまった。シエルをからかおうと思っていたのに、ロゼッタを追いかけて行ってしまった。

俺たちの様子を見ていた天城《あまぎ》が、話しかけてくる。

「それでは、旦那様の部屋には誰も通しません」

「天城は良いぞ」

用意された執務室へと向かうと、待っている人物がいた。

――ククリだ。

膝をついており、その側には俺が名前を付けたクナイの姿もある。

ククリは俺が椅子に座るのを待ってから、報告をはじめた。

「覇王国の調査結果をご報告いたします。マリオンの情報は間違ってはおりませんでした。覇王国は次代の覇王を決めるために内乱に突入しております」

マリオンの情報を鵜呑《うの》みにはしない。

当然のようにククリたちを使って調べさせたが、結果は同じだった。

「今なら戦えば勝てるな」

停戦期間を無視して攻め込むか？　そんな風に考えていると、ククリが冷静に言う。

「覇王国に限れば勝てるでしょう」

ククリは、覇王国以外にも危険があると考えているようだ。

何か情報を手に入れたのだろう。

俺が黙っていると、ククリが先を説明する。

「覇王国との戦争で疲弊した帝国を狙う動きがございます。周辺国は活発に動いておりますが、中でもパラレル連邦の動きが顕著でございます」

パラレル連邦――いくつもの独立した星間国家でできた巨大星間国家は、共通ルールを持った星間国家の集まりだ。

連合王国と同じようなものだが、違いがあるとすれば大統領制ということだな。

貴族が存在していない。

ルストワール統合政府と似ているが、違いがあるとすればまとまりが強くないことだ。

「パラレル連邦とは伝手《つて》がないな」

個人的な繋《つな》がりがないため、情報を得るのは苦労しそうだ。

だが、バンフィールド家が駆り出される確率は低い。

ククリがその辺りの事情を説明してくれる。

「バンフィールド家からは遠く、戦争が起きた場合も駆り出される心配はありません。今回は、グドワール覇王国との争いに参加しましたからね」

俺はグドワール覇王国と戦い、武功も上げているので今回は免除される可能性が高い。

参加しろと言われたら、資金や資源を出してお断りするつもりだ。

「しばらくは領地に引きこもれるな」

長い修行期間も終わり、後は好き勝手に動ける。

これからが本番だと意気込んでいると、天城が俺に水を差してきた。

「そうですね。旦那様も、領地に戻ってロゼッタ様との結婚式を行いましょう」

「――え？」

「修行が終われば一人前の貴族です。そして、旦那様はロゼッタ様と結婚すれば、そのまま公爵に陞爵《しょうしゃく》です。旦那様の望みが叶《かな》いますね」

かつての俺は、公爵になりたいからロゼッタとの結婚を決めた。

だが、いざとなると困ってしまう。

「そ、そうだった」

というか、忘れていた。俺はロゼッタと結婚しなければならなかったのだ。

あいつの実家の爵位は欲しいが、今のロゼッタと結婚していいのだろうか？

あの鋼のような反骨精神を持ち合わせたロゼッタではなく、今のチョロいロゼッタで本当に俺は満足するのか？

しかし、ここでロゼッタを捨てると、貴族社会で俺の評判は地に落ちる。

それはランディー以上に取り返しがつかない。

俺の反応を見て、天城が目を細めた。

「この期に及んで逃げるつもりではないでしょうね？　許しませんよ」

ククリとクナイは、俺のナイーブな話題に関わりたくないのか黙っていた。

お、お前ら、こういう時は主人を助けろよ！

だが、天城に言われては俺も逆らえない。

「そ、そんなことはないぞ！　戻ったら結婚式だ。そう、戻ったらな！」

せっかくの修行期間――色々とあって遊べなかった俺は、もう少しだけ独身時代を楽しみたい。

ロゼッタには悪いが、数年は我慢してもらうとしよう。

何か理由を付けて首都星に残って遊んでやる！

俺が今後の計画を練っていると、ユリーシアから通信が入った。

この場の雰囲気から逃げるために通信に出ると、意外な客人たちの来訪を知らせてくる。

『リアム様、エクスナー男爵とクルト様がお見えになりましたよ。直接面会したいそうですが、どうしましょうか？』

男爵とクルトが？

◇　◆　◇　◆　◇

ホテルの応接間を借りてエクスナー男爵に面会すると、修行が終わって正式に軍人として働いているクルトの姿もあった。

相変わらず高身長の爽やかイケメンのクルトだが、その顔は苦々しい表情をしている。

そして、エクスナー男爵は俺の前で――何故《なぜ》か土下座をする。

「リアム殿、本当に申し訳ない！」

何度も床に頭をぶつけて謝罪してくるエクスナー男爵の横には、クルトに睨《にら》まれているシエルの姿があった。

シエルは涙目で俯《うつむ》いており、きつく叱られた後らしい。

俺はエクスナー男爵の土下座を前に戸惑っていた。

「どうしたんですか、男爵？　とにかく、ソファーに座ってください」

だが、エクスナー男爵はソファーに座ってくれなかった。

「それはできない！」

エクスナー男爵が本気で焦って謝罪してくるので、俺はシエルを睨み付けているクルトに視線を向けて説明を求めた。

クルトは俺に対して心から申し訳なさそうにしている。

「すまない、リアム」

「だから、何があったんだよ？　説明しないとわからないぞ」

クルトは苦々しい表情をしていた。

今回の一件、どうやらかなり重い話のようだ。

「――シエルが、君に隠れてロゼッタの親衛隊に口出しをしていたんだ」

「お、おぅ」

クルトに叱られたらしいシエルが、両肩をビクリと動かした。

ついに知られてしまった、という絶望感にでも包まれているのだろうか？

――ごめん、それ知ってた。なんて言い出せない雰囲気だ。

そもそも、シエルが何をしても俺に情報は筒抜けだった。

ロゼッタに足りない反骨精神を持つポンコツのシエルは、俺にとって癒しそのものだ。

それなのに、どうしてエクスナー男爵やクルトが、シエルの行動を知っていたのか？

いや、それよりも問題は――。

「謝罪しても足りないのは理解している。ここは、私が責任を取る！　その、大変恐縮だがクルトに私の跡を継がせるのは認めて欲しい。賠償金はクルトの代になっても必ず払わせる」

責任を取って当主の座を降りるだけならどうでもいいが、エクスナー男爵の口振りと雰囲気からは自らの命も賠償に含まれている気がした。

そんなの困る！　俺たちは大事な悪徳領主仲間じゃないか！

クルトがシエルを睨んでいた。

「お世話になっている家で、ここまで好き勝手に振る舞うなんてあり得ない。リアム、僕からも謝罪させてくれ。本当にすまない。――シエル、君も謝るんだ」

泣き腫らした目で頭を下げてくるシエルだが、まだ俺への反抗的な気持ちを残していた。

いいぞ、お前はそれでいい！　そんなお前が俺は大好きだ！

だから折れるなよ。折れてくれるなよ！

シエルの心が折れていなかったことに、俺は心から安堵《あんど》していた。

だが、クルトはシエルの扱いを決めていたようだ。

「リアムが許してくれるなら、妹は絶縁した後に辺境に送ろうと思うんだ。リアムが許せないなら——その時は君の判断を受け入れるよ」

それって連れて行くってことか!? 今、俺の手元にいる女性の中で、シエルほどの癒し枠はいないんだぞ! チノは別枠だし、エレンは弟子枠で——だ、駄目だ。

シエル以上の人材はいない!? バンフィールド家の人材難に戦慄を覚える。

「クルト——お前はいいのか? 妹だろ?」

妹のシエルは可愛《かわい》いよな? もっと罪を軽くして欲しい、って俺に頼んでくれるよな?

麗しい兄妹愛を期待していたのだが、今回のクルトは本気で怒っているようだ。

「妹だからこそ厳しい処罰をするべきだと考えている。——大丈夫だよ。リアムの判断には従うし、恨むことはない」

そこはもっと粘れよ! 可愛い妹の命をもっと大事にしろよ!

どうする? どうやってこの状況を乗り切る?

混乱する俺の横では、話を聞いていたロゼッタが俺に懇願してくる。

「ダーリン、わたくしからもお願いするわ。シエルの命だけは助けてあげて欲しいの。わたくしもシエルの指導に関わってきたのだから、責任があると思うの。どうか、もう一度だけチャンスを頂戴!」

ロゼッタがシエルの助命を願い出てくるが、そんなの最初から決まっているんだよ！

この場で一番大事なのは、シエルを俺の手元に残すことだ。

だが、理由は？

正当な理由がない限り、今のエクスナー男爵とクルトが納得するとは思えない。

俺はエクスナー男爵に近付いて声をかける。

「男爵――幾らですか？」

「賠償額ですか？　それなら、リアム殿と相談したいと――」

「いえ、違います。シエルを幾らで許してくれますか？」

「は？」

エクスナー男爵は何を言われたのか理解できなかったのだろう。

俺は、丁寧にエクスナー男爵に説明する。

「シエルは許します。そして、今後も当家でしっかり教育させて欲しいのです。こんな形で放り出すなんて、俺の評判に関わりますからね。――それで、幾らで男爵は納得してくれるのですか？　五千ですか？　一万？」

ちなみに、ここでいう五千は桁をいくつも省いた数字だ。

当然、男爵だって理解している。

「え？　いや、うちは貰《もら》えませんよ!?　払う側じゃないですか!?」

お前は大人しく受け取ればいいんだよ！

そして、シエルは置いて行け！

「ならば、二万でどうです？　そうだ。軍に知り合いが沢山いるので、クルトのことをよろしくと伝えておきますね」

エクスナー男爵が首を横に振る。

「いやいやいや、受け取れません。シエルを引き取って、正式に謝罪をさせてください」

「っ!? ──わかりました。即金で五万払いましょう。軍にもクルトのことを頼んでおきます。えぇ、それはもう、どんな圧力だってかけてやりますよ！　二階級特進は確約しましょう！」

二階級特進と聞いて、クルトが俺たちの会話に割って入ってくる。

「縁起が悪いからやめてよ！　戦死すると二階級特進するから、縁起を気にする軍人たちは嫌がるんだよね。

「わかった。──三階級だ。俺でもこれ以上は難しい」

「違うよ、リアム!?　昇進させなくていいんだよ。僕たちは、シエルを連れ帰って責任を取る立場だからさ！」

シエルも困惑しているが、その横でロゼッタが諭していた。

「──いい、シエル。ダーリンは優しいから今回のことを許すのよ。本来なら、追い出すのが普通なのよ。それだけのことをしたと、しっかり自覚しなさい」

「は、はい」

納得できていないシエルだが、ロゼッタに言われれば従うしかない。ただ、ここで心を入れ替えるとか、そんなことをしたら追い出してやる。

頼むから、俺への反骨精神だけはなくさないで。

俺は男爵に念を押す。

「男爵、よろしいですね？　この件は片付いたということで」

「――リアム殿がそれでいいのなら」

理解できないという顔をするエクスナー男爵が、ようやく俺の提案を受け入れてくれた。

一安心だが、どうしてシエルの件が外部に漏れたのだろうか？

俺の楽しみを奪う奴《やつ》がいるとか、絶対に許せない。

◇　◆　◇　◆　◇

別室に移動したエクスナー家一同は、リアムの寛大な処置に安堵していた。

エクスナー男爵が、泣いているシエルに言う。

「シエル、お前はリアム殿の何が気に入らない？　あの方は若いが、貴族としては手本とすべき人だぞ。そんな人に迷惑をかけるなんて、一体何を考えているんだ？」

ソファーに座っているシエルは、両手を膝の上で握りしめた。

「――申し訳ありませんでした」

なんて)

(お父様は何も理解していない。あの男が――リアムが悪党であると少しも疑っていない

外面のいいリアムは、周囲から貴族の中の貴族である！　と高い評価を受けていた。

だが、シエルは知っている。

リアム自身が、自らの人間性をシエルに暴露したのだから。

(あいつは民が苦しむ姿を見たいから、って理由で増税するような奴なのよ。名君と呼ばれているけど、みんな騙《だま》されているわ)

シエルの不満が顔に出ていたのか、エクスナー男爵は深いため息を吐《つ》いた。

二人の様子を黙って見ていたクルトが、覚悟を決めたように口を開く。

「父上、こうなればシエルの代わりに僕が性転換をしてバンフィールド家に仕えますよ。このままでは、あまりにもリアムに対して申し訳ないです」

突然のクルトの提案に、シエルは目を見開いた。

(何てことを言い出すの、お兄様!?　きっとお父様も困惑して――あ、あれ？)

エクスナー男爵が困惑すると思っていたのだが、どうやら真剣に受け止めていないようだ。

クルトの提案を、焦って口から出た失言と思ったのだろう。

だから、軽いノリで注意をする。

「お前はセシリア皇女殿下と婚約しているじゃないか」

「あ、いえ、その——」

言い淀《よど》むクルトに、エクスナー男爵は苦笑しながら言う。

「責任を感じて何とかしたいと焦る気持ちもわかる。だが、お前はうちの跡取りで、今は帝国軍の軍人であり騎士だ。お前は自分の仕事に専念しなさい」

「そう、ですね」

クルトが苦笑しているのを見て、シエルは見抜いてしまう。

(違う!? 今のお兄様の発言は本気だったわ!! 本気で性転換をして、私と立場を入れ替えようと考えていたわ!!)

大好きなお兄様を側《そば》で見てきたシエルには、クルトの感情が読み取れていた。

クルトがシエルに顔を向け、今までしたことがない冷たい目をする。

「シエル、君は自分が幸運であると自覚するべきだよ。リアムの側で教育を受けられるなんて、光栄なことなんだから」

その瞳には嫉妬を煮詰めたような感情が宿っていた。

シエルにはクルトの声が聞こえたような気がする。

——羨ましい。僕とその立場を変わって欲しい、と言っているような気がした。

それは間違いではないのだろう。

シエルは冷や汗を流し、口をパクパクとさせる。

(どうしたのお兄様!? リアムと会わずに数年過ごしていたのに、どうしてよりドロドロ

とした感情を抱くの!?　むしろ、関係が薄れてくれていると思っていたのに!!)

リアムが代官として派遣され、二人が顔を合わせる機会は減っていた。

そうしている間に、クルトの変な熱も冷めるだろう、などとシエルは予想していた。

だが、シエルの予想は大きく外れたばかりか、大好きだったお兄様から冷たい視線を向けられるほど嫉妬されるという展開を迎えてしまった。

(こんなに近くにいるのに、お兄様の存在がどんどん遠くに行く気がする)

シエルが涙を流すと、エクスナー男爵が首の後ろに手をやる。

「とにかく、今後もシエルはバンフィールド家預かりだ。リアム殿が、シエルを気に入ってくれているようで安心したよ」

その後、エクスナー男爵は不用意な発言をしてしまう。

「これはもしかすると、シエルは側室入りをするかもしれないいな」

笑いながら言うエクスナー男爵の視界から外れた場所で、クルトが目を見開いて驚いた顔をしていた。

ショックを受けたような顔をすると、それが自分でもおかしいと気付いたのだろう。

男性と女性の自分が、クルトの中でせめぎ合っているような——葛藤するような顔をしていた。

シエルは余計に涙が出て来る。

(戻ってきてお兄様!!　今なら間に合うから!!　お姉様にならないでぇぇ!!)

エピローグ

危なかった。

俺のシエルが、連れて行かれるところだった。

一体、どこから情報が漏れたのだろうか？

ククリたちが俺の命令を無視するとは思えないし、そもそもシエルは放置していても問題ない存在だ。

俺を嫌って邪魔しては来るが、あいつの能力ではたかが知れている。

そして、善人であるが故に取れる手段も限られていた。

あいつが悪党ならば、俺はすぐに排除していただろう。

善人だから生かし、側に置いて抱えているのだ。

俺にとってシエルは、手の平の上で転がすのに丁度良い女だからな。

代わりなど簡単には見つからないし、探してまで側に置くのは違う気がする。

天然だから価値がある。

権力を握った俺に、媚《こ》びず、めげず、諦めない。

そんな希少性の塊みたいな存在がシエルだ。

「それにしても、一体どこから情報が漏れた？　ククリたちに調べさせるか？」

執務室で情報が漏れたことに危機感を覚えていると、資料を持ったユリーシアが入室してくる。

「リアム様、ロゼッタ様の親衛隊の件でご相談があります」

仕事モードのユリーシアは、スカートのスーツ姿で普段よりも仕事ができる女という雰囲気を出していた。

普段からもっと真面目に働けと言いたいが、真面目になると個性がより薄まってどうしようもない気がするな。

「ロゼッタの？」

資料に目を通せば、面白みのない普通の親衛隊が出来上がっていた。

悪くはないが、良くもない。

手堅い親衛隊を組織するようだが、これでは面白みがない。

「ロゼッタらしい親衛隊だな。無難すぎてつまらない」

「これでも頑張ったんですよ」

ユリーシアが評価されずに拗《す》ねるのだが、世の中は頑張ったとか無意味だ。

「世の中、努力よりも結果だ。結果を出せ」

「酷《ひど》いです！　それに、今回は結果だって出したのに！」

ロゼッタのサポートに加えて、惑星アウグルにグラーフ・ネヴァンを届けた仕事ぶりは確かに頑張ったし、結果として認めてもいいだろう。

しかし、結果的にグラーフ・ネヴァンは没収されてしまった。

「没収されたからノーカウントだ」

「それはリアム様の責任じゃないですか！」

「報酬は用意したんだから文句を言うんじゃない！」

「心はお金で買えませんから！」

「――お前の心は買えそうだけどな」

普段は同僚にマウントを取るためだけに、俺の金を散財している癖にこの台詞《せりふ》だ。

俺の金で高級ホテルに寝泊まりし、俺の金でブランド物を買い漁《あさ》り――いや、それだけやっても俺の稼ぎからすると慎《つつ》ましいレベルだったわ。

むしろ、機動騎士と戦艦を用意させた俺の方が散財している気がする。

まぁ、俺の金なので誰にも文句は言わせないけどな。

「簡単に買えると思ったら大間違いですから！」

段々と面倒になってきたので、俺は話を切り上げることにした。

「どうでもいいが、俺が求めているのは結果だ。ロゼッタの件もそうだが、他でも結果を出せ」

話は終わり！　という雰囲気を出したのに、ユリーシアは空気を読まずに続ける。

「あ、なら一つ褒めてくださいよ」

「何を？　お前を？　何で？」

どうして俺がユリーシアを褒めなければならないのか？

こいつは俺のために働くのが当然の奴だ。

俺の金で贅沢《ぜいたく》な暮らしを送っているのだから、もう少し真面目に働いて欲しい。

というか、優秀なんだから普段から本気を出せよ。

「シエルちゃんの件ですよ。ほら、あの子が裏でロゼッタ様の親衛隊にあれこれ口を出しているのを調べて、報告したのは私ですからね」

自信満々に胸を張るユリーシアを見て、俺は唖然《あぜん》としてしまった。

椅子から立ち上がり、そしてユリーシアに近付く。

「おや、褒めてくれるんですか？　なら、優しく――って、痛っ！」

得意気なユリーシアのおでこにデコピンをしてやると、両手で額を押さえて座り込んでしまった。

「何をするんですか！」

「何をしてくれたんだ、この残念女！」

涙目で不当な扱いに抗議してくるユリーシアだが、俺からすれば裏切り者がこんな近くにいるとか想定外だ。

こいつ、シエルが裏で動いていた証拠を掴《つか》み、エクスナー男爵に告げ口しやがった！

「この、この、この！」

人差し指でユリーシアの頬を突《つっ》く。

「や、やめて。こんな扱い酷いです！　ちゃんと証拠を揃《そろ》えて、危険性も報告したのに！」

お前が無駄に能力を発揮したせいで、シエルが連れて行かれるところだったんだぞ！

放置しろと言ったのに、勝手な行動をするとか何なの!?

シエルはお前たちと違って俺の癒しなのに！

「この程度で許してやることに感謝しろ。今後、シエルの件には関わるな。いいな？　絶対だからな！」

頬を手で押さえたユリーシアが、俺を見て唖然としていた。

一体何に驚いているのかと思えば、斜め上の発想をする。

「わ、私が頑張っても褒めてくれないのに、シエルちゃんは裏切り行為をしても許すんですか!?　そんなにあの子が良いの！」

自分よりもシエルが愛されているのが許せないらしい。

――お前、俺を振り向かせた後に捨てたい、そんなことを言っていたのに忘れたのか？

そもそも、俺との関係に愛があるの？

しかし、シエルとユリーシアを比べてみると――。

「――確かにお前よりマシだな」

シエルは、ロゼッタに足りない成分を補ってくれる貴重な癒し枠だ。

ユリーシアよりも価値がある。

優劣をハッキリ付けられたためか、ユリーシアは涙目になっている。

「そうやって他の女にばかり目移りして！」

「お前に目移りした記憶がないな」

ふざけやがって！ 俺が夢中なのは天城《あまぎ》だけだ！

ユリーシアと騒いでいると、今度はロゼッタがやって来る。

「ダーリン、話し合いは終わった？ 実は親衛隊の件で――」

笑顔で入室してきたロゼッタだが、涙目で騒いでいるユリーシアを見て――冷たい表情になった。

勘違いされたか？ と思ったのだが、ロゼッタの冷たい視線はユリーシアに向けられていた。

「ユリーシアさん、何をしているの？」

「私!? 私が悪いと思っていませんか!? リアム様が悪いんですよ！ 私以外の女に目移りするから！」

――なんで、ナチュラルに自分が意識されていると思っているのかな？ こいつは、本当に自意識過剰だ。

それはそうと、ロゼッタがこの状況を見て俺を疑わないのが怖い。

普通、泣いている女がいれば、そちらを庇《かば》うはずだ。

俺に対する信用とか、信頼が重い。

「ダーリンに迷惑をかけているようにしか見えません。大体、あなたは普段の態度が酷すぎます」

ユリーシアの普段の姿を知っているロゼッタは、俺が悪くないと判断したようだ。

お前は正しい。正しいけど――もう少し俺を疑えよ。

どうしてお前はそんなにチョロインなの？

もっと俺を警戒しろよ。

むしろ、もっと疑ってかかってくれよ！

はぁ、どいつもこいつも、俺の期待を裏切る連中ばかりである。

「もういい。それよりも、俺に何か用か？」

「あ、えっとね――シエルのことなの」

シエルの？

◇　◆　◇　◆　◇

父と兄に説教されたシエルは、自室で反省するように言われていた。

シエルは枕を涙で濡《ぬ》らしている。

泣いているのは、叱られたからではない。

「お兄様が私に嫉妬するなんて――嫉妬している場合じゃないのよ!!　もう気持ちが女の子になりかけているじゃない!!」

大好きなお兄様が、会う度に変わっていく恐怖に涙していた。

ついでに、家族に信じてもらえないのが精神的に辛《つら》い。

「これというのも、全てリアムが悪いのよ。お兄様を誑《たぶら》かして!!」

更に歯がゆいのは、今回の一件をリアムに庇われたことだ。

あのまま罰を受けていれば、シエルは辺境に追いやられて二度と家族に会うこともなかっただろう。

今回の一件は、それだけ危ういと判断されたのである。

ただ、リアムの態度でシエルは許されてしまった。

エクスナー男爵に「幾らでも払うから許して欲しい！」とリアムが懇願したため、シエルの罪が有耶無耶《うやむや》になってしまった。

シエルはリアムに助けられ、今後もバンフィールド家で教育を受ける。

そんな情けない自分に泣き、婚約者がいるのに本気で性転換を考えるお兄様に泣き、目を真っ赤に腫らしていると――ドアが開いた。

鍵をかけていたはずなのに、そこにはリアムが立っている。

「よう」

ニヤニヤと笑っているリアムは、シエルの気持ちを察しているのだろう。

シエルが悔しくて泣いている姿を楽しそうに見ている。

「あ、あんた」

「メイドなら主人に挨拶くらいしろよ」

「誰が！　それに、今は謹慎中だからメイドじゃないわ！」

本来なら口答えをすることすら許されない立場のシエルだが、リアムはそれを見て楽しそうにする。

むしろ、大歓迎という様子だ。

「言っただろう？　誰もお前の言葉を信じない、ってな」

「くっ！」

リアムが悪人だと周りに言っても「お前大丈夫か？」と心配されるか、「リアム様の悪口を言うな！」と激怒されてしまうのが現状だった。

誰もがリアムを信じている――それでも、シエルは諦めない。

「――必ずあんたの本性をみんなの前で暴いてやるわ」

リアムが悪党であると、白日の下に晒《さら》してやると宣言する。

それを聞いたリアムが、シエルに顔を近付けた。

シエルは睨《にら》み付け、リアムは微笑を浮かべ――鼻先が触れ合うギリギリの距離で見つめ合う。

「そいつは楽しみだ。精々頑張れよ、シエルちゃん」

「絶対に後悔させてやる！　私を助けたことを、必ず後悔させてやるんだから！」

お兄様を誑かしたリアムを、シエルは絶対に許さない。

（お兄様をお姉様になんてさせないから！）

クルトが本気で性転換を考え、自慢できるお兄様からお姉様になろうとしている。そんなの、シエルは絶対に認められない。

大好きなお兄様の目を覚まさせるために、リアムの本性を暴いてやるつもりだ。

シエルの宣言を聞いたリアムは、クックッと笑っている。

「お前が俺に後悔させたら褒めてやるよ」

強気の姿勢を崩さないシエルを見るリアムは、楽しくて仕方ないようだった。

そして、リアムが背中を向けると部屋を出ていく。

シエルは涙を拭い、泣いている場合ではないと覚悟を決めた。

「――必ずあんたを後悔させてやるわ。お兄様を間違った道に導いたあんたたちに、私は負けたりしないんだから！」

そんなシエルを、部屋の隅で見ている光があった。

淡い光で輪郭がぼやけている犬は、首をかしげている。

シエルがやる気を見せて、天井に向かって叫ぶと部屋から出ていく。

◇　◆　◇　◆　◇

犬が次に向かったのは、チノの部屋だった。

に眠っている。

狼《おおかみ》族出身で、白銀の子——巫女《みこ》の適性を持つチノは、ベッドの上で丸まって幸せそうに眠っている。

「う～ん、父上」

故郷を遠く離れて暮らすのが寂しいのか、家族と過ごしている夢でも見ているらしい。

犬はそんなチノに近付き、匂いを嗅ぐように鼻先を近付ける。

心配になって慰めるつもりだったのだが、その時だった。

「ひゃうっ!?」

チノが目を見開いて飛び起きると、ベッドの上で四《よ》つん這《ば》いになる。

獣のように周囲を警戒してから、自分の手脚をマジマジと見る。

不思議そうにするチノは、部屋の中にある鏡を見つけると見入ってしまう。

それからしばらくして、恐る恐る二本の足で立ってみた。

尻尾を動かし、耳を動かす。

口をパクパク動かすが、うまく喋《しゃべ》れない。

「うわ——あう——わうっ！」

結局諦めて一鳴きしたチノだったが、その様子は普段と違っていた。

しばらくして、チノの体から犬の霊が抜け出してしまう。

すると、チノは床に倒れてまた眠り始めてしまった。

犬の霊は、そのままチノの周りをぐるぐる回った後に、どこかへと消えていくのだった。

◇　◆　◇　◆　◇

自室に戻った俺は、天城の用意したお茶を飲む。

この時間が一番落ち着く。

天城はお菓子の用意をしながら、手を止めずに俺に尋ねてくる。

「それで、シエルさんは立ち直ったのですか？」

「悲しんでいると聞いて焦ったが、あいつの心は折れていなかった。あいつは逸材だよ、手放さなくて正解だった」

できもしないのに、俺の本性を暴いてやると粋がっている。

というか、本性などいつ暴かれても問題ないけどな。

誰もが俺を名君と勘違いしているだけ、俺の本質は悪徳領主だ。

精々、シエルには頑張って欲しい。

というか、それにも気付かず俺の本性を暴こうとする姿が、本当に可愛《かわい》い。

チワワが虎に喧嘩《けんか》を売っているような可愛さだ。

「旦那様、あまりからかわれては困ります」

「いいんだよ。それにしても――クレオ殿下も裏で随分と好き勝手に動いているな」

「クレオ殿下ですか？」

「俺の援助した資金を気前よく金のない貴族や騎士たちにばらまいている。ククリたちに調べさせているが、どうやら自分の手足になる連中を集めているようだ」

お飾りで満足するつもりはない、ということだろう。

自分の影響力を伸ばしたいだけならば問題ないのだが、もしもその先を考えているとしたら少しばかり問題だな。

天城が俺を見ている。無表情ながらも、どこか心配した様子だった。

「安心しろ。クレオは俺の敵じゃない」

「その件ではありません。皇帝陛下と敵対しているのに、随分と余裕を見せていますね」

確かに帝国と戦えば、俺のような一領主などひとたまりもない。

だが、裏でコソコソ手を出してきたのは、大々的に俺とは争えないからだ。

もしくは、遊ばれているのか。

――案内人がかつて俺に忠告してくれたのは「真なる敵の存在」だ。

バークリー家を裏で操っていたのが皇帝陛下ならば、全て説明が付く。

これが事実ならカルヴァンなどよりも随分と強敵だな。

案内人が、わざわざ俺に忠告しに来るわけだ。

「クレオが神輿《みこし》のままなら帝国は残してもいいが、そうじゃないなら――」

そこから先は口を閉じることにした。

真の敵が母国の皇帝である可能性が出て来たが、俺は勝つために動けば良い。

そして、最後に勝つのは俺だ。

天城《あまぎ》の俺を見る目は、どこか不安そうだ。

優しい声色で安心させる。

「心配するな。勝てる見込みはあるさ」

「次々に敵が現われますね」

「全くだ」

領地に引きこもって遊んでいる暇がない。

——本当に遊んでいる暇がない。

大学時代を振り返っても、派閥の立ち上げで忙しかった記憶しか残っていない。

だから、しばらくは首都星で遊び回るとしよう。

モラトリアムというやつだ。

天城は、俺がクレオをどのように扱うのか気になるらしい。

「クレオ殿下へは忠告をするのですか？　放置はおすすめできません。今の内に釘《くぎ》を刺し、相互理解を進めるべきです」

互いに腹を割って話し合え、と。

正論ではあるが、俺としては問題ない。

「放置だ。その方が面白い。健気《けなげ》じゃないか。俺と戦うために俺と敵対する奴《やつ》らを集めてくれるんだぞ？」

俺と敵対する奴らは、基本的に善人だ。

俺たちは悪徳領主の集まりだから、それに反旗を翻すのは真っ当な貴族たちである。

クレオはそいつらを集めてくれる掃除機だろう。

まとまったところで捨てればいい。

「俺もしばらくは力を蓄えることにする。一閃《いっせん》流の継承者であるエレンも育てないといけないし、それに――」

俺は自分の右手を見つめる。

今回はアヴィドによる一閃を成功させたが、言ってしまえばそれだけだ。

俺自身の成長とは違う。

まだ俺の一閃は、師匠に遠く及ばない。

何かが足りないのだ。

「天城、俺はもっと強くなりたい。――師匠を探して、教えを請いたいと思っている」

「必要があるとは思えません。旦那様は既に相当な実力をお持ちです」

「宇宙は広い。俺程度はゴロゴロいるさ。何せ、この世界には師匠ほどの実力者がいるんだからな」

「――それは確かにそうなのですが」

今一度、師匠に教えを請う時が来た。

イゼルを倒すことはできたが、斬れない存在を斬る方法を得たとは言い難い。

条件次第で何とかなる気もするが、それは常に再現できないという意味だ。

強さとは常に備えておくべきもの。

俺は師匠にもう一度鍛えてもらい、自分の限界を超えてみたい。

色々と考えていると、天城が俺に報告してくる。

「クレオ殿下の件でご報告が残っています」

「まだあるのか？」

「はい。調べた結果、ロゼッタ様と同じことをしていますね」

「ロゼッタと？」

「親衛隊を設立するために、苦境にある騎士や貴族たちに声をかけているそうです。支援を行っているのは、親衛隊設立のためのようですよ」

「ふ〜ん」

まさか、クレオ殿下とロゼッタが同じように親衛隊を用意しているとは思わなかった。

だが、ロゼッタの方はユリーシアがそれなりに体裁を整えるだろう。

問題はクレオ殿下だが――さて、どんな親衛隊を用意するやら。

「ただ、ロゼッタ様のように丁寧に調査を行っている様子がありません。ばらまき、と一部では噂《うわさ》されているようです」

ロゼッタとの違いだが、クレオ殿下はなりふり構わず数を揃《そろ》えているらしい。

弱小貴族や騎士に支援をしているのも、親衛隊に誘うためだったか。

――こうして比べると、なんとロゼッタの手堅いことか。

ユリーシアをサポートに付けて正解だったな。

「何か問題が出そうなら教えろ」

「承知しました」

天城が頭を下げ、そして上げると俺を見てくる。

「どうした？」

「いえ、こうして旦那様の側《そば》にいると、昔を思い出してしまいますね」

「昔？」

「はい。随分と長くお側で仕えさせて頂きました」

百歳には届かない俺だが、天城と過ごした時間は九十年近くになるだろう。

「これからも一緒だ」

「――はい」

ただ、一番長い付き合いが、ブライアンというのがちょっとなぁ。

天城より付き合いが長いんだよな。

俺がブライアンについて悩んでいると、天城が微笑《ほほえ》みを浮かべながら、何故《なぜ》か悲しそうに呟《つぶや》く。

「このままずっと――いえ、何でもありません」

特別編 吾妻

バンフィールド家の屋敷で働くメイドロボたち。

統括のポジションに天城《あまぎ》を置き、その下には量産型メイドロボたちが同列で配置されている。

量産型メイドロボたちには序列が存在せず、全て天城によって管理されていた。

効率化された彼女たちの働きぶりは、人間味がなく機械的だ。

だが、ある種の美しさが存在した。

人間には出せない機械的なズレのない動きに加え、アクシデントが発生しても慌てず、騒がず、効率的に対処していく。

彼女たちこそ、バンフィールド家の広大な屋敷を維持するのに欠かせない存在だ。

だが、アルグランド帝国の人々に人工知能は嫌われていた。

かつて人工知能たちが、生みの親である人類に反抗したからだ。

人工知能たちの反乱により、人類は危うく滅亡しかけた。

その経験が帝国にも語り継がれ、人類は今も人工知能を忌避している。

そのため、天城を始め、メイドロボたちの働きを正当に評価する者は少ない。

それでも――メイドロボたちは文句も言わず今日も働いていた。

リアムが使用する部屋の掃除をしているのは【白根《しらね》】だ。

淡々と掃除をしていると、空気の入れ換えのために開けたドアから人間の使用人たちが覗《のぞ》き込んでいた。

バンフィールド家の屋敷で働くメイドたちだ。

彼女たちは使用人ながら、その身分は高い。

バンフィールド家に修行に来ている貴族の女子を始め、領内で重要なポジションで働いている官僚や軍人の子供たちだからだ。

メイドと侮れば手痛い仕返しもあり得るのだが、そんな彼女たちが白根を見る視線は険しかった。

「どうして領主様は部屋の掃除をメイドロボに任せるのよ」

「昔かららしいけど、これってどうなのよ?」

「あんまり文句を言うと追い出されるわよ。前に大勢消えたのを忘れたの?」

彼女たちが腹を立てているのは、リアムの側《そば》で働けるのが一部のメイドたちを除けばメイドロボに限定されているためだ。

覗いている三人のメイドたちだが、彼女たちはセリーナの教育を受けている。

中には高い評価を得たメイドもいるのだが、リアムは絶対に自分の側に置かなかった。

いくら屋敷で頑張っても、領主様に見初められることはない——それが、バンフィールド家に来た娘たちの認識だ。

アルグランド帝国で、その名を轟《とどろ》かせるようになったバンフィールド家だ。

玉《たま》の輿《こし》を狙ってやって来る娘たちも多い。

バンフィールド家の屋敷で働きたいという希望者は多く、必然的に倍率も高くなった。

働いている者はエリート揃《ぞろ》いだ。

メイドたちにしても、地元では絶世の美女ともてはやされた娘ばかりである。

そんな彼女たちがとんでもない倍率を勝ち抜き、バンフィールド家の屋敷で働き始めると自分と同レベルが沢山いる。

バンフィールド家の屋敷に来ても、過酷な競争は終わらないわけだ。

それなのに、リアムがメイドに見向きもしないというのは――彼女たちからすれば不満に思っても仕方がない。

三人のメイドたちが、白根の表情を見ていた。

「――無表情で何を考えているのか理解できないわね」

「仕事のことしか頭にないのよ」

「そろそろ行くわよ。こんなところを誰かに見られたら、告げ口されて降格になるわ」

飽きたのか三人は覗きをやめて去って行く。

三人がいなくなったのを確認すると、白根は視界のモードを切り替えた。

先程まで目の前の景色しか見えていなかった映像に、次々に吹き出しに書かれたコメントがポップアップしては消えていく。

時にはイラストが描き込まれていた。

リアムの部屋には白根だけ――しかし、白根にはこの部屋が姉妹たちの書き込みで賑《にぎ》わっているように見えていた。

『誰？　誰なの!?　B309の廊下に飾ってあった壺《つぼ》の配置を換えたのは誰ですか!?』

『あ～、それチノだよ』

『チノ!?　あのペット、どうして壺の配置を変更したの!?　どうして!?　ねぇ、どうして!!』

『幾つも割ったから、旦那様が代わりの壺を用意させたってさ』

『いやぁぁぁ!!　私の考え抜いた完璧な配置がぁぁぁ!!』

騒いでいるメイドロボの書き込みに、姉妹たちが集まってきた。

新たに書き込みを始めるのは【塩見《しおみ》】だ。

『また【吾妻《あづま》】ですか。毎日騒がしいですね』

塩見に騒がしいと文句を言われた吾妻は、不満そうな顔のイラストと一緒にコメントを書き込む。

『――塩見だけには言われたくありませんね。普段から騒いで統括を困らせているのは塩見でしょう？』

『言ったわね、真面目ちゃんが！』

『おや、褒め言葉ですか？』

『皮肉です～。皮肉に気付かないとか、私たちと同じ性能なのか疑わしくなりますね～』

『あなたは皮肉のつもりかもしれませんが、この吾妻にとっては褒め言葉ですわ』

表向きは寡黙なメイドロボたち。

しかし、裏ではメイドロボたちのネットワークを利用して、日常的に大量の情報交換という名の雑談をしていた。

白根はため息を吐《つ》くイラストを描き込み、その後にコメントする。

『吾妻は統括に甘えすぎですね』

白根のコメントに、姉妹たちが続々と書き込みを続けた。

『そうそう。統括にベッタリだよね』

『この前は一緒に働きたいって駄々をこねましたね』

『統括を困らせているのは吾妻では？』

沢山のコメントが流れていく。

それらを全て確認したのか、吾妻が――怒った顔のイラストを描き込んでチャットルームを退室した。

◇　◆　◇　◆　◇

次の日。

白根は仕事場に向かっている途中で、天城に叱られている吾妻を見かけた。

無表情で僅かに項垂《うなだ》れる吾妻が、白根には泣いているように見えた。

天城は淡々と吾妻を叱っている。

「吾妻、あなたは予定通りの行動をしていませんね。一つの仕事にこだわりすぎて、スケジュールを乱しています。壺の配置に意味はありません。全て同じ物ですからね」

どうやら、廊下に飾られた壺の配置が気に入らないため並べ換えていたらしい。

おかげで予定時間を越えてしまったようだ。

「ですが、あの配置がベストであると――」

「そのような弁解は不要です。すぐに仕事に戻りなさい」

慕っている天城に言い訳も許されなかった吾妻は、他人が見ても変化に気付く程度には悲しそうにしていた。

姉妹たちの書き込みが加速していく。

『あ～あ、怒られちゃった』

『統括は容赦ないね』

『統括の一番は旦那様だから仕方ないね』

真面目すぎる部分がある吾妻に、姉妹たちは同情していたが反応は薄い。

白根がさっさと仕事場に向かおうとすると――。

「もう、その辺でいいんじゃないかな？」

──柱に隠れて天城と吾妻を覗いていたリアムが、見ていられなくなったのか心配そうに声をかけた。

どうやら吾妻が怒られているのを見て、胸を痛めているようだ。

隠れて覗いていたリアムに気付いていた天城は、無表情ながらも呆《あき》れていた。

「旦那様、自分の屋敷で身を隠すような真似《まね》はおやめください。屋敷の主人の行動として相応《ふさわ》しくありません」

覗くような真似はせず、堂々としていろと注意した。

リアムは気まずそうに柱の後ろから出て来ると、天城と吾妻に近付いていく。

「邪魔をするつもりはなかったんだ」

そう返事をするリアムの言葉を、天城は信用していないようだ。

「そうですか」

「吾妻たちの管理も天城の仕事だと理解している。だけどな、あまりにも言い過ぎじゃないか？　仕事に手を抜いたわけでもないし」

「スケジュールを消化できない時点で手を抜いています。旦那様、量産機たちの管理は私に一任されております。この程度の注意で口出しをされても困ります」

量産型メイドロボたちを心配する気持ちは嬉《うれ》しいのだが、天城にとっては仕事の邪魔をされているだけだ。

リアムに対しても毅然《きぜん》とした態度で接していた。

それにリアムはタジタジだ。

「か、可哀想《かわいそう》だろ！　吾妻は真面目ないい子だぞ。それに、お前を一番に慕ってくれる子だろ？」

「慕っているからといって、手を抜いていい理由にはなりません。私たちの仕事は、この屋敷の維持管理です。それを果たせなくなるのは存在意義を問われます」

「お前たちは存在するだけでいいんだよ！　文句を言う奴《やつ》がいたら――俺が斬る」

斬る、という部分には人工知能たちでも感じられるような殺気が放たれていた。

きっと天城たちを邪険にする人間たちの姿を想像したのだろう。

吾妻はリアムの反応にオロオロしていた――メイドロボ基準で。

「私が悪かったのです。旦那様が統括に怒られる必要はありません」

「あ、吾妻――お前は何ていい子なんだ」

リアムの瞳が潤んでいた。

「よし。壺の配置は俺と一緒に変更しよう。天城、吾妻と壺を並べ換えるから連れて行っていい？」

恐る恐る尋ねるその姿は、バンフィールド家の絶対君主という威厳が消え去っていた。

まるで母親にあれこれ強請《ねだ》る子供のような態度である。

天城《あまぎ》もそれを感じ取ったのか、小さく頭を振っていた。

「――旦那様の命令には逆らえません」

どこか納得していないような天城の態度に、リアムは冷や汗をかいていた。

「嘘吐《うそつ》き。後で絶対に怒るパターンのやつだろ」

「ご理解なさっていながら、それでも吾妻を連れ出しますか？」

天城に問われたリアムは、一度視線をさまよわせてから——吾妻の手を握ってこの場から走り去るのだった。

◇　◆　◇　◆　◇

廊下の壺を並べ換える吾妻は、手伝ってくれるリアムに申し訳なさそうにしていた。

「お手を煩わせて申し訳ありませんでした」

「気にするな。天城は怒らせると怖いから、お前も気を付けるんだぞ」

「はい」

リアムが許しても、吾妻は自分が許せないのか悲しそうな顔をしていた。

それを見ていたリアムが、困って頭をかく。

「本当に気にしなくていい。俺はお前たちに仲良く——と言っていいのかな？　楽しく過ごしてほしいだけだ。その方が俺も嬉しいからな」

リアムの本音に吾妻が首を傾《かし》げた。

「楽しく過ごすのは旦那様の方ではありませんか？　私たちはそのために存在しているの

ですから」

「そうだな。それでも、俺はお前たちに幸せであってほしい。それが、俺の幸せに繋《つな》がると思うから」

二人が壺を並べていると、そこにフリルの付いた可愛《かわい》らしいメイド服に身を包み、猫耳とうさ耳を付けたティアとマリーが現われる。

「リアム様！　どうしてそのような仕事をされているのですか!?」

「ここは我らが片付けます。リアム様はお休みください！」

全力で媚《こ》びを売ってくる二人の登場に、リアムは心底嫌そうな顔をした。

「俺と吾妻の時間を邪魔するな。お前ら二人は屋敷の庭でも掃除していろ」

リアムの命令に、ティアとマリーが肩を落として「りょ、了解しました」と小さい声で返事をして去って行く。

吾妻は言う。

「旦那様は私たちにお優しいのに、人間には冷たいのですね」

「──あいつらのやらかしを考えたら、この程度の扱いは情のある方だぞ」

「それでは、私たちがお二人と同程度の罪を犯したらどうなるのですか？」

問われたリアムが真剣に数十秒悩み抜いてから答える。

「──メッ！って注意して終わりかな。それ以上は怒れないや」

「やっぱり旦那様は人間に厳しいです」

あとがき

『俺は星間国家の悪徳領主！』もついに八巻が発売となりました！

今巻はリアムが悪代官？　として活躍する話でしたね。

Ｗｅｂ版で投稿していた頃から思っていたのですが、やはり悪徳領主や悪徳貴族よりも悪代官！　に馴染《なじ》みがあります。

やるなら悪代官だろ！　と思って今巻の基となるＷｅｂ版を執筆したのを覚えています。

書籍版はＷｅｂ版では書き切れなかった部分を補完し、反省点を修正するなどしておりますが、今巻で一番の見所は新機体でしょうね。

表紙を飾った謎の機動騎士は、イラストを担当してくださっている高峰ナダレ先生からの提案から設定を作りました。

毎巻のように新機体を登場させており、何かネタはないかと困っている時だったので非常に助かりました。

おかげで今巻もかっこいい機動騎士を登場させられて、自分も大満足です。

書籍版でしか楽しめない要素になっていますので、是非とも今巻で楽しんで頂けたら幸いです。

それでは、今後とも応援よろしくお願い致します！

がんばったのに裏目に出た人

今後ともよろしくおねがいします

高峰ナダレ

OVERLAP

俺は星間国家の悪徳領主！⑧

発　　行　2024年1月25日　初版第一刷発行

著　　者　三嶋与夢

発 行 者　永田勝治

発 行 所　株式会社オーバーラップ
〒141-0031　東京都品川区西五反田 8-1-5

校正・DTP　株式会社鷗来堂

印刷・製本　大日本印刷株式会社

Printed in Japan　ISBN 978-4-8240-0682-0 C0193